ジョイスへの扉

——『若き日の芸術家の肖像』を開く十二の鍵

高橋渡・河原真也・田多良俊樹　編著

英宝社

目次

凡例

一、『若き日の芸術家の肖像』（以下、『肖像』）からの引用は、James Joyce, *A Portrait of the Artist as a Young Man: Authoritative Text, Backgrounds and Contexts, Criticism*. (Edited by John Paul Riquelme, W. W. Norton, 2007) により、括弧内に略号 *P* に続けて章番号と行番号を示す。たとえば、（*P* 2.135）は、『肖像』第二章一三五行目を意味する。

二、『ダブリナーズ』（*Dubliners*）からの引用は、Gabler 版およびこれに準じた Norton 版により、括弧内に略号 *D* 続けて各短編の略号、各短編の行番号を示す。各短編の略号は以下の通り。

S　「姉妹たち」(“The Sisters”)
En　「遭遇」(“An Encounter”)
A　「アラビー」(“Araby”)
Ev　「エヴリン」(“Eveline”)
AR　「レースの後」(“After the Race”)
TG　「二人の伊達男」(“Two Gallants”)
BH　「下宿屋」(“The Boarding House”)
LC　「小さな雲」(“A Little Cloud”)
Cp　「複写」(“Counterparts”)
Cl　「土」(“Clay”)

PC　「痛ましい事件」（"A Painful Case"）
ID　「蔦の日の委員会室」（"Ivy Day in the Committee Room"）
M　「母親」（"A Mother"）
G　「恩寵」（"Grace"）
D　「死者たち」（"The Dead"）

三、『ユリシーズ』（*Ulysses*）からの引用は、括弧内に略号 *U* に続けて章番号と行番号を示している。

四、『フィネガンズ・ウェイク』（*Finnegans Wake*）からの引用は括弧内に略号 *FW* に続けてページ数と行番号を示している。

五、『スティーヴン・ヒアロー』（*Stephen Hero*）からの引用は、括弧内に略号 *SH* とページ数を示している。なお、使用した版については各論考の引用文献リストを確認されたい。

六、『エグザイルズ』（*Exiles*）からの引用は、括弧内に略号 *E* とページ数を示している。なお、使用した版については各論考の引用文献リストを確認されたい。

七、以下の文献から引用する際にはそれぞれのタイトルを示す略号を使用している。なお、使用した版については各論考の引用文献リストを確認されたい。

L I　*Letters of James Joyce*, vol. I.
L II　*Letters of James Joyce*, vol. II.
L III　*Letters of James Joyce*, vol. III.

SL *Selected Letters of James Joyce.*
MBK Stanislaus Joyce. *My Brother's Keeper.*
DD *The Complete Diary of Stanislaus Joyce.*
CW *The Critical Writings of James Joyce.*

八、注と引用文献は各論考の末尾にまとめてある。出典箇所・参照箇所は括弧内に著者姓とページ数によって示している。同一著者に複数の著作がある場合は、括弧内に著者姓、出版年、ページ数の順に示している。ページ数が漢数字になっている場合は、和書を参照していることを示す。

九、『肖像』を始めとするジョイスの文学作品、および評論の言語表記は本文中には含めず、巻末索引にまとめてある。同様に、ジョイスの文学作品の登場人物、およびジョイスの親族の言語表記も本文に含めず、索引にまとめてある。

十、中略・省略については、筆者によるものにのみ断り書きを入れてある。それ以外は、原著者によるものである。引用文内での傍点（英文では斜体）についても同様である。

十一、日本語論文における引用は、特に断りのない限り、筆者によって訳出されている。

ジョイスへの扉

――『若き日の芸術家の肖像』を開く十二の鍵

まえがき

本書は、アイルランドの作家ジェイムズ・ジョイス（一八八二―一九四一）の自伝的教養小説『若き日の芸術家の肖像』（一九一六年）に関する十二の論考を収めた論文集である。この作品には小説家となることを決意するまでのジョイスの伝記的事実と、彼が生まれ育った時代のアイルランドの歴史的・政治的・宗教的・文化的背景が反映されているため、読者の多くは主人公スティーヴン・デダラスの半生を通じて、作家と作品舞台に関するイメージを容易に醸成することだろう。この意味で、『肖像』はジョイス文学への「扉」だと言える。

ジョイス作品に対しては実に多様な観点から数多くの研究がなされており、それは時として揶揄交じりに「ジョイス産業」と称されるほどである。しかし、この批評動向にあっても、『肖像』の扱いは比較的軽かったと言っても過言ではない。その例証の試みとして、学術研究データベース『MLA国際出版目録』(MLA International Bibliography) を使って、二〇〇一年以降に発表された研究成果のなかで、「主題」の項目にジョイスの長編小説のタイトルを含むものを検索してみよう。すると、『ユリシーズ』に関しては、研究書が六六冊、論文集に収められた論文が五四七本、雑誌掲載論文が九五九本であるのに対し、『肖像』に関する研究書は十三冊、論文集に収録された論文は一三六本、雑誌掲載論文が一七一本である。日本においても事情はさして変わるまい。管見では『肖像』のみを対象とした研究書は、二〇一六年に刊行された論文集『ジョイスの迷宮《ラビリンス》――『若き日の芸術家の肖像』に嵌る方法』のみではないか。

ただし、『肖像』に関する研究の少なさは、この小説の重要性を減じるものではない。自伝的教養小説であるという事実がややもすると研究の観点を狭めてしまっているかもしれない。しかし、『肖像』は自伝的教養小説としての受容にのみ回収されるものではないし、そもそも「自伝的」という特性や「教養小説」という形式も絶えず再検討の対象とすべきであろう。

そのような考え方からわれわれは、研究会を組織し、『肖像』を読み直すための視座を探し求めてきた。ここに収められた各論考は、程度の差はあるにしても、そのような研究会活動から得られた成果である。冒頭の比喩を続けるなら、それぞれの論文が、『肖像』というジョイスへの「扉」を読者に向けて新たに開く「鍵」となることを目指している。この試みが成功しているかは読者諸氏のご判断にゆだねるとして、以下では各論考の内容を簡単に紹介しておく。

岩下いずみは、「『若き日の芸術家の肖像』の鳥表象と芸術家像の再考――イェイツとシェリー作品とのつながり」において、鳥の飛翔を視覚でとらえて予言を導きだす鳥占い師と視覚を介して対象を作品化する芸術家との類似性に着眼し、『肖像』における鳥表象を精査することによって、本作品で提示される芸術家像を再考しようとする。具体的には、第五章第三節の冒頭から断続的にスティーヴンにつきまとう鳥占いの連想が、古代ローマの鳥占い師、鳥占いを系統立てて論じた中世の思想家アグリッパ、鳥を通して災いを予言する詩人が登場するウィリアム・バトラー・イェイツの戯曲、そして詩人の預言者として役割を説くパーシー・ビッシュ・シェリーの詩論と複雑な関係性を切り結んでいることを明らかにしていく。

小田井勝彦の「クランリーの人物造形——親友ジョン・フランシス・バーンの肖像」は、スティーヴンの大学の友人として登場するクランリーと、そのモデルであるジョイスの友人バーンの関係性を検証する。まず小田井は、バーンの自叙伝を始めとする伝記的資料を広く参照しながら、バーンがジョイスにとって欠くことのできない親友であったことを確認する。そして、『肖像』のクランリーにはバーンの粗野な一面が現実よりも強調されていることや、スティーヴンを支配してきたカトリック教会が体現されていることといったジョイスによる伝記的事実の脚色を指摘し、スティーヴンのアイルランドとの決別をより印象的に演出する結果となっていると分析している。

河原真也の「フィクションと伝記的事実から読み解くジョイスの階級意識——イエズス会、クリスチャン・ブラザーズ、移民」は、教育に関する考え方は階級を示す一つの指標となるとの観点から、『肖像』における学校をめぐる描写の分析をとおして、ジョイスの階級意識を考察する論考である。特にクリスチャン・ブラザーズとイエズス会系の学校に関する歴史研究を渉猟しつつ、あわせてジョイスの父ジョンの伝記をも参照しながら展開される河原論文は、十九世紀末から二十世紀初頭のアイルランドの教育事情を詳らかにし、そこから生まれた競争社会の矛盾に対するジョイスの複雑な態度が作家の階級観に投影されていると指摘している。

吉川信の「スティーヴンと堕罪の甘美――もはや若くはない芸術家となるための」は、スティーヴンが墜落する運命にあるイカロスならば、『肖像』の結末における古の工匠ダイダロスへの彼の呼びかけは、果たしてどの程度真摯な祈りであったのかという問いに発している。自伝的小説が本来的に保持する「作者」と「主人公」との距離に加え、ジョイスの自由間接話法の多用から生じる「作者」と「語り手」の距離という「二重化」あるいは「語り手の存在論的パラドクス」に立脚して、吉川は、「語り手」スティーヴンは『肖像』の最後ですでに失墜を予示し、その失墜のあとに自らがイカロスからダイダロスへと変貌することをも宣言していたと指摘する。ここに「上昇の必須条件としての失墜」を見いだす吉川はまた、それがスティーヴンの堕罪と告白というモチーフを解釈する際にも有効であることを実演してみせる。ついにはジョイスの全作品に変奏されていくこの重要なモチーフを、その萌芽状態においてとらえる試みである。

小林広直は、「「心とは何か」を学ぶこと――『若き日の芸術家の肖像』と『ユリシーズ』におけるスティーヴンの母の祈り」において、スティーヴンが四月二六日の日記に書きとめた母の祈り――すなわち、息子に「心とは何か」を学んでほしいという母の祈り――の意義を究明している。自伝的小説としての『肖像』を執筆しているときのジョイスは、自らがヨーロッパに旅立った直後に母が病死することを知っているが、『肖像』末尾のスティーヴンはまだそれを知らない。それゆえ小林は、『肖像』の「第六章」とも言える『ユリシーズ』から遡及的に母親の描写を考察するという戦略を取る。両作品を自在に行き来して展開される読解の結果、『肖像』の最後で母が懸念していたのは、スティーヴンの過度に理想主義的な肥大化したエゴイズムであることが指摘される。

高橋渡の「『若き日の芸術家の肖像』——自伝と虚構・二つの顔を持つヤーヌス」は、『肖像』はジョイスの自伝的ビルディングスロマンとして読みうるのかという原初的で根本的な問題に立ち戻る。高橋はまず、『肖像』と『ユリシーズ』の連続性を根拠に、スティーヴンが中心人物となっている後者の第九挿話に如実に表れている自己言及性が前者にも適用可能だと説く。この観点から高橋は、『肖像』末尾の「ダブリン一九〇四年／トリエステ一九一四年」の二重構造を確認し、この小説が「スティーヴンが書いた自伝的ビルディングスロマン」としても「スティーヴンが書いたビルディングスロマンとして構想されたフィクション」としても読めると指摘する。さらに、この点の例証として、『肖像』第三章の「地獄の説教」が作品中でいかに機能しているかを分析する。高橋論文は、物語の内部と外部に等しく顔を向ける『肖像』の、ローマ神話の二面神ヤーヌスのごとき相貌をうきぼりにしている。

田多良俊樹の「傷ついたジャガイモ——『若き日の芸術家の肖像』の政治的無意識としてのアイルランド大飢饉」は、ジョイスが一定の関心を抱き、また別のジョイス作品には散見される大飢饉が、『肖像』においては決して前景化しないモチーフであることの理由と意義を問う。『肖像』では、大飢饉におけるイングランドの権力とアイルランドの被害を隠喩化した「傷ついたジャガイモ」がわずかに二度言及されるに過ぎない。しかも、スティーヴン自身はそれが大飢饉の隠喩であることを決して意識しない。しかし、このように『肖像』というテクストの無意識レベルに大飢饉が留め置かれているという点にこそ、大飢饉と民族主義という問題の解決を『肖像』のスティーヴンにではなく、『ユリシーズ』のブルームに託そうとするジョイスの政治性が表れていると田多良論文は主張する。

田中恵理は、「知識偏重なスティーヴンの失敗――身体と精神の連動と分離」において、教養小説たる『肖像』において重視されていると従来見なされてきた「身体の目覚めから精神の目覚めへの移行」を批判的に読み直す。この目的のために、田中は『肖像』の随所に見られる「身体と精神の連動」――その際たるものは「地獄の説教」後にスティーヴンが繰り返す嘔吐――を精読し、「アスレティシズム」という身体性をめぐる当時の政治と思想の影響をふまえつつ考察を加えていく。カトリシズムの暴力によって生じた身体的痛みが精神への転移を経て再生産されるため、スティーヴンが傷つき穢れた身体を忌避して、崇高な精神を希求すること。そして、民族主義のイデオロギーによって身体を傷つけられたスティーヴンはまた、アイデンティティ保持のために身体よりも精神に価値を置くようになること。このような二項対立的思考に基づいた安易な精神重視と知性偏重が『肖像』のスティーヴンの限界であると田中は指摘する。

道木一弘の「ジョイスを読むベケット――二人の少女の死とその語りについて」は、ジョイスの『肖像』とサミュエル・ベケットの『蹴り損の棘もうけ』とに共通する「少女の死」のエピソードを比較検討することにより、両者の影響関係を考察した論文である。道木はまず、『肖像』第五章におけるスティーヴンの徘徊の場面と、『蹴り損の棘もうけ』第三章におけるベラックワの徘徊の場面とにおける対称性を指摘し、ベケットが自作を執筆する際にジョイスを念頭においていた可能性を確認する。そして、両者が描く「少女の死」の意味を検討し、ジョイスがそれをスティーヴンにとっては悲劇という真の芸術にはなりえないものとして扱っているのに対し、ベケットはスティーヴンの悲劇論の不備を逆手にとって、それが悲劇たりうることを明示したと指摘する。ここに道木は、ジョイスの分身とされる若きスティーヴンの悲劇論を、自らの創作活動において「論破した」ベケットの姿をとらえている。

南谷奉良の「ジョイスの〈ベヒーモス〉――『スティーヴン・ヒアロー』あるいは『若き生の断章』試論」は、本論文集にあってひときわ異彩を放つ論考である。その理由は、南谷論文が厳密に言えば『肖像』論ではなく『スティーヴン・ヒアロー』論であることもさることながら、執筆途中でジョイスが『スティーヴン・ヒアロー』の別タイトルとして提案した「若き生の断章」("Chapters in the Life of a Young Man") の有効性を吟味する論文であるからだ。南谷は、新タイトルに含まれた語のうち、"Chapters" が同時期に執筆されていた『ダブリナーズ』と関連して重要性を帯びることと、"Life" が青年スティーヴンの生き方と意見とに密接に関係していることを論証していく。こうして『スティーヴン・ヒアロー』の抜本的な再評価に挑んだ南谷論文は、さらなる『肖像』の再評価をも呼び込むかもしれない。前者のかつて提案されたタイトルと、後者の現在のタイトルは "a Young Man" を共有しているからである。

ブライアン・フォックスの "O, he'll remember all this when he grows up": Joyce, Fenianism, and Memory" は次の疑問から出発している。すなわち、『肖像』第一章が如実に示すように、フィニアニズム (Fenianism) に深い理解と共感を有していたジョイスが、『ブリタニカ百科事典』のフィニアニズムに関する敵意ある記述を書きとめたメモを使って、自らの記憶を補おうとしたのはなぜか。この問いに答えるべく、フォックスはまず軍事歴史局 (Bureau of Military History) の保管文書を渉猟し、アイルランド独立戦争に従軍した者たちの証言には、ジョイスの民族主義的な信念と多くの共通点があることを検証する。そして、ジョイスは、フィニアニズムに関する個人的でアイルランド的な記憶を一般的な英国の記録と絡み合わせることで、「独立」(independence)をめぐって妥協の見いだせない時期に「相互に頼り合うこと」(interdependence)を示唆したのだと結論づける。

伊東栄志郎は、"Education: The 'Jesuit' Artist and the Speckled 'Bard'"において、イエズス会の教育がジョイスの文学的キャリアの形成にいかに貢献したかという問題を、主に『肖像』の読解をとおして考察する。その際、イェイツの教育的背景と自伝的小説『まだらの鳥』(*The Speckled Bird*)を比較の対象として含めている。両作品の分析を進めるなかで、伊東は、両作家の宗教と戦争に関する見解を教育が形成したと指摘する。そして、一貫したイエズス会教育がジョイスを小説家として成功させ、他方で教育的背景の一貫性の欠如がイェイツを偉大な詩人にしたとの結論に至っている。

最後になったが、本書が持つもうひとつの側面に触れておきたい。本書は、県立広島大学教授高橋渡先生のご退職を記念する論文集でもある。各論文の執筆者は、日本ジェイムズ・ジョイス協会の創設当初から高橋先生とともにジョイス研究を牽引してきた経験、あるいはさまざまな機会において直接的にも間接的にもジョイス研究のご指導を受けた経験を持つ。本書のもととなった研究会の活動も高橋先生のお力添えがなければ実現していなかっただろう。つまり、高橋先生はわれわれ執筆者にとっても「ジョイスへの扉」を開き続けてくださったわけである。その長年のご尽力に対し、心より感謝申し上げる。

二〇一九年三月末のご退職に臨まれる今、ややもすれば高橋先生は、『肖像』末尾のスティーヴンよろしく「ようこそ、おお人生よ！ぼくは出ていく」(*P* 5.2788) というご心境かもしれない。しかし、今後もジョイス研究をともにしたいと願うわれわれとしては、次の言葉を贈りたい。「昔なじみの父よ、経験を積んだ名工よ、これからもわたしを助けたまえ」(*P* 5.2791-92)。

田多良　俊樹

『若き日の芸術家の肖像』の鳥表象と芸術家像の再考
――イェイツとシェリー作品とのつながり

岩下　いずみ

はじめに

『若き日の芸術家の肖像』（以下『肖像』と略す）第五章第三節冒頭、スティーヴン・デダラスは空を飛ぶツバメを眺め「鳥占い」に思いをはせる。鳥占いの歴史は古代ローマもしくはそれ以前にまでさかのぼり、ヨーロッパの「鳥占い師」(augur: ラテン語で鳥を見る者の意）は、古代ローマ時代において鳥の動きなどを見て国事を占った司祭としての側面も持っていたと言われる。スティーヴンは自分の今後を占う場面で、鳥占いと共にウィリアム・バトラー・イェイツ (William Butler Yeats) 作『キャスリーン伯爵夫人』(*The Countess Cathleen*) のツバメに関するセリフを想起するが、この作品の詩人アリール (Aleel) にも鳥を通して災いを予言するという鳥占いとの共通点が見られる。本論では、鳥占い師が鳥を視覚でとらえ何らかのメッセージを受け取る、もしくは理解するという特徴が、視覚を介して対象を作品へ昇華する芸術家の方法に接続されたと捉えたい。その際、『肖像』に影響を与えたパーシー・ビッシュ・シェリー(Percy Bysshe Shelley)作「詩の擁護」(“A Defence of Poetry”)などにも視覚と芸術家に関する重要な示唆が見られるため、これらもあわせて考察対象とする。いわば、古代ローマ時代の鳥占いとモダニズムの芸術家までを結びつける結節点としてシェリーとイェイツの作品に見られる鳥表象および芸術家像を援用したい。鳥表象と芸術家像におけるイェイツ作品とシェリー作品とのつながりを通して、芸術家の飛翔を描いたとされる『肖像』を再検討し、ジェイムズ・ジョイスが示した芸術家像の新たな一面を解読するのが本論の目的である。

一　『肖像』と『ユリシーズ』における鳥占いと杖

『肖像』の結末近く、スティーヴンは国立図書館前の階段にたたずむ。そこで空を見上げた彼は黒い鳥が飛び回っているのを目にする。

あの鳥はなんだろうか？彼は鳥を見るため、物憂げにトネリコのステッキにもたれかかり図書館の階段に立っていた。鳥たちはモールズワース通りの建物の突き出ている肩角の周囲をぐるぐる飛び回っている。……

彼は鳥の飛翔を見ていた。鳥、また鳥、黒いきらめき、それる動き、はばたき。彼は突進する鳥が飛び去る前に鳥の数を数えようとした。六、十、十一羽、そしてそれが奇数か偶数かとふと思った。十二、十三羽。上空から旋回して降りてきたからだ。鳥は高く低く飛んでいたが、常に直線や曲線を

描いてぐるぐると、左から右へ、空中の神殿を旋回するように飛んでいた。(*P* 5.1768-82)〔省略は筆者〕

この場面でスティーヴンが考える「空中の神殿」(“a temple of air”) は古代ローマ時代、鳥占い師が杖を用いて空中に定め、その中での鳥の動き、数、鳴き声などをもとに占いを行った空間を指す。ドン・ギフォード (Don Gifford) による「ローマの鳥占い師は対応する図形や空中の神殿を区画し、神託の手順を開始する」(Gifford, 1982, 266) との注釈もある。スティーヴンのトネリコのステッキ (ashplant) は彼の持ち物の中で言及が多く、ギフォードの『ユリシーズ』注釈にもある通り、このトネリコのステッキはケルト神話で王の戴冠式とも関連付けられるものである (988, 22)。『肖像』第五章第三節の冒頭から、断続的にこの鳥占いの連想がスティーヴンにつきまとう。旅立ちを目前にして自分の取るべき道を思案する中での連想が、鳥そして鳥占いから展開されているのである。美の司祭となることを決意するスティーヴンにとって、古代ローマ時代において、杖で空に神殿を仮想し、その中の鳥などの動き、数から様々な国事を占い、政治・宗教に大きく関わる司祭としての存在でもあった鳥占い師は、時を超えて身近に感じる存在、そしてある意味で目指すべき存在であったのかもしれない。また鳥占い師は霊感というより技術であったとのキケロ (Cicero) による記述もあり、集約された知識を元に優れた知覚で鳥の動きを判断することから、詩人を含む芸術家の萌芽が見られる (Cicero, 236-37)。

古代ローマ時代の鳥占いに関する記述を見ると、例えばローマ建国にまつわるロムルスとレムスの神話では、鳥占いによってどちらがどの場所に建国するかを決定した経緯が記されている。最初に鳥が六羽見えたレムスにその権利が与えられそうになったが、その後十二羽見えたロムルスに権利が与えられた。これはどちらが先に鳥を見たかではなく、鳥の数がより重要だったためである。スティーヴンの場合、ツバメ十三羽が見えており、十三は西洋では一般に不吉とされる数である。ツバメはスティーヴンを責める母の声と映像から彼の耳と眼を慰める。「飛ぶ鳥をこうして自分が見つめているのと同じように、人間は幾時代ものあいだ空を見上げてきた。頭上の柱廊は、古代の神殿のことを彼にぼんやりと考えさせたし、彼が物憂げに寄りかかっているトネリコのステッキは、鳥占い師の曲がった杖を思い起こさせた」(*P* 5.1803-06) とスティーヴンは考えている。

『ユリシーズ』でも、スティーヴンのトネリコのステッキについてはしばしば言及されるが、それはおそらく『肖像』で持っていた杖と同じである。第九挿話において、スティーヴンは国立図書館での議論後に外に出て、アイルランド脱出前同じ場所で鳥占いの連想をしたことを思い出している。「柱廊玄関。ここで僕は鳥占いのための鳥を見た。鳥のインガス。鳥は飛び去り、やってくる。昨日の夜僕は飛んだ。簡単に飛んだ。人々は驚いた」(*U* 9.1206-07)。インガス (Aengus) はイェイツの「さまよえるインガスの歌」("The Song of the Wandering Aengus") でも取り上げられているが、ケルト神話で若さ、美、愛を司る神であり、頭の周りに鳥 (birds of inspiration) が飛んでいるイメージで描かれる。ここでの夢の中での飛翔の捉え方は様々だろう。『ユリシーズ』のスティーヴンは夢破れてアイルランドに戻っているため、夢がつかの間のヨーロッパ大陸渡航を暗示するとも考えられる。また、人々がダイダロスとイカロスの飛翔を見て驚いたという神話から、デダラスという姓と合わせてのダイダロス・イカロス神話との関連、イカロス転落の連想も見ることができるかもしれない。

以上は、スティーヴンが『肖像』と『ユリシーズ』を通して鳥占いや鳥占い師についてしばしば思いを巡らしていることの証左となるだろう。スティーヴンについては、デダラスという姓からダイダロス神話との結びつきが人物造形の前提となっており、そこから鳥と飛翔に関するイメージが研究されているが、鳥占いを起点としてのジョイス研究はこれまでにほとんどなかったと思われる。本論では鳥表象と芸術家像についてまず鳥占いから考察を進める上で、鳥占いを系統立てて論述した思想家ハインリッヒ・コルネリウス・アグリッパ (Heinrich Cornelius Agrippa) を参照しておきたい。

二　アグリッパの鳥占い

アグリッパはルネサンス哲学に魔術を持ち込み、その思想に大きな影響を与えたドイツの思想家であり「魔術師」である。主著『隠秘哲学について』(*The Philosophy of Natural Magic*) はそれまでの魔術や自然哲学の総括的研究でもあることから、出版当初からヨーロッパで広く読まれることとなった。彼はフランス、イタリア、スペインなどヨーロッパ各地を転々としたが、一五一五年頃イギリスを訪れたことで当時のイギリスの知識人にも影響を与えた。ヨーロッパにおける魔術と自然哲学の古代からのつながりを考える時、アグリッパは不可欠な存在であり、ルネサンスからジョイスの時代にまで深い影響を残していた。

キケロ「予言について」(“On Divination”)やアグリッパ『隠秘哲学について』によると、鳥占い師は杖を用いて空に神殿を仮定し、その中で鳥を観察するという儀式的な過程を経ることで神託を受けた。鳥を含む動物の本能は、それが確実で不変なことから、神秘な力であると考えられ、鳥が迅速性、知恵などにおいて、神の真の道具として役割を果たしており、空を飛ぶ鳥は天の神々にもっとも近い存在だったとされる(フラスリエール、二〇)。

『肖像』で図書館の外でスティーヴンが空を見上げツバメを見る時、彼がモールズワース通りの方を向いていることから南西を向いているとわかる。『隠秘哲学について』において、鳥占いでは東が吉兆、西が凶兆を示すとされ、ツバメが左から右へ、すなわち東から西へと飛んでいくことは凶兆を示すと考えられる。この点についてはギフォードも同様に解釈している(Gifford, 1982, 266)。アグリッパは鳥の飛行タイプを十二種類に分類した鳥占いの手法をまとめているが、この場面のツバメの飛行にもっとも近いのは、“Confert”、すなわち「人か鳥が左から来て右に曲がりあなたの後ろを通り過ぎるか飛び、視界から去る時、物事に関する凶兆を示す」、もしくは“Emponenthem”、すなわち「人か鳥が左から来てあなたの右側に通り過ぎ、途中で休むことなく視界から去る時、吉兆を示す」(Agrippa, 164)ということになる。これらを参考にするとスティーヴンの将来は吉凶が混じっている。またツバメは合わせて十三羽だったが、西洋では一般に十三は凶兆を示す。一方『隠秘哲学について』では十三は「水、死、母」(Agrippa, 246-47)を意味する数字である。水はイカロス神話における海への落下、そしてスティーヴンの母の死を暗示しているのかもしれない。あるいは前述したように、スティーヴンは「旅立ちの、それとも孤独の象徴？」(*P* 5.1843) とこの場面の後に考えるが、厳密にはツバメの飛行は彼のヨーロッパ大陸への飛翔がはかないものに終わること、もしくはこの段階でははっきりしていないこと、鳥占いによらない未来図を示唆しているのかもしれない。

しかしジョイスがアグリッパの著作を実際に読んでいたかははっきりしないところである。『肖像』の鳥占い想起の場面後、「コルネリウス・アグリッパの一句が彼の心をよぎった」(*P* 5.1796-97) とあるが、具体的にアグリッパのどの作品の一句を指すのかはわからないことがその大きな理由である。一方でこの描写の前に「古代の神殿」、「鳥占い師の曲がった杖」(*P* 5.1805-06) を思い起こしており、鳥占いに関してある程度の知識があることから、ジョイスが鳥占いに関する知識をアグリッパ、そして共に引用されているスヴェーデンボリ (Emanuel Swedenborg) の思想から得ていたのではないかと思われる。アグリッパとスヴェーデンボリはイェイツが傾倒したオカルト思想に深く関係する思想家でもあり、イェイツを評価していたダブリン時代のジョイスがイェイツを介してその思想に触れていた可能性は高いだろう。フランク・バジェン (Frank Budgen) は「ダブリン時代ジョイスはイェイツ周辺に集っていた魔術信仰者や熟練者の中で暮らしていた」(361) とも指摘しており、当時のダブリン知識人の間で芸術と魔術が近しくあったことを示している。アグリッパ思想にはカバラやネオプラトニズムの要素もあったとされる (Seligman, 231)。

アグリッパは魔女裁判で糾弾されていた女性を弁護し教会と反目したことなどから異端視され、ヨーロッパを転々とすることになった。実際のアグリッパの思想は「魔術はもっとも完全で核となる学問で、神聖であるとともに、より崇高なたぐいの哲学というのみならず、もっとも優れた哲学すべての絶対的完成である」(Agrippa, 39) とその根幹が集約され、ルネサンスの時代に魔術を学問として科学的に分析し定義したのがアグリッパだった。とは言え、非キリスト教的要素を持つ魔術はキリスト教から見ると呪術だった。既存の価値観に疑問を提起し対立しながら生きた姿には時代の先端を切り開く先駆者、『肖像』のスティーヴンのような芸術家像と重なりがあるかもしれない。『肖像』でのアグリッパへの直接の言及は一度のみであるが、そこからうかがえるのはイェイツからの影響、当時のダブリン知識人の思想の一端、異端者・先駆者表象などであろう。

いずれにせよ、本論で重きを置きたいのはアグリッパ思想を精緻に検証することではなく、鳥表象がメインモチーフである『肖像』において、鳥占いがどのような意味を持っているかを探ることである。鳥占い師と芸術家のつながり、芸術家における先人からの知識継承と鋭敏な知覚の重要性をアグリッパ思想が下支えしていることの二点をここでは確認しておきたい。

三 『キャスリーン伯爵夫人』のアリールに見られる詩人と予見

『キャスリーン伯爵夫人』は、貴族女性キャスリーンが大飢饉において農民を救うため、悪魔に自分の魂を売り亡くなるものの、天国に行くという五幕劇である。鳥占いのツバメの連想から、スティーヴンは『キャスリーン伯爵夫人』におけるキャスリーン臨終の場面での従者たち、ウーナ (Oona) とアリールへのセリフを思い出す。

鳥占い師に通ずる芸術家の予見能力を次のように示す。

こちらへ顔を向けて、ウーナとアリール。
私はツバメが見るようにあなたたちを見たい。
ツバメが荒れた海へさまよい出る前に
軒先の巣を見つめるように。(*P* 5.1827-30)。

『キャスリーン伯爵夫人』での芸術家の役割は、吟遊詩人アリールに与えられている。アリールは

キャスリーン：それでは本当なのですね、あなたが他の人には見えないものを見て、聞こえないものを聞いたというのは。
アリール：私はベッドで寝ていました。そしてその間に私の夢は火と化しました。火の中をある人が歩いてきてその人の頭の周りには鳥がいました。
キャスリーン：神々の一人がそのように歩いたと聞いています。
アリール：彼は天使かもしれません。その人はあなたをこの森から呼び出すよう私に命じたのです。(45)

アリールは不思議な予見能力を持つと言われており、夢の中で天使のような人物に出会う。頭の周りに鳥が飛んでいるイメージは愛と若さを司るケルト神インガスを想起させる。インガスは先に挙げたように『ユリシーズ』第九挿話にも鳥占いと関連して想起される。アリールはその人物か

ら夢の中でキャスリーンへの忠告を預かるのである。これは鳥占いにおける神託の一形式とも考えられ、ケルト文化においては、神託を受けるドルイド僧の後継者として、吟遊詩人がいた。アリールの名前は、イェイツがケルト神話からとったもので、夢の中で鳥表象を介した神託を受けるアリールは、キャスリーンの危機回避の方法を予見する能力を示す。アグリッパは、アリストテレス(Aristotle)の「夢占い」「問題集」を引用しながら予言者と詩人の関係について論述し、黒胆汁の働きで予言や占いがもたらされるという論に天体の影響もあわせてこの論を継承している(Agrippa, 189-90)。アリールの超常的な潜在能力を恐れてか、悪魔は「彼の視線が私を震えとひどい恐怖で満たしたのだ」(56)と言う。さて、アリールのこの予知夢後、頭の周りに鳥が飛んでいるイメージが数回出てくるが、それは次第に凶兆、不吉さを帯びていく。「しかし今二匹の灰色フクロウが僕たちの頭の上で鳴いた」(32)とアリールが登場直後に予言的な発言をし、「私たちはただ、彼女の頭の上を飛ぶ必要があるのみ」(59)と悪魔の一人がキャスリーンの命を奪うための手はずを語る。ここでケルト神話のインガスのイメージは薄くなり、キャスリーンの凶兆を示す鳥表象が形作られていく。

『キャスリーン伯爵夫人』にはいくつかの鳥表象が見られるが、なかでも強い印象を残す鳥はフクロウである。飢えに苦しむアイルランド農民につけこみ、魂と引き換えに金を支払うとそそのかす二人の商人の正体は悪魔である。「口、目、耳のない人間」(28)、「ツノのあるフクロウ」(28)という異様な風体の男が村に現れ、「彼らの目は猛禽類のように輝いた」(44)と人ならざる目の光が強調され、「二羽のフクロウが通り越して行った。人間の声をささやきながら」(51)と彼らが人間と鳥の姿形や特徴を合わせもつことを農民が語る。「私は夜の帳が下りた時、自分の姿を変えた。人の頭を持つフクロウに」(53)と悪魔の一人が語り、その不可思議な変身能力、夜行性のフクロウのような活動の様子がうかがえる。

『キャスリーン伯爵夫人』については、アイルランド文芸復興運動に関連した研究が多い。次節で引き続き触れる通り、この作品が運動の主軸となるべきアイルランド国民劇場(Irish Literary Theatre)の初上演作品だったことが主な理由である。スティーヴンが旅立ちを前にしてこの作品のセリフから観劇の記憶を想起する点から、アイルランド文芸復興運動に対して彼が距離を置くために旅立ちを決意したとも受け取れる。ヴィッキー・マハフィー(Vicki Mahaffi)が「スティーヴンのアイルランド観はイェイツの『キャスリーン伯爵夫人』が声高にそのあり方を非難されたのと同じ、すなわちアイルランドを自分の魂を売り飛ばす国としてとらえる見方である」(235)と指摘したように、スティーヴンは『キャスリーン伯爵夫人』で描かれるアイルランド農民像におおむね同意していたと思われる。その農民像とは、困難において自分の魂を悪魔に売り飛ばしてしまうような姿である。しかしスティーヴンは自国と自国民に対する嫌悪で旅立ちを決意するのではなく、アイルランド文芸復興運動家たちと距離を置きアイルランドを見つめ直し「僕の民族のまだつくられていない意識」(*P* 5.2790)を見いだすために、ヨーロッパ大陸へと旅立つのである。その重要な決意の前に『キャスリーン伯爵夫人』が引用されているのは意味深長といえる。次節では、スティーヴンの観劇の描写とジョイス自身の観劇とそれに関係する史実を合わせて検討し、ジョイスにとっての『キャスリーン伯爵夫人』の意味を考察して鳥表象と芸術家像の関連にさらに迫りたい。

四　『キャスリーン伯爵夫人』とジョイス

『キャスリーン伯爵夫人』は一八九九年五月八日にアイルランド国民劇場初演作品として上演された。この劇場はイェイツらによって創設され、アイルランド作家によるアイルランドの作品を上演することを謳っていた。『キャスリーン伯爵夫人』初演を観劇したスティーヴンの様子が前章で引用した『肖像』のキャスリーンのセリフの後に描写されている。

出発の、もしくは孤独の象徴? 彼の記憶の耳につぶやかれた詩が、彼の回想の眼の前で、国民劇場開場の夜のホールの情景を浮かび上がらせた。彼は一人で二階桟敷の横におり、一等席のダブリンの文化人たち、舞台のけばけばしい灯りを浴びた派手な書き割り、人形のような役者たちを、あきあきした眼で見ていた。頑丈な体つきの巡査が彼の後ろで汗をかき、今にも行動を起こしそうだ。ホールのあちらこちらに散らばっている彼の学友たちから、野次やからかい、ののしりの叫びが荒々しく起こる。

――アイルランドを裏切るのか!
――ドイツのまわし者!
――罰当たり!
――俺たちは信仰を売ったことはない!
――アイルランド女はそんなことしなかったぞ! (P 5.1853-57)

まさにこの瞬間を当時ユニヴァーシティ・カレッジ・ダブリン (University College Dublin: 以下UCDと略す) の学生だったジョイスは体験している。観客のブーイングの中、喝采している若者ジョイスの姿が記録されており、ジョイス自身『キャスリーン伯爵夫人』初演版を高く評価したと言われる。初演に先がけてすでに脚本が出版されており、それを反キリスト教的であると判断したイエズス会士フィンレー神父 (Father Finlay) が、UCDの学生らを扇動し上演反対運動を行なっていた。警察官が劇場にいたのは、騒ぎを予測したイェイツが警察官を待機させていたためである。学友らが反対の署名活動をする中、イェイツを高く評価していたこともありジョイスはそれを拒絶し反感を買う。一八九九年五月十日、『フリーマンズ・ジャーナル』(*Freeman's Journal*) に抗議書簡が掲載された。ジョイス自身はその決断を「署名を拒否したのは私だけだった」と誇らしげに経歴に記していたことをリチャード・エルマン (Richard Ellmann) が挙げている (1982, 67)。ジョイスがこの拒絶を誇示しているのは、自分が政治的扇動に惑わされず、作品自体を評価しているとの芸術家としての宣言でもあっただろう。

ジョイスのこうした『キャスリーン伯爵夫人』賞賛とスティーヴンの「あきあきした眼」には大きな隔たりを感じざるを得ない。一読すると、ジョイスがスティーヴンに自伝的でない要素を与えている可能性を感じるからである。しかしテクストを詳細に読み取ると、スティーヴンが「あきあきした眼」を向けている対象は、あくまで「一等席のダブリンの文化人、ステージのぎらぎらした明かりを浴びた派手な書き割りや人形のような役者たち」である。スティーヴンは作品の内容そのものに対してではなく、観客や舞台装置、役者に「あきあきした眼」を向けているのである。作品自体への評価は巧妙とも言える形で避けられている。ジョイスはトリエステ時代の一九一二年イェイツに手紙を送り、初演版のイタリア語翻訳希望を伝えた(*L* II, 321-22)。しかしイェイツは改訂版にしか翻訳許可を出さなかったため、実現に至らなかった。イェイツは初演版が自らの未熟さを表すものだと考え、度重なる改訂を行ない、美を追求し観客の要望に合わせるため、舞台装置や舞台効果のグレードアップなどが行われている。改訂版の中では、ジョイスが好んだ詩「ファーガスと行くのは誰か?」("Who Goes with Fergus?") が削除されており、それもジョイスが改訂版翻訳を望まなかった理由でもあるだろう。このエピソードからも、ジョイスとイェイツが次第に芸術に関して考えが離れていったことの一面がうかがえる。ジョイスはダブリン時代においてもテクスト自体に関心があったことが、スティーヴンが舞台装置などに向ける「あきあきした眼」に暗示されている。一方イェイツは『キャスリーン伯爵夫人』改訂に示されるような美的効果追求を主眼としていった。

『肖像』執筆期間が「ダブリン一九〇四/トリエステ一九一四」(*P* 5.2793-94) であるとすると、まさしく『肖像』執筆期間中の一九一二年に『キャスリーン伯爵夫人』翻訳計画があり、これにまつわる前述の出来事が『肖像』に反映されている可能性は低くないだろう。エルマンは、ダブリン時代のジョイスは「点数を甘くした上で、イェイツを存命するアイルランド人作家の第一人者としてすでに注目していた」(1982, 66-67) と指摘する。ジョイスのダブリン時代、一九〇二年十月のイェイツからの手紙には「あなたの詩の技術は、私が会ったダブリンのどの青年よりも立派だ」

(*L* II, 13) と書かれており、イェイツは若き日のジョイスに今後の活躍を期待しつつ高い評価を示した。しかしジョイスがヨーロッパ大陸に渡り、コスモポリタン的生活を送る中で二人の考えや芸術に関する考え方はさらに隔たりを大きくしていく。エルマンはまた、伝記的事実を踏まえて「彼はイェイツを先駆者として認めていた」(Ellmann, 1972, 119) とも指摘するが、そうした一定の評価を下していた一方、イェイツのアイルランド文芸復興運動や、審美家的姿勢に対しては、ジョイスは冷静な距離感を持ち続けた。

スティーヴンはイェイツの詩「マイケル・ロバーツは忘れられた美を思い出す」(“Michael Robartes Remembers Forgotten Beauty”) に登場するマイケル・ロバーツから引用しながら、「四月六日：夜：マイケル・ロバーツはこの世からとうの昔に消え去ってしまった美を両腕に抱きしめたいと思う。いや、そうじゃない。ぼくは、まだこの世に現れてきていない美をぼくの両腕に抱きしめたい」(*P* 5.2723-7) と日記に記す。スティーヴンは既存の美ではなく、未知の新たな美を生み出したいと願う。これは想像力を介して自分の中から未知の美をつくりだしたいというスティーヴンが理想とする芸術家像である。マイケル・ロバーツに言及しながら芸術家としての決意を宣言するスティーヴンからは、イェイツが唱える美からの脱却を感じる。ジョイス自身は「イェイツは審美家すぎ、またぐらつく意志の人だ」(Ellmann, 1952, 89) と考えていたとの指摘もある。さらにデイヴィッド・スパー (David Spurr) が「ジョイスはイェイツやグレゴリー夫人によって広められていたような原始的でノスタルジックな神話に我慢ならなかった」(69) と指摘するように、ジョイスはイェイツが傾倒した神話、すなわちアイルランド文芸復興運動に直結したケルト神話の扱いに賛同できなかった。ジョイスはむしろその視線をヨーロッパ大陸へと向け、ギリシャ神話を元に『肖像』や『ユリシーズ』を構想したのである。

五　『肖像』と「詩の擁護」における「消えかけた炭火」――詩人と予見

アグリッパ、イェイツとジョイスをつなぐもうひとりがシェリーである。シェリーもまた魔術に興味を示し、詩人が持つ予言者、統治者としての役割、またその社会への影響を考察していた。「詩の擁護」においてシェリーは「詩人、つまり、この不滅の秩序を想像し表現する人々は、……法の制定者、市民社会の建設者、生活技術の発明者である」(Shelley, 512、中略は筆者) と詩人が複数の役割を併せ持つ包括的な存在であり、政治にも関わることを示唆している。また、古代において「詩人は、世界のごく初期の時代には、彼らが現れた時代と民族の事情に応じて、立法者もしくは予言者と呼ばれた。詩人は本質的に、これら二つの性格をあわせもつ」(Shelley, 513) と指摘している。立法にも関わった鳥占い師は神託を詩で著すこともあり、鳥占い師は詩と政治に近い存在、すなわちシェリーが述べたような詩人像に極めて近かったと言える。「ジェイムズ・クラレンス・マンガン論」("James Clarence Mangan": 以下「マンガン論」と略す) において、また『肖像』および『ユリシーズ』のスティーヴンを通して、ジョイスはシェリーが論じた詩の社会的役割に触れている。とくに「マンガン論」においては「いかなる芸術にあっても、詩こそが、表現の様式を超越する」(Joyce, 2000, 54) と語り、詩が何よりも勝る芸術形態であると述べている。

『肖像』においてもっとも強くシェリーとのつながりを示すのがスティーヴンの美学論で引用される「消えかけた炭火」("a fading coal")で、これはシェリー「詩の擁護」にある一句である。「人は『私は詩を書く』と言うことはできない。どんな偉大な詩人でも、そう言えないはずだ。なぜなら、創造する精神とは、消えかけた炭火が気まぐれな風のような目に見えない力にあおられ、一瞬真っ赤に燃え上がるようなものだからだ」(Shelley, 531)。この「目に見えない力」は偉大な詩人ですら予言することはできない。『肖像』ではこの「消えかけた炭火」が第五章でスティーヴンが展開する美学論に登場する。彼は学友リンチに向かって目の前にあるカゴを例にとりながら、美に必要な全体性、調和、光輝を説明する。「光輝」の部分で、「この至高の徳性は、審美的映像が芸術家の想像力に宿ったとたん、芸術家によって感じられるものだ。このような審美的瞬間の心を、シェリーは消えかけた炭火という美しい比喩で説明している」(*P* 5.1395-98) とスティーヴンは論じている。ジョイス自身若い頃にはシェリーをイギリス詩人の最高峰だと認め、後年の蔵書にもロマン派詩人の多くの本の中にシェリーの詩集があった。「消えかけた炭火」が燃え上がるイメージはスティーヴンが再び『ユリシーズ』でも言及し (*U* 9.381-82)、想像力と美について語っている。このイメージはまた、スティーヴンが体験するエピファニーの瞬間と重なるものだろう。スティーヴンはエピファニー体験を中心に上昇と下降の繰り返しを『肖像』全体で繰り返しているが、トマス・E・コノリー (Thomas E. Connolly) はこれを「波動パターン」(4) と呼ぶ。ヒュー・ケナー (Hugh Kenner) はさらに「スティーヴンの飛翔の陶酔感のイメージには多くのソースがある。認知できるのは、シェリーのツバメ、イカロス、そして復活したキリストの栄光に包まれた身体である」(131) とシェリーの鳥やキリスト教的表象とのつながりも指摘している。

そうしたパターンの中で下降・幻滅に帰するエピファニーは「消えかけた炭火」の否定の繰り返しとも解釈でき、シェリーの美学論の否定とも取れる。パトリック・パリンダー (Patrick Parrinder) は「スティーヴンはシェリーが提唱するところの、世界の認知されない統治者としての芸術家に賛同する一方、自分を外界から切り離し自分の芸術の神秘や複雑さを探求することに専心する」(73) と指摘する。「現実の経験と百万回出会い、僕の民族のまだつくられていない意識を僕の魂の鍛冶場できたえるために、僕は旅立つ」(*P* 5.2788-90) とスティーヴンは日記に記すが、自分を取り巻く現実であるアイルランドからの脱出という現実から離れる決断をしながら「現実の経験と百万回出会う」と言っているため、この指摘は彼の理想と現実の齟齬や矛盾を鋭く言い当てていると言える。

ジョイスはシェリーの思想に全面的に賛同していたわけではなく、作者すなわち芸術家の想像力があまりに過剰な場合、素晴らしい作品を生み出すものの詩が曖昧で不明瞭になる危険性があると、シェリーを例にとって論じている (Joyce, 2000, 8)。シェリーの想像力重視の姿勢は、「我々に必要なのは、すでに知識となっているものに想像力を働かせる創造的能力、そして想像するものを行動に移す豊かな衝動だ」(Shelley, 530) との論述からも読み取れる。ジョイスは、警戒と注意深さによって想像力が制御される場合に詩人の魂が崇高な場所へ向かうこと (Joyce, 2000, 8) も指摘する。ここから、ジョイスが想像力のある意味での危険性、芸術家にとっての均衡力の必要性に気づいていたことが理解できるだろう。ジョイスは「マンガン論」でもロマン派の想像力と合わせて古典派の力強さ、明朗さが必要であることを論じてもいる(Joyce, 2000, 53-54)。

一方、イェイツのシェリー観は「シェリーの詩の哲学」("The Philosophy of Shelley's Poetry")に見られる。この論文においてイェイツは、「詩の擁護」の中でシェリーが主張した意見——「詩人の精神が時代の精神である」(Shelley, 535)——に同意しているのだ。「偉大な民族を目覚めさせ、思想もしくは制度に有益な変革をもたらすような、もっとも信頼できる先駆者、仲間、熱烈な支持者は詩だろう」(Shelley, 535)と詩が民族に与える大きな影響をシェリーは訴えた。アイルランド文芸復興運動を進める上で、詩人が祭司、立法者であること、詩人の精神が「時代の精神」であると論じている「詩の擁護」は、イェイツにとってある意味では都合が良かったとも言えるだろう。こうした点からイェイツは少なくとも「シェリーの詩の哲学」を執筆した前後にはシェリー自身の論考におおむね賛同していたと言われる(Bornstein, 60)。

芸術家が多岐に及ぼす影響という点からシェリーとジョイスのつながりを考察する際、ジョーゼフ・A・ブッティギーグ(Joseph A. Buttigieg)による「スティーヴンの時代に宗教と美学がかつてないほど近しいものであった」(107)という指摘にも注目すべきだろう。その緊密性の結果がスティーヴンの美学論にも表れ「エピファニー」という宗教的な含みを持つ美的瞬間の独自の表現が生まれた。宗教と美学の緊密性は芸術家の想像力によって互いに重なり合い、芸術家が予測できないような美を生み出したのである。こうした緊密性は鳥占い師にも見られるもので、キケロは鳥占いが神とコミュニケーションをとる手段であったとするが、これにより鳥占いは国事を占う政治性とともに宗教性を帯びた。鳥占いが学問、技術、知識であったこともさらにキケロは指摘するが、これに基づく論理的神託によって鳥占い師は社会的機能を果たしたわけである。シェリーは彼の時代の詩人に鳥占いと同じようないくつもの社会的機能を持たせ、「とらえがたい霊感の秘儀を伝える祭司」(Shelley, 535)、つまり社会を導くべき存在になることを主張した。鳥占い師の時代から、鳥を見つめる者は多層的な役割を持ち社会と繋がることが規定されていたようである。鳥表象は「消えかけた炭火」という予測を裏切る美的イメージと合わせて、芸術家の予見と想像力の関係という問題を提起しているのである。この解答についてスティーヴンはシェリー、イェイツどちらにも全面的に賛同することはないが、両者の思想は彼の中にゆるぎなく存在している。その最たるものは、海辺の少女のエピファニーに芸術家の予見を超えた想像力の結実として示されているのである。鳥占いを想起させるツバメを見つめる場面の後、「旋回し突進する鳥たちと頭上の空の色の淡い空間に自分が探していた占いは、まるで静かにそしてすばやく小さな塔から飛んできた鳥のように、自分の心から現われ出たのだと感じた」(*P* 5. 1839-42) とスティーヴンは考える。この瞬間彼は「消えかけた炭火」に予期せぬ風が吹いたのと同じく、未知の力が働き外界ではなく自身の内面からこそそれが生み出されたと感じている。ここには鳥占い師の時代からシェリー、イェイツを経てスティーヴンが得た芸術家としての全く新しい開花の瞬間がある。

おわりに

本論では鳥表象と芸術家を中心にイェイツとシェリーの作品に注目し、『肖像』における芸術家像を再検討した。その目的においてさらにダイダロスの時代にまでさかのぼり、鳥占い師という芸術家の一原型に着眼した。芸術家は視覚対象をとらえ創造するとき、その結実を予測できるのだろうか。芸術家は社会的役割を果たすのか。これらの疑問を『肖像』において解く鍵を本論ではまず鳥表象、鳥占いに求めたのである。スティーヴンが鳥占いに思いをはせるとき、鳥占い師がもっとも活躍した古代ローマ時代、アグリッパのルネサンス、シェリーのロマン派時代、年上の同郷人イェイツと時代を通して点と点を結びながら、彼の追求しようとする美と芸術家の理想像が彼の中で醸成されていく。アイルランドというヨーロッパ西端の国にあって宗教、政治と絡み合いながら、普遍的な美を追求する芸術家がいかにあるべきかを鳥表象を介して『肖像』は語っているが、その解釈は単純な結果には終わらない。芸術家の原型ダイダロスは、かつてないほどの迷宮を創意工夫で作り上げるが、自身が伝説の名工でありながら自分の作った迷宮で迷い、才能ある甥を嫉妬して殺してしまうという一面も持つ。こうした『肖像』の古典的なダイダロス神話的解釈とは異なる、時に落胆を生むような多義的かつ多層的な側面からも『肖像』が伝える複雑な芸術家像がうかがい知れる。鳥表象が単なる飛翔・上昇という側面のみならず、実際には失敗・下降という側面をも合わせもつこともそのような複雑さに含まれる。ジョイスはシェリーやイェイツの美学論の影響を示しながらも、エピファニーの例に見られるようにそれらの欠陥も暗示している。シェリーやイェイツに部分的には同意し、その系譜を継承しつつ、その危険性や信頼のおけなさのため、彼らと一定の距離を置き、バランスを保ちながら、独自の美学をスティーヴンは形成しようとする。彼は自分が新たなる先駆者となることを自負する『肖像』の結末に向かっていく。

それはシェリーやイェイツがたどった先駆者の道筋でもあるが、スティーヴンは新たな先駆者として芸術を追求する決意を固めていくのである。

引用文献

Agrippa, Heinrich Cornelius. *The Philosophy of Natural Magic: A Complete Work on Natural Magic, White Magic, Black Magic*. Translated by J., F. Edited by L. W. de Laurence, De Laurence, 1913.

Bornstein, George. *Yeats and Shelley*. U of Chicago P, 1970.

Budgen, Frank. *James Joyce and the Making of* "*Ulysses*" *and Other Writings*. Oxford UP, 1991.

Buttigieg, Joseph A. *A Portrait of the Artist in Different Perspective*. Ohio UP, 1987.

Cicero, Marcus Tullius. *On Divination.* Translated by David Wardle, book 1, Oxford UP, 2006.

Connolly, Thomas E. Introduction. *Joyce's* Portrait*; Criticisms and Critiques*, edited by T. E. Connolly, Appleton-Century-Crofts, 1962, pp. 1-6.

Ellmann, Richard. *James Joyce*. New and rev. ed. Oxford UP, 1982.

———. *Ulysses on the Liffey*. Oxford UP, 1972.

Gifford, Don. *Joyce Annotated: Notes for* Dubliners *and* A Portrait of the Artist as a Young Man. 2nd ed., U of California P, 1982.

———. Ulysses *Annotated: Notes for James Joyce's* Ulysses. Revised and Expanded ed., U of California P, 1988.

Joyce, James. *Letters of James Joyce*. Edited by Richard Ellmann, vol. 2, Viking, 1966.

———. *Ulysses*. Edited by H. W. Gabler. Garland, 1984.

———. *Occasional, Critical, and Political Writing*. Edited by Kevin Barry, translated by Conor Deane, Oxford UP, 2000.

———. *A Portrait of the Artist as a Young Man: Authoritative Text, Backgrounds and Context, Criticism*. Edited by John Paul Riquelme, W. W. Norton, 2007.

Kenner, Hugh. *Dublin's Joyce*. Columbia UP, 1987.

Mahaffi, Vicki. "Framing, Being Framed, and the Janus Faces of Authority." *James Joyce's* A Portrait of the Artist as a Young Man: *A Casebook*, edited by Mark A. Wollaeger, Oxford UP, 2003, pp. 207-43.

Parrinder, Patrick. *James Joyce*. Cambridge UP, 1984.

Seligman, K. *Magic, Supernaturalism and Religion*. Allen Lane, London, 1948.

Shelley, Percy Bysshe. "A Defence of Poetry." *Shelley's Poetry and Prose*, edited by Donald H. Reiman and Neil Fraistat, Norton, 2002, pp. 509-35.

Spurr, David. *Joyce and the Scene of Modernity*. UP of Florida, 2002.

Swedenborg, Emanuel. *True Christian Religion*. The Classics Us, 2013.

Yeats, William Butler. *Autobiographies. The Collected Works of W.B. Yeats*, edited by William H. O'Donnell and Douglas N. Archibald, vol. 3, Scribner, 1999.

———. "The Philosophy of Shelley's Poetry." *Early Essays*, *The Collected Works of W.B. Yeats,* edited by Richard J. Finneran and George Bornstein, vol. 4, Scribner, 2001, pp. 51-72.

———. *The Countess Cathleen. The Plays, The Collected Works of W. B. Yeats,* edited by David R. Clark and Rosalind E. Clark, vol. 2, Scribner, 2001, pp. 27-63.

———. *Collected Poems*. Macmillan, 2010.

アリストテレス「夢占い」『アリストテレス全集六』副島民雄訳、岩波書店、一九六八年。

———.「問題集」『アリストテレス全集十一』戸塚七郎訳、岩波書店、一九六八年。

オウィディウス『変身物語（上）』中村善也訳、岩波書店、一九八一年。

ヤン・ブレギリアン『ケルト神話の世界』田中仁彦・山邑久仁子訳、中央公論社、一九九八年。

ロベール・フラスリエール『ギリシャの神託』戸張智雄訳、白水社、一九六三年。

リーウィウス『ローマ建国史（上）』鈴木一州訳、岩波書店、二〇〇七年。

クランリーの人物造形
――親友ジョン・フランシス・バーンの肖像

小田井　勝彦

はじめに

『若き日の芸術家の肖像』（以下、『肖像』と略す）は、主人公スティーヴン・デダラスが「自らの精神の鍛冶場で自らの民族のまだ作られていない良心を生みだす」(*P* 5.2789-90) ためにダブリンからヨーロッパへ旅立つところで作品の結末を迎える。したがって、その旅立ちを決意する場面が作品のクライマックスであると言ってもよい。

彼の帽子は額まで落ちてきてしまっていた。彼がそれを後ろへと押し上げると、木々の影のなかで、スティーヴンには暗闇によって縁どられた彼の青白い顔と大きな暗い色の目が見えた。そうだ。彼の顔はハンサムで、彼の体は強くてたくましい。彼は母親の愛について語っていた。それならば彼は、女性たちの苦しみ、彼女たちの体や魂の弱さを感じ取り、強く堅固な腕で彼女たちを守り、彼女たちに心を傾けることだろう。

ならば去ろう、行くべきときだ。ひとつの声がスティーヴンの孤独な心にそっと話しかけ、行けと命じ、友情は終わろうとしていると告げている。そうだ、行こう。争っても無駄だ。彼は自らの役割を知った(*P* 5.2507-17)。

この引用から明らかなように、スティーヴンがアイルランドを旅立つ決意をするのは、親友であるクランリーのハンサムな顔立ちとたくましい身体を目にしたときである。『肖像』の第五章にはほかにも多くの学友たちの姿が描かれているが、なぜクランリーにだけこのような重要性が与えられているのであろうか。

第五章に登場する学友たちの多くにはそれぞれ実在のモデルがいる。たとえば、マキャンのモデルはフランシス・シーヒー＝スケフィントン(Francis Sheehy-Skeffington)、デイヴィンはジョージ・クランシー(George Clancy)、リンチはヴィンセント・コズグレイブ(Vincent Cosgrave)である。クランリーのモデルとなったのは、ジョン・フランシス・バーン(John Francis Byrne)である。クランリーという登場人物名は、ジョイスが実際にバーンに付けたあだ名である。ほかの登場人物たちが架空の名前を与えられているのに対し、本名ではないにせよ、実際に使用していたあだ名を作品に用いている点を考えると、実在の人物バーンとフィクションのクランリーの距離はほかの人物たちよりも近いのではないかと推察される。

幸いなことに、バーンは自叙伝『沈黙の歳月――自叙伝、ジェイムズ・ジョイスと我らがアイルランドの回顧録』(*Silent Years: An Autobiography, with Memoirs of James Joyce and Our Ireland*)を著している。そこで本稿では、上述のバーンの自叙伝やほかの伝記的資料を参照することで、モデルとなったバーンはどのような人物であったのか、ジョイスとバーンの実際の関係性がどのようなものであったのか、ふたりの間にどのような出来事があったのかをまず検証する。そしてジョイスが作品において、バーンのどのような特徴を際立たせて描き、実際とは異なるどのような虚構を付け加えているかを考察することにより、『肖像』におけるジョイスの企みを明らかにしたい。

一　ジョン・フランシス・バーンの生涯

ジョン・フランシス・バーンは、一八八〇年二月十一日に生まれた。バーンの父親はウィックローで三つの農場を所有もしくは賃借していたが、火事でそのうち最大のものが失われるとすべての財産を処分し、ダブリンで食料品店を営んでいたようである (Byrne, 192)。『肖像』の最後を飾る日記において、スティーヴンがクランリーの父親の姿を想像しているが、そのうちのひとつが「強靭な農民タイプ」(*P* 5.2613-14) となっているのは、『肖像』においてクランリーと農民を結びつける記述は何もないものの、バーンの父親が元農民だったという事実が反映されているのかもしれない。ジョイスの弟スタニスロース (Stanislaus Joyce) は、バーンが農民の家系であり、『肖像』で描かれるよりも農民らしい肉厚な体をしていたと証言している (*MBK*,176)。

バーンは三歳のときに父親が、十歳のときに母親が亡くなっており、ふたりのいとこたちに養ってもらっていた。リフィー川に近いエセックス通りに住み、潮が高いときには浸水してしまうような住居で暮らしていたと自叙伝で述べられており、バーンは貧しい子ども時代を過ごしていたと

言えよう (Byrne, 20)。

当初はカルメル会が運営する学校に通っていたが、ジョイスが入学する前年である一八九二年にベルヴェディア・カレッジ (Belvedere College) に入学した。このころにはすでに信仰をなくし、懐疑主義者となっていた。そして、一八九五年にユニヴァーシティ・カレッジ・ダブリン (University College Dublin) に進学する。入学して一か月したころ、聖職者にならないかという誘いを司祭から受けた。バーンはそのときの司祭たちとのやり取りを自叙伝で克明に再現しており、信仰がないこと、これまで面倒を見てくれたふたりのいとこのために働かなければならないこと、ノーラ・ホーガン (Norah Hogan) という恋人がいること、それら三つの理由を述べて誘いを断っている。最後の理由をバーンが述べたとき、『肖像』に登場する学監のモデルとなったダーリントン神父 (Father Darlington) が「それについては秘密ではない、カレッジ中が知っている」と言ったとしている。『肖像』ではスティーヴンの恋人を奪うかのように描かれているが、バーンには恋人がいることからそれは虚構であることがわかる (Byrne, 12, 30-32)。

大学生時代、バーンは様々なことに打ち込んだ。ジョイスとは対照的にバーンはスポーツ万能であったようだ。『肖像』でも友人たちとゲームをするシーンがあるが、彼はハンドボールに熱心で、自らトーナメント大会を開催したりしている。また、ウェイトリフティングの大会で優勝したことも著書で語られ、『ユリシーズ』で回想されるときに言及される「クランリーの腕」がほかの選手たちより優れていたことはジョイスにとって驚くべきことではなかったとバーンは述べているため、筋力の強さはジョイスも認識しているものだったのであろう (Byrne, 83-84)。

『肖像』には図書館でクランリーが仲間の医学生ディクソンに新聞のチェスの問題を読んでもらっているシーン (*P* 5.1865-71) があるが、バーンは一時期チェスに夢中になり、ダブリンでチェス好きが集まるダブリン・ベイカリー・カンパニー (Dublin Bakery Company) のレストランの喫煙室に通っていたようである。彼の自叙伝では、十九世紀アイルランドの政治指導者チャールズ・スチュワート・パーネル (Charles Stewart Parnell) の弟ジョン・ホワード・パーネル (John Howard Parnell) もこの喫煙室に通っており、ジョイスとともに自己紹介をしたときの情景が再現されている。「ジョイスさんも、お友達のバーンさんと同じように、チェスに夢中なのですか」と尋ねられたジョイスは、「残念ながら違います。ゲームの複雑さをマスターできるとは思いません」と控えめに答えた。ジョイスはチェスには全く興味がなく、チェスが終わってバーンと会話するためだけに付いてきたのである。バーンは少ししてこの喫煙室通いを止めてしまったが、バーンと会話するためにひたすら待ちつづけているジョイスの執拗さに負けてしまったためだとバーンは述べている (Byrne, 42-43, 53)。『ユリシーズ』の第十挿話では、マリガンとヘインズがこのレストランを訪れてスティーヴンの噂話をしており、そこでチェスに興ずるジョン・ホワード・パーネルの姿が描かれているが、バーンとともに訪れたときの記憶に基づいたものと推察できる (*U* 10.1042-1109)。

ジョイスがバーンに対してクランリーというあだ名を付けたのもチェスが関係している。初めてそのあだ名で呼んだのは、上述のレストランでバーンが政治家の弟とチェスのゲームをしたあとのことである。バーンが色白でチェス好きのためホワイト・ビショップと呼ばれているのをジョイスは大学に入学以来たびたび耳にしており、またちょうどその頃十五世紀にダブリンに来た大司教トマス・クランリー（Thomas Cranly）について関心が集まっていた。そしてジョイスは、ジョン・ダルトン（John D'Alton）によって書かれた『ダブリン大司教回顧録』（*Memoirs of the Archbishops of Dublin*）を読み、バーンにクランリーというあだ名を付けたのである。ジョイスはクランリーという名前の音の響きが気に入ったのだとバーンは振り返っている（Byrne, 44）。

一九一〇年、バーンはニューヨークに居を移してジャーナリストとなり、苗字をアナグラムにしたJ・F・レンビィ（J. F. Renby）というペンネームで様々な記事を書いた。そして、ジョイスがヨーロッパでアイルランドを舞台とした作品を書き続けたのと同じように、バーンもアイルランドとの関わりを保ちつづけた。一九一五年には一時釈放中でニューヨークに来たシーヒー＝スケフィントンの活動を助け、その翌年はアイルランドに帰国し、イースター蜂起など緊迫した政治状況を観察して、レポートを行なった。その年の秋にニューヨークに戻ると、「アイルランド人たちの憤り」（"The Irish Grievance"）と題する長い報告記事を書き、『センチュリー・マガジン』（*Century Magazine*）に掲載された。また、アイルランド内戦時には、著名なアイルランド系アメリカ人たちの署名を集め、内戦の停止を呼び掛ける声明文が一九二二年十月二九日に『ニューヨーク・アメリカン』紙（*The New York American*）に掲載された。それらの記事と声明文はバーンによる背景説明がつけられ、自叙伝に収められている（Byrne, 102-143）。

彼はチャオサイファー（chaocipher）と呼ばれる暗号を作ったことでも有名である。その暗号は一九一八年に作られ、アメリカの陸軍通信隊や海軍に働きかけたが、採用はされなかった。その後解読されることはなかったが、二〇一〇年に遺族がすべての資料をアメリカ国立暗号博物館に提供し、その解読法が明らかとなった。その後のバーンは一九二六年からは『デイリー・ニュース・レコーズ』紙 (*Daily News Records*) の経済欄担当部長となり、経済コラムを執筆した。自叙伝『沈黙の歳月』が出版されたのは一九五三年であり、一九六〇年に八〇年の生涯を終えた。

これまでジョン・フランシス・バーンの多才な生涯をたどってきた。それでは、バーンはジョイスの人生にどのような影響を与えたのであろうか。次の節では、ジョイスとバーンの実人生における関わりについて考察していく。

二　実人生におけるジョイスとバーン

ジョイスとバーンはベルヴェディア・カレッジ在学中に知り合いになったようであるが、親しくなったのはジョイスがユニヴァーシティ・カレッジに入学してからのようである。バーンは自叙伝でふたりの関係性を次のように述べている。

ジョイスが一八九八年九月にユニヴァーシティ・カレッジに入学したとき、彼が私にまとわりついたのは、至極当然であった。私たちはベルヴェディアに共に在学し、学校が別々になっていた期間も知り合いの関係を続けていた。ジョイスは私よりおおよそ二歳年下で、十八歳と十六歳という私たちのそれぞれの年齢において、二つ離れていることは大きな意味を持っていた。少なくとも身体や筋肉といった側面ではそうである。さらに私は並はずれて強く、見た目から想像しうる以上に強かったが、ジョイスはやせていて、体重も軽く弱かった。このせいで彼に対する私の態度は庇護的なものであり、その後も大体において変わらないままであった。(Byrne, 40)

『肖像』を読むかぎりスティーヴンとクランリーの年齢差はあまり感じないが、高校の一年生と三年生と考えると良いであろう。絶対的な先輩と後輩の関係である。

バーンは態度が「庇護的」であると述べているが、それを踏まえて作品を再読すると、『肖像』においてクランリーは「庇護的」な役割を演じていることがわかる。たとえば第五章の第一節では、スティーヴンの友人のひとりモイニアンは授業中そして授業後もスティーヴンの耳に戯れ言をささやき続けている。スティーヴンが「なぜ彼が遠慮なく自分の考えをぼくの耳に注ぎこんでくるのか、君なら教えてくれるだろう。教えてくれないか」と、クランリーにいわば告げ口をする。ここで「耳に注ぎこむ」というのは、『ハムレット』において先王を殺害するときに耳に毒を注ぎこんだイメージが反映されている。その言葉に過剰反応したのであろう。「とんでもない忌まわしい馬鹿野郎。それが彼の正体さ」(“A flaming bloody sugar, that's what he is!”)(*P* 5.752-61) という言葉をクランリーはモイニアンに浴びせかけるのである。

そのあとの場面においても、平和運動の署名をめぐってマキャンとの口論が激しくなると、スティーヴンとマキャンの間にハンドボールを差し出しながら、ラテン語で「この忌々しい地球中に平和を」(*P* 5.849) と言って仲裁に入る。そしてさらに、より険悪な雰囲気となると、スティーヴンとテンプルの腕を取ってその場を立ち去る。その後、一緒に退場したテンプルに対しても、彼がいい加減で信仰上不敬にあたるような質問をスティーヴンに投げかけるようになると、桶板を持ち上げて脅しながら、「テンプル、神に誓って、もしおまえが一言でも口にしたら、何についてであれ、誰に対してであれ、いいか、その場でお前をぶっ殺す」(*P* 5.943-45) と厳しい口調で言い、彼を追い払うのである。そして第五章第三節においてもふたたび、テンプルが煉獄について不敬な発言を続けると、クランリーはスティーヴンが持っているトネリコのステッキをひったくり、逃げていくテンプルのあとを追う (*P* 5.2182-238)。スティーヴンのステッキを使ったことで、まさに彼の代理となって彼のためにテンプルを追い払っている。バーンが語っているように、作品中のクランリーもスティーヴンを庇護する役割を担っていることが窺えるのである。

話をフィクションからノンフィクションへと戻すと、ジョイスにとってバーンは先輩にあたり自らを守ってくれるような存在であった。そして、バーンの証言によると、一九〇〇年四月にロンドンの著名な文芸雑誌『フォートナイトリー・レビュー』(*The Fortnightly Review*) に「イプセンの新しい劇」と題するジョイスの論文が掲載されると、友人たちの嫉妬やへつらいからほかの友人たちとの友情が損なわれてしまい、バーンによりいっそう仲間づきあいを求めるようになった (Byrne, 61-3)。当時のジョイスにとってバーンは、何があっても態度を変えることがなく信頼できる親友であると映っていたにちがいない。

『私たちが知っていたジョイス』(*The Joyce We Knew*) という証言集において、ウィリアム・ファロン (William Fallon) は次のような証言をしている。

批評家たちは、J・F・バーン（『肖像』のクランリー）がジョイスの成長にかすかにはたらいた影響について最小限のスペースしか割いてこなかった。彼らはベルヴェディア・カレッジと短期間在籍した医学校で一緒だった。（私たちにとっては「ジェフバーン」だった。）しかし、彼らは身体的、知能的に正反対だった。というのも、すばらしいアスリートであるだけではなく、バーンの読書は人間の知識体系のあらゆる領域に及んでいたことは明らかで、ちょっとした生き字引といっても差し支えない。ときには日が暮れてから長時間、聖スティーヴンズ・グリーンやマウントジョイ・スクエアの四隅を行進しながら、いちどならず「ジェフバーン」の話を「立ち聞きした」。彼の考え抜かれた会話の仕方は、彼がふざけて「プラトニクス」と呼んだものを独り占めするのではなく、提供するためだった。しかし、ジョイスはそれらの散歩に誰も交えずバーンとふたりきりになることを好んだ。あとで知ったことだが、ジョイスは一九〇二年から一九〇四年という数年間に、彼の芸術作品の設計図や選ぶべきダブリンを象徴するひな形となる人物たちの下書きを書き始めていた。その目的のために、首都やその周辺、もぐり酒場まですみずみ知っていた「ジェフバーン」よりも適した人物がいただろうか、そしてどこで人間味あふれた素材とジョイスが個人的な接触ができただろうか。バーンは彼の信頼できる付添人であった。(O'Connor, 52)

リチャード・エルマン(Richard Ellmann)による伝記は、スタニスロースの証言を重視し、作品から実人生を類推する傾向があり、バーンのどちらかというと謹厳で寡黙な印象が伝えられているが、ゴードン・ボーカー(Gordon Bowker)は、右に引用したファロンやほかの学友たちの証言をもとにし、「ウィクローの農夫の息子、乱読家、疲れることの知らない話し好き、機知に富んだ人」としている(Bowker, 62)。ファロンは「誰も交えず」と述べているが、ボーカーはジョイスより年下のコンスタンチン・カラン(Constantine Curran)と三人で連れだって歩き、宗教と美学というジョイスにとって最も関心の高い話題を話しあっていたと記している (Bowker, 69)。それらの証言を参考にすれば、ふたりきりのこともあればそうでないこともあったが、ジョイスは大学時代に博学で多弁なバーンから多くの知識を得て、長い時間散歩をしながら多くの議論をし、自らの作品の題材も多く手に入れたのであろう。若き日のジョイスの人格形成において、そしてその後の作家人生において、バーンはまさになくてはならない人物であった。

しかしながら、その友情にひびが入る事件が起こる。一九〇二年十二月から翌年四月にかけて、ジョイスは医学を学ぶことを表向きの理由としてパリに滞在したが、事件はその間に起こった。バーンは「自分を深く傷つけた」と述べているが、原因の詳細には触れていない (Byrne, 84)。一方、スタニスロースが、この事件について詳しく説明している (MBK, 209-12)。滞在中、ジョイスはバーンとコズグレイブに葉書を送った。バーンに送られた葉書には、のちに『室内楽』に収録されたジョイスの精神生活が表された詩が書かれていた。バーンはコズグレイブと散歩中にこの手紙を見せて、「聖書に誓って言うが、ダブリンでは僕ほどジョイスのことを知っている男はいない」と言った。するとコズグレイブが自分の葉書を取り出し、「これを知っているか」と言ってバーンに見せた。コズグレイブに送られた葉書はラテン語で書かれたパリの売春宿についての報告であった。するとバーンは「これも取っておけ、欲しくないから」と言って自分に送られた葉書もコズグレイブに渡し、コズグレイブは勝ち誇ったように自分に葉書を渡しに来たとスタニスロースは記している。スタニスロースはこの事件を要約して次のように述べる。

バーンの怒りは道徳的な非難に基づいたものではなかった。私の兄に関してほかの人びとが知っていて彼が知らないことがあるということを、彼に対する個人的な攻撃であると考えたのだ。私の兄のほうでも彼の友だちの所有欲をかなり満足させていたので、バーンは私の兄の私的な生活を管理する権利を確立したと考え始めていたのだった。(*MBK*, 211)。

この事件のあとにふたりのあいだで起こったことに関しては、バーンが回想している。ジョイスが帰国したあと、ふたりは疲れはてるまでその件について話しあったが、ジョイスは何も説明していないように感じ、バーンは友人関係を続けることには同意しなかった。しかし、翌朝バーンの元に今日再び会いたいとする手紙が届き、半日ダブリン南部の郊外をくまなく歩きながら会話をし、友人関係を続けることになったのだ (Byrne, 84-87)。『肖像』ではスティーヴンの方から友情を捨ててアイルランドから旅立つように描かれているが、実人生においてバーンとの友人関係を続けることを望んだのはジョイスの方である。

バーンは「この出来事とほかの時や場所での出来事をいつものように混ぜあわせている」(Byrne, 84) と述べており、そっくりそのままではないが、『肖像』の第五章第三節で描かれた会話は概ねこのときのものであるとしている。友情について、母親の愛についての議論は実際に行なわれたのである。バーンは、ジョイスが母親の死に際の願いを断ったことが仲たがいの原因ではないが、その母親に対する冷淡な態度は深く感じ入るものがあったと述べている (Byrne, 86)。

和解をし、友人関係を続けることにしたものの、冷やかな関係が続いた。スタニスロースは一九〇九年にダブリンに戻ってきたときまでふたりの関係は修復していなかったと述べているが

(*MBK*, 211)、一方バーンは一九〇四年十月にジョイスがのちにジョイスの妻となるノーラと駆け落ちするときまでには、心がひとつになっていたと述べている (Byrne, 85)。このときジョイスの人生における最も重要な事柄のひとつを相談しているので、バーンの証言の方が正しいと言えよう。ジョイスはノーラを連れて大陸へ行きたいと考えており、バーンに彼女に尋ねるべきなのかどうか、彼女は尋ねられたら一緒に行ってくれると思うかどうかをバーンに尋ねた。「ノーラを愛しているのか」というバーンの問いに、「この世でノーラより愛することができた女の子は誰もいない」とジョイスは答えた。そして、その答えにバーンは「待つな、ためらうな。ノーラに尋ねよ、そして彼女が一緒に行くことに同意したら、連れていきなさい」と言い、ジョイスはその言葉通り駆け落ちをしたのである (Byrne, 148)。母親の愛をめぐる発言で冷えてしまった友情は、ジョイスがノーラに対する愛を体験したことで復活を果たしたのかもしれない。

その後もジョイスとバーンの友情は続いている。一九〇九年ジョイスがダブリンに帰郷した時に大きな事件が起こった。バーンは葉書事件と同様に内容は記していない。バーンの自叙伝のタイトルは『沈黙の歳月』であるが、相手の弱みとなるようなことは決して口外せず沈黙するというのがバーンの基本姿勢である。伝記によると、コズグレイブは、ジョイスとノーラが駆け落ちをする前、ノーラとたびたびデートをしていたと嘘をついたのだ (Ellmann, 279-81; Bowker, 180-81)。その嘘を真に受けたジョイスはエクルズ通り七番地に住むバーンのもとを訪れた。バーンはそのときの様子を次のように書いている。

私はずっとジョイスが感情的であることはわかっていたが、この日の午後より以前に、彼を身もだえさせる驚くべき状況に近いものを目にしたことはなかった。彼は泣き、うめき、全くどうにもならないと身ぶりをしながら、起こったことを泣きじゃくりながら私に話した。生涯において人間がこれほど打ち砕かれているのを見たことがなく、彼から感じとった悲しみと私の彼を思いやる気持ちは、不愉快な思い出を消し去ってしまうのに十分な理由だった。(Byrne, 156)

バーンはコズグレイブが嘘をついていることを証明してなだめることに成功したようである。ジョイスは一晩バーンの家に泊まり、翌朝にはハミングして出ていき、ノーラに贈る装身具を買ってきたとバーンは回想している (Byrne, 156-57)。

その後まもなくトリエステに戻る頃のある晩、ジョイスの求めに応じてふたりは夜の散歩をし、深夜三時ごろ家に戻った。しかし、バーンは家の鍵を前日にはいたズボンのなかに忘れてしまい、手すりを超えて地下から家に入ったのである。(Byrne,157-58) このときの情景は、『ユリシーズ』第十七挿話に再現されている (*U* 17.83-89)。ノーラが浮気をしていたかもしれないと絶望に襲われて訪れた家、そして嘘だとわかり誤解が解けてノーラの愛を再確認した家、親友とダブリンで最後に過ごした家があるエクルズ通り七番地が、世界文学の金字塔『ユリシーズ』におけるレオポルド・ブルームの住所である。ブルームは多くの人物をモデルにしているが、バーンもそのモデルのひとりであり、ブルームとバーンのつながりについてもまだ多く考察されるべきことがあるように思われる。

その後のジョイスとバーンは、ヨーロッパ大陸とアメリカで特に交流もなかったが、一九二七年と一九三三年にパリにいるジョイスをバーンが訪問している。一九二七年に訪問したときには、正式に結婚しておらず心配していることをノーラから聞き、ジョイスに結婚の約束をさせた(Byrne, 148-49)。遠く離れていても友情は続いていたのである。

三　『肖像』におけるクランリー

これまでクランリーのモデルとなったバーンの生涯、ジョイスとバーンの交流を振り返ることで、バーンがジョイスの人生に重要な影響を及ぼすような唯一無二の親友であることを検証してきた。そのなかで、チェスやハンドボールのような趣味を持ち、庇護的な役割を果たし、懐疑主義者であるなど、バーンの多くの特徴がクランリーに引き継がれていることが見て取れただろう。また、「この出来事とほかの時や場所での出来事をいつものように混ぜあわせている」(Byrne, 84)としながらも、『肖像』第五章のスティーヴンとクランリーの会話は実際に行なわれたものであることがわかった。

しかしながら、『肖像』は自伝ではなくあくまでもフィクションである。その証拠もバーンの自叙伝が提供してくれている。『肖像』の第五章第一節に登場する学監のモデルは、ユニヴァーシティ・カレッジにいたダーリントン神父である。神父は、ある日朝早く教室に到着したバーンのために、まさに『肖像』に描かれているようにろうそくの燃えさしを使って巧みに暖炉の火をつけた。火をつけ終わると神父は「誓って、火をつけるのには実にアートがいるのです、そうではないですか」と言った。バーンはその言葉に心から同意して「はい、実にそのとおりです」と答えた。そのエピソードをバーンから聞いたジョイスがそれを作品に「悪用」した。「本の読者には、ジョイスがなんらかの個人的な悲痛からダーリントン神父への悪意をぶちまけているという印象が残される」とバーンは抗議し、ジョイスはほかの事柄も含めて謝ったので、それ以上何も言わなかったと証言している(Byrne, 34-35)。

ジョイスが謝ったとされる神父以外の事柄とはいったい何なのか、バーンは例によって何も語っていないが、バーンをモデルとしたクランリーの描き方についても、きっと本人に謝ったのではないだろうか。『肖像』のクランリーは明らかに「悪用」されているが、その一因は弟スタニスロースにある。彼はそれまで自分にすべてを話してくれていた兄が、自分ではなくバーンに打ち明け話をするようになり、兄を奪われてしまったと感じたようである。さきに引用した「バーンは私の兄の私的な生活を管理する権利を確立したと考え始めていた」(*MBK*, 211)といった記述にもその嫉妬心が表れている。彼の『ダブリン日記』には、「J・F・バーンによる人びとに対する判断は、非難したいという願望で歪められていた」(S. Joyce, 1962, 27)、「バーンはコズグレイブほど賢くないし、半分も正気ではない」(S. Joyce, 1962, 44)などと述べており、バーンに対する偏見や悪意が強いことがうかがわれる。

次の引用は、『ダブリン日記』に書かれたスタニスロースによるバーンの描写である。

J・F・バーンは誰かが話しかけるまで決して考えない人物である。そして、彼はシトー会の司教のような計り知れない仮面の下で熟考し、ひとは彼の偉大な精神活動を知ることとなる。話すときは、不可謬であることを主張する。会話がとらえがたいものになればなるほど、より荒々しい話し方をする。彼は「忌まわしい」("bloody")や「とんでもない」("flaming")のような言葉を好む。ぼくが彼につけた名前のなかで一番新しいものは、「堅物のトマス」だ(S. Joyce, 1962, 35)。

ジョイスはこの弟の日記を読み、それをそのまま『スティーヴン・ヒアロー』に借用する。

> スティーヴンはクランリーとの長い会話を報告し、モーリスはそれをしっかり書きとめた。年少の懐疑主義者はほとんど何も言わなかったが、兄がクランリーを高く買っていることを共有していないようだった。モーリスにこの偏見を与えているのは嫉妬からではなく、クランリーの野卑さを過大に見積もっているからだった。彼はクランリーと一度しか話したことはなかったが、しばしば彼と顔を合わせていた。野卑であることは、狡猾でばかげていて臆病な習慣の集合体のように彼の目には映っていた。クランリーは誰かが話しかけるまで決して考えず、信じがたいと思ってきたような陳腐な言葉を言う、というのが彼の意見だった。それは誇張されているとスティーヴンは考え、クランリーは大胆不敵にも陳腐に徹し、よどみなく話すことができ、あまのじゃくな性質を持っていると言ってもよいと言った。クランリーの過度の懐疑主義と重い足取りから、彼はその野卑な人物に対して名前を思いついた。彼はクランリーを堅物トマスと呼び、ある程度威厳のある物腰をしていることを認めさえしようとしなかった。(*SH* 144-45)〔強調は筆者〕

『スティーヴン・ヒアロー』では弟モーリスの考えとして掲載され、兄スティーヴンはそれを否定するという形を取っている。しかし、『肖像』ではどうだろうか。『スティーヴン・ヒアロー』では「ある程度威厳のある物腰をしている」とスティーヴンの口から弁護の言葉が述べられているが、『肖像』においてクランリーは始終不機嫌な様子で、いちじくを齧りながら、随所でののしり言葉を使っている。スタニスロースが好んで使うと『日記』に記した「忌まわしい」("bloody") や「とんでもない」("flaming") のような言葉を、モイニアンに対して浴びせかけているのは先に引用したが、ほかの人びとを批判する際にもこれらののしり言葉が必ず使われている。『スティーヴン・ヒアロー』で弟によるクランリーの評価として挙げられている「野卑さ」の特徴が前面に押し出されて描かれている。

さらに、スタニスロースの『ダブリン日記』では、「シトー会の司教」という描写があるが、『肖像』でスティーヴンが思い描くクランリー像にはつねに聖職者のイメージがつきまとっている。引用は作品中初めてクランリーが言及される箇所である。

> 彼のすぐ前、一列目の座席では、かがみこんでいる仲間たちのなかで、彼とは別のもうひとつの頭がまっすぐ前を向いて浮かびあがっていて、謙遜する様子もなく、彼の周りにいるつつましい礼拝者たちのために聖櫃に哀願している司祭の頭のようであった。クランリーのことを思うとき、心に思い浮かぶのは彼の全身のイメージではなく、頭と顔のイメージのみであるのはなぜだろう。(*P* 5.142-48)

初出の場面から「司祭」のイメージが付与される。そしてこの引用のすぐあとでクランリーの顔の描写が行なわれ、「司祭のような」("priestlike") という語が三回立てつづけに使用され、「司祭」というイメージが読者に植えつけられるのである。そして彼らの交流についてスティーヴンは次のように振り返るのである。

> 　スティーヴンは、彼の魂の動揺や不安、切望のすべてをクランリーに語ったが、毎日毎晩彼の友だちによって黙って聞いていることでしか返答されなかった有り様をさっと思い出すと、赦す力を持たずに人びとの告白を聞く罪深き司祭の顔なのだと言い聞かせようとしたが、暗い色をした女性的な目のまなざしを記憶のなかで思いだした。
> 　このイメージを通して思索の奇妙な暗い洞窟を覗き見たが、まだそこに入る時間ではないと感じて、すぐに目をそらした。(*P* 5.155-64)

「思索の奇妙な暗い洞窟」とあるが、「計り知れない仮面の下で熟考し、ひとは彼の偉大な精神活動を知ることとなる」(S. Joyce, *1962*, 35) というスタニスロースによるバーンの描写と相通ずるものがあるだろう。バーンは十歳のころ信仰を失い、懐疑主義者であったことは先に述べた。「僕を改心させようとしているのか、それとも自ら背教者になろうとしているのかが知りたい」(*P* 5.2428-30) とスティーヴンはクランリーに尋ねており、懐疑主義者をうかがわせる発言は多々ある。しかし、『肖像』ではそれがはっきり明言されておらず、司祭のイメージをまとい、スティーヴンに信仰を取り戻させようとする役回りである。したがって『肖像』におけるクランリーの描写は、実物大のバーンの姿ではなく、スタニスロースの『日記』に描かれたバーン像が反映されていると言っても過言ではない。

　ではなぜジョイスは、クランリーに司祭のイメージを重ねあわせているのであろうか。幼少期からスティーヴンの思考を支配しているのはカトリック教会であり、「奇妙じゃないか、君の心は信じていないという宗教のことでいっぱいじゃないか」(*P* 5.2335-36) とクランリーがスティーヴンに言うほど、第五章の段階でもスティーヴンはカトリック教会に支配されている。カトリック教会は彼に恐怖を植えつけることで支配しようとする。その恐怖は作品冒頭から始まる。プロテスタントの家の子であるアイリーンと結婚すると宣言するスティーヴンは、母親とダンテのふたりから謝らないと目をくり抜くと脅される。第一章第四節では、ドーラン神父が革帯で手のひらに体罰を与える。第二章第三節では、バイロンが最高の詩人であるというスティーヴンを友人たちがはがいじめにして、キャベツの芯で殴ったりステッキで叩かれたりしながら、バイロンは異端であり、悪であることを認めるように迫る。そして第三章は地獄に対する恐怖を植え付ける説教である。『肖像』はこのように恐怖に満ちている。

そして最終章では、クランリーが恐怖を植えつける存在である。モイニアンを「ひどいとんでもない馬鹿野郎。それが彼の正体さ」とクランリーが罵るとき、スティーヴンは「それはすべての失われた友情に対する墓碑銘であり、いつか彼の思い出に対しても言われるのだろうかとスティーヴンは想像した」(*P* 5.752-64) とあり、クランリーにその言葉を投げかけられることを恐れているのである。

また、クランリーとの会話は、第三章の地獄の説教と結びついている。クランリーはイチジクを捨てるとき、「汝、呪われたるもの、我より離れて永遠に続く炎に入れ」と言い、スティーヴンに「審判の日にそれらの言葉が言い渡されるのが怖くないのか」(*P* 5.2325-28) と尋ねるが、これはかつてのスティーヴンが恐怖を感じた地獄の説教の「汝、呪われたるもの、我より離れて悪魔とその天使たちの永遠に続く炎に入れ」(*P* 3.425-26) のリフレインである。スティーヴンは最終的に「流浪」("exile")(*P* 5.2579) する道を選ぶ。この "exile" は作品中一度しか使われていないが、品詞の異なる「追放されて」("exiled") は地獄の説教で使われているのである。

そしてもし、母親が子どもから引き離されて、人が炉辺や家から追放されて、友だちが友だちから切り離されるのが苦痛ならば、その魂を無から存在へと召喚し、生において支え、計り知れない愛によって愛した至高善の愛にあふれた創造主から、貧しい魂が追い払われたなら、何という苦痛、何という苦悩なのかを考えなさい。(*P* 3.928-35)〔強調は筆者〕

この説教の文言はもちろん神から見放される苦痛について強調しているが、その例えとして母親の愛、離郷、友情が語られており、それはまさに第五章で行なわれるクランリーとスティーヴンの会話の内容と同じである。スティーヴンは幼少期から植えつけられた恐怖を振り払って、母親の愛も拒絶し、家からも離れ、友だちからも離れ、「流浪」に自由を求めるのである。

おわりに

作者ジョイスと主人公スティーヴンの関係性を論じる論考はこれまでにも多く見られたが、この論考では友人の描き方を検証することで、ジョイスによる伝記的事実への脚色の様子を明らかにした。これまで本稿ではクランリーのモデルとなったジョン・フランシス・バーンがどのような人物なのかをたどり、ジョイスの人生に多大なる影響を及ぼし、ジョイスにとって欠かすことのできない親友であることを検証した。学生時代には、信仰を失ったカトリック教会にかわり、自らの打ち明け話を聞いてくれて庇護してくれる、頼るべき存在であったのであろう。『肖像』ではそんな一番の親友の粗野な一面を際立たせ、スティーヴンを支配してきたカトリック教会を体現させるという悪い役回りを与え、一番の親友と別れを告げることで、アイルランドとの決別がより印象的に演出されているのである。

バーンの自叙伝を読むと、間違っていることは間違っていると率直に批判する人物であるように思える。ベルヴェディア・カレッジで受けたひどい仕打ちやハーバート・ゴーマン (Herbert Gorman) の伝記の間違いなどを的確に厳しく批判している。しかしながら、自らがモデルとなったクランリーの描き方についての苦言は何も述べられていない。その沈黙こそジョイスとバーンの友情の証し、バーンの親友に対する思いやりなのであろう。

付記

本稿は、二〇一七年十月二八日に行なわれた日本英文学会中国四国支部第七十回大会における口頭発表「*A Portrait of the Artist as a Young Man* における友人たちの肖像」の内容の一部に大幅な加筆、改変を行なったものである。

引用文献

Bowker, Gordon. *James Joyce: A Biography*. Phoenix, 2012.

Byrne, John Francis. *Silent Years: An Autobiography, with Memoirs of James Joyce and Our Ireland.* Farrar, Strauss and Young, 1953.

D'Alton, John. *Memoirs of the Archbishops of Dublin.* Hodges and Smith 1838.

Ellmann, Richard. *James Joyce*. Oxford UP, 1982.

Gifford, Don and Robert J. Seidman. *Notes for Joyce:* Dubliners *and* Portrait of the Artist. E. P. Dutton, 1967.

Joyce, James, *Letters of James Joyce*, vol.2. Edited by Richard Ellmann, Viking Press, 1966.

———. *A Portrait of the Artist as a Young Man: Authoritative Text, Backgrounds and Context, Criticism.* Edited by John Paul Riquelme, W. W. Norton, 2007.

———. *Stephen Hero*. New Directions fourth edition; edited by Theodore Spencer et al., New Directions, 1963.

———.*Ulysses*. Edited by H. W. Gabler. Garland Publishing, 1984.

Joyce, Stanislaus. *My Brother's Keeper: James Joyce's Early Years.* Edited by Richard Ellmann, Viking Press, 1958.

———. *The Dublin Diary of Stanislaus Joyce*. Edited by George Harris Healy, Faber and Faber, 1962.

O'Connor, Ulick, editor. *The Joyce We Knew: Memories by Eugene Sheehy, Will G. Fallon, Padraic Colum, Arthur Power*. The Mercier Press, 1967.

フィクションと伝記的事実から読み解くジョイスの階級意識
――イエズス会、クリスチャン・ブラザーズ、移民

河原　真也

はじめに

ジェイムズ・ジョイスの自伝的小説『若き日の芸術家の肖像』（以下『肖像』と略す）の第一章には、主人公スティーヴンの父親であるサイモンが、息子の通う教育機関をめぐって、以下のような会話を交わす場面がある。

――彼をクリスチャン・ブラザーズにやるなんてありえないわ、とデダラス夫人は言った。

――クリスチャン・ブラザーズなんて、糞くらえだ。パディ・スティンクやミッキー・マッドのようなゴロツキどもと一緒なんだろ。ダメだ、スティーヴンには、神の名において、イエズス会で始めたんだから、そこでの教育を全うさせよう。あそこの教育は、後年彼のためになるんだから。それなりの地位を約束してくれる学校だよ、とデダラス氏は言った。

――それにイエズス会は非常に裕福な修道会なんでしょ、サイモン？

——かなりね。いい生活をしているよ、ホントに。……（*P* 2.404-13）〔中略は筆者〕

母親は、息子をクリスチャン・ブラザーズ（Christian Brothers）に通わせるなんて考えられないと述べ、さらにサイモン自身も普通の子どもと一緒の学校で学ばせず、イエズス会での教育を息子に全うさせたいとの思いを吐露する。はたして、二十世紀初頭のアイルランドにおいて、クリスチャン・ブラザーズではなく、イエズス会系の学校での教育にこだわる親の思いにはどのような背景があったのであろうか。また、自伝的要素を多分に含む『肖像』において、ジョイスはどのような意図をもって、自身を投影する存在であるスティーヴンを、イエズス会系の中等学校、そしてイエズス会系の大学に通わせるよう描いたのであろうか。

本章ではジョイスの階級観を表わす題材を、主に『肖像』中の学校をめぐる描写、及びジョイスの伝記的事実に求め、十九世紀後半から二十世紀初頭のアイルランドにおける社会状況にも目を向けながら、ジョイスの階級意識について考察を行なう。それにあたって、特にイエズス会系の中等学校と大学、それにクリスチャン・ブラザーズといった教育機関や、アイルランドの階級事情に関する文献も検証対象として加える。

一　「ダブリン城のカトリック」としてのジョン・ジョイス

クリスチャン・ブラザーズを見下す発言をするサイモンは、『肖像』が自伝的小説であるという前提に基づけば、ジョイスの父親の「分身」と考えることも可能であろう。そうであるなら、ジョン・ジョイスの自伝的な要素に目を向けることは、先に引用した一節が生まれる背景や、そのことばを発するサイモン（ジョン・ジョイス）の価値観、さらには父親からの影響を免れないジョイスの階級観の解明にもつながる。特に教育に関する考え方は階級を示す一つの指標ともなるはずだ。ここではリチャード・エルマン (Richard Ellmann) によるジョイスの伝記と、ジョン・ワイズ・ジャクソン (John Wyse Jackson) とピーター・コステロ (Peter Costello) によるジョン・ジョイスの伝記に基づき、ジョイス家の伝記的事実をおさえていきたい。

『肖像』第五章において、スティーヴンは自らの父親を次のように形容している。

——医学生、ボート選手、テナー、アマチュア役者、外野の政治家、小地主、小規模投資家、酔っ払い、お人好し、ストーリー・テラー、誰かの秘書、蒸留酒製造会社の何か、収税吏、破産者、そしていまは自らの過去を賛美する人。(P 5.2372-76)

スティーヴンによるサイモンに関するこの記述は、ジョン・ジョイスの経歴と大部分重なると言ってよい。特に引用部前半にある「医学生」「外野の政治家」「小地主」といった記述は、父親の出自と職歴を示すものであり、スティーヴン、あるいはジョイスの思想形成の核をなすものとなろう。ゆえにジョン・ジョイスの経歴の前半部についてここで確認してみよう。

ジョイスの父親、ジョン・ジョイスは、一八四九年にコーク (Cork) で生まれた。父方はコーク近郊で財を成したカトリック系資産家の家柄で、母方はカトリック解放の第一人者ダニエル・オコ

ンネル (Daniel O'Connell) につながる。長じて、聖コルマンズ中等学校 (St. Colman's College) に在籍後、一八四五年に創設されたクイーンズ大学 (Queen's College, Cork) で医学を学ぶ。伝記にある通り、この医学を学ぶコースを彼は修了していない。大学入学前年の一八六六年に父親が死去し、当時のジョイス家に陰りが見えはじめたとの記述があるが、それでも一八六九年の時点で年に三一五ポンドの収入があったという (Ellmann, 14-15)。

大飢饉直後のコークにおいて、中等教育はもちろん、高等教育まで息子に受けさせるだけの財力があったことは、ジョイス家の資産家ぶりが推察されよう。カトリック系の富裕層が誕生していた事実は、一八二九年のカトリック解放以降、アイルランドにおいてプロテスタント系の地主からカトリック系の地主へと土地の所有権が徐々に移行していたことを反映している。土地戦争を経て、アングロ・アイリッシュの地主層からカトリック系住民が土地を獲得するきっかけとなったウィンダム土地法（一九〇三年）によって、二十世紀初頭の社会システムが大きく変革したのだが、ジョン・ジョイスの青年期には、土地所有者の割合はまだ低かった。具体的な数値を挙げれば、地方エリアにおいて土地を所有する者の割合は、一九〇六年には約二十九％に、一九一六年には六十四％にまで上昇するが、一八七〇年の時点では三％であったとの指摘がある (Ferriter, 63)。

父親の死後、一八七四年（あるいは七五年）にダブリンに移り住んだジョン・ジョイスは、醸造酒製造会社に勤務した後、一八八〇年の総選挙において、アーサー・ギネス卿 (Sir Arthur Guinness) を落選させるほど熱心に選挙運動を行い、当時の自由党候補者に勝利の栄冠を与えた論功行賞によって「収税吏」のポストが与えられる。エルマンの伝記にあるように、年収五〇〇ポンドが保証された終身雇用であった(Ellmann, 18)。その後、ジョン・マレーの娘と結婚するが、「死者たち」のゲイブリエルと同様、家格をめぐって母親に彼女との結婚を反対されながらも、メアリと新たな一家を構える。

遺産と定職から得られる収入によって裕福な生活を送っていたこの時期のジョン・ジョイスは、人生の絶頂期であったにちがいない。政界ともつながりがあったこともあり、ダブリン城にも出入りするなどしていた彼は、ナショナリストたちが忌みきらった「ダブリン城のカトリック」(Caslte Catholic)と呼ばれていたはずだ。「ダブリン城のカトリック」とは、ダブリン城(アイルランド総督府)の施政方針に賛同するユニオニスト的思想をもち、カトリック系の中流上層あるいは中層階級に属した者たちのことである。『ダブリナーズ』の「死者たち」において、ゲイブリエルはナショナリストのモリー・アイヴァースから「ウェスト・ブリトン」(West Briton)という蔑みの言葉が投げかけられるが、この言葉はまさに当時勃興していたカトリック系中流階級の思想や行動を体現したものであり、若かりし頃のジョン・ジョイスにもあてはまると言えよう。

ただ一方で、エルマンが指摘するように、テナーとしても名声を得ていたジョン・ジョイスの、定職に就いた後の仕事に対する評判は芳しいものではなかった(Ellmann, 34)。しかも妻がジョイスを妊娠中の一八八一年に、コークにあった地所を抵当に入れる事態に陥っていた。ジョン・ジョイスの派手な生活が一家を、徐々にではあるが蝕みはじめていたわけである。だが彼の勢いが衰退していくのは、チャールズ・スチュアート・パーネル(Charles Stewart Parnell)の失脚(一八九〇年)を待たねばならない。

ジョン・ジョイスの前半生に見いだされる裕福さと社会的成功は、『肖像』におけるサイモンの言動や思想に投影されると同時に、少年期のスティーヴンにも影響していると言っても過言ではない。「子どもたちのバカげた声を耳にすると、クロンゴウズで感じたよりももっとはっきりと自分は彼らとは違う人間なのだ」(*P* 2. 169-74) といった描写は、彼のエリート意識の現われとも解釈できるが、他方で級友たちのような、治安判事の父をもつ家庭で育った子どもの意識のようなものでもない。没落した時期に青年期を送ったジョイスは、いわゆるエリート意識とは違った、何かに対して超越的であると同時に、ある種の優越感とでもいうべきものを有していることを示す記述が『肖像』には散見される。このようなジョン・ジョイス（サイモン）がもつものと異なる特権意識は、はたしてどのように生まれたのであろうか。

二　傾くジョイス家の家計

ジョイスは一八八二年にダブリンの南郊外にあるラスガー (Rathgar) で生まれる。この地は多くのプロテスタントや裕福なカトリック信徒が住む地域でもあった。一般的にダブリン市中心部は政治・経済上の中心地であったとはいえ、居住地としては快適な環境ではなく、当時の富裕層は、宗派を問わず、ダブリンの南郊に居宅を構えていた。『肖像』にもあるように、ジョイスの周りにはプロテスタント系の人々が子供の頃から身近にいたことがわかる。その事実が彼の視野の広さやナショナリズムとの距離の置き方に影響していることは否定できないであろう。

ジョイス家はその後、ラスマインズ (Rathmines)、ブレイ (Bray)、ブラックロック (Blackrock) とプロテスタント色の強いエリアへと引っ越すが、『肖像』の第二章に記述されているように、ブラックロックの住居を離れる頃には斜陽を迎えていた。そしてついにジョイス家はリフィー川 (River Liffey) を超えることとなる。ダブリン市中心部を南北に分断する形で流れるリフィー川を超えることは、ダブリン市民にとって極めて大きな意味をもつ。というのも、先述したように、川の南側に富裕層が住み、北側には貧困層が多く住んだ事実があるからである。(1) ある歴史家は、リフィー川の「南岸は繁栄し、専門的職業集団、政治の中心地であり、北岸は商業的、宗教的なエリアで、十八世紀の過去の栄光だけがいまだ目立つ場所であった」と述べ、その南北の際立った格差を指摘している (Lyons, 9)。

市内中心部に引っ越したスティーヴンは新たな住環境に新鮮さを感じる。「ダブリンの街は新しく、そして複雑な感情をもたらした」(*P* 2. 219) との記述は、裏を返せば、それまでに目にすることがなかった劣悪な居住環境に住む労働者階級の実態や、赤線地帯にはびこる「性」などを自分の目で体験する機会をもつことを意味する。作家としては人生経験という肥やしになる体験ができたとの見方もできなくはないが、ジョイス家の過去の栄光を考えれば、その新鮮さはやせ我慢にも映る。

時は前後するが、パーネルが亡くなった一八九一年、ジョイスは通っていたクロンゴウズ・ウッド・カレッジ (Clongowes Wood College) を退学する。その翌年、父ジョン・ジョイスが勤める地方税事務所がダブリン市自治体 (Dublin Corporation) に移管されたことに伴い、彼は職を失う。

ジョン・ジョイスが公職から離れた後に得られた年金は年額一三二ポンドであった[2]。当時の労働者階級の年収が五十ポンド前後であったことを考慮すれば、決して恵まれたものとはいえない。子だくさんであったジョイス家の家計は火の車であったはずだ。そのような家庭環境のなかでジョイスが成績優秀によってもらった奨学金は、父親の年金と比較すると、かなりのものであったことがわかる。

『肖像』の第二章にはスティーヴンが試験と作文によって三十三ポンドの奨学金をもらう場面がある[3]。銀行で為替を換金後、普段買えないものを買い、そして外食をし、観劇や家の改装の後に、いつもの暮らしに戻っていく。銀行の出納係が吐く「今は時代が違うのだから、男の子には金が許すかぎり最上の教育を施してやるのが何にも増して重要だ」(*P* 2. 1284-91) とのことばは、父親を見て育ったジョイスの本音であろう。ジョン・ジョイスが現役の頃はコネクションによって収税吏になれたが、ジョイスの時代はもはやそのようなコネは通用せず、全国中等教育統一試験 (Intermediate Examinations) のような、本人の実力によって進路が決まっていく。「過去を賛美する」サイモン像を通して、ジョイスは競争社会へと変容しつつあったアイルランド社会や変化に対応できないカトリック・エリートの姿を描写していたのかもしれない。

三　クリスチャン・ブラザーズとジョイス

さてその競争社会を体現するものとして、ここではクリスチャン・ブラザーズについて考えてみたい。冒頭の引用に挙げた、スティーヴンの両親が見下したクリスチャン・ブラザーズとはどのようなものであろうか。その歴史と当時のアイルランド社会での評価を検証しながら、ジョイスの階級観につなげてみよう。

先述したように、エルマンの伝記によれば、ジョイスはクリスチャン・ブラザーズに通ったことを伝記作者のハーバート・ゴーマンに語っていない。この事実をジョイスの階級意識の表われとみる者も少なからず存在する。そういった部分を否定することはできないが、当時のクリスチャン・ブラザーズの実情に目を向けると新たな事実が浮かびあがってくる。

クリスチャン・ブラザーズとは、アイルランドが英国に併合された翌年、一八〇二年にアイルランドのウォーターフォード州 (County Waterford) においてエドマンド・ライス (Edmund Rice) によって設立されたカトリック系の信心団体である。主に中流下層階級の子弟を対象とした教育機関をアイルランド各地に開設したことで知られる。体罰による生徒指導で悪名高く、現代のアイルランドの人々はこの教育機関を否定的にとらえがちだ。

他方で、この信心会が運営する学校は、無償で良き英国国民を育てようとする国民学校制度に反対の立場をとったことで知られる。[4] そして政府からの補助金を受け取らず、独自の教科書を採用し教育を行っていた (Mahon, 351)。ゆえに、反英プロパガンダに基づく教科書を使って、偏狭的なナショナリズムや反英思想で生徒を洗脳したという見方もできなくない。事実、イースター蜂起（一九一六）の指導者の多くがクリスチャン・ブラザーズによって輩出されたことがこの見解を補強している。今なお国内各地に多くの学校を有しているが、ジョイスが通ったのは「アラビー」の冒頭に記述された北リッチモンド通り(North Richmond Street)にあるオコンネル・スクール(O'Connell School)であった。二十世紀にかけてこの信心会は勢力を大きく増していく。修道士(brother)の数で比較すると、一八三一年にわずか四十五名であったものが、一九〇〇年にはほぼ千人に増えたという(Ferriter, 82)。

ジョイスのクリスチャン・ブラザーズへの思いは複雑で、彼の真意を読みとることは難しい。ジョイスの弟スタニスロース(Stanislaus Joyce)もまたクリスチャン・ブラザーズでの経験を記している。しかしながら世評に比べると、悪意が含まれるものとはなっていない。たとえば、彼はクリスチャン・ブラザーズについて「クラスがあまりにも大きくて困惑したこと、後ろの席に座ったのでよく聞こえず、それ以上にさっぱり理解できなかった」ことしか覚えていないとしている(*MBK*, 52)。ちなみに『ユリシーズ』では、第八挿話をはじめとして四か所、この信心会のことが言及されているが、特別な意味合いを見いだすことはできないようだ。それに対して、ディグナムの息子に教育の場を提供するなどして、本当の意味で彼に救いの手を差しのべたのはコンミー神父ではなく、アーテインの実業学校を運営していたクリスチャン・ブラザーズだとの指摘もある(Mahon, 353-54)。さらにいえば、『肖像』第四章にあるように、この信心会に属するブラザーズの敬虔さを浮き上がらせる描写が、第四章最後にあるバード・ガールの場面を導くよう配置されている点に、ジョイスの真意が隠されていると解釈できるかもしれない。

われわれは、ジョイスがクリスチャン・ブラザーズ・スクール（オコンネル・スクール）に通った事実を伝記作家に語っていないことや、教師による生徒への体罰や聖職者による虐待など、比較的イメージの悪い世評から、この信心会の社会的地位をかなり低くみがちである。しかしながら、当時の全国中等教育統一試験において、クロンゴウズや他のプロテスタント系の中等学校に匹敵するくらいの成績優秀者を輩出した事実や (Coldrey, 99-109)、国民学校とは異なり授業料を子弟に課していた事実などから、必ずしも労働者階級や貧しい家庭の子弟向けの教育機関ではなかったことを無視してはならない。たとえば、『ダブリナーズ』の「蔦の日の委員会室」にある、息子を国民学校ではなく、クリスチャン・ブラザーズへと通わせたことは立身出世のためだとする登場人物のことば (*D* ID, 45-49) からは、この学校の違った一面を読みとることも可能であろう。

さらにこの見方を補強する事実として、ジョイスと重なる点を挙げてみたい。ジョイスの大学時代の旧友トマス・ケトル (Thomas Kettle) の経歴がジョイスと重なる点を挙げてみたい。彼はクリスチャン・ブラザーズを経て、クロンゴウズへと編入し、ユニヴァーシティ・カレッジ・ダブリン (University College Dublin) へと進学している。富裕な農家出身の彼が、当初はこの信心会の運営する教育機関へ通っていたのである (Paseta, 2008, 5-11)。ちなみに、アイルランド自由国成立後に首相、大統領を務めたエイモン・デ・ヴァレラ (Éamon de Valera) も、クリスチャン・ブラザーズを経て、フランシスコ会が運営するブラックロック中等学校 (Blackrock College) に編入している。

ジョイスのクリスチャン・ブラザーズへの複雑な思いは、階級的なものに基づく卑下というよりも、むしろイースター蜂起の指導者や、自由国成立後の政府要人を輩出したという、ナショナリズムを高揚する機関であったことが関係しているのではないだろうか。また競争社会を具現化した全国中等教育統一試験に備えて、詰込み教育を行い、芸術や教養よりも受験を重視したカリキュラムへの拒否感から、ジョイスはサイモンにクリスチャン・ブラザーズへの否定的感情を吐露させたとも考えられる。ジョイスが一時期アイルランド語を習った、イースター蜂起の指導者の一人、パトリック・ピアース (Patrick Pearse) はこの学校の教育システムを「殺人マシーン」と呼び、激しく非難した (Foster, 33)。このことも彼の複雑な思いの背景となっているのかもしれない。なお、ジャクソンとコステロによる伝記では、ジョン・ジョイスが聖コルマン中等学校へ入学した事実をもとに、地域のカトリック系エリート寄宿舎学校へ自身が入学したという過去へのこだわりが、このナショナリズム高揚に寄与した信心会への否定的感情と結びついているとしている (Jackson and Costello, 39)。

四　イエズス会と立身出世

ジョイスは、一八八八年に六歳半で、キルデア州サリンズ (Sallins, County Kildare) にある、アイルランド随一のカトリック系寄宿舎学校クロンゴウズ・ウッド・カレッジに入学する。クロンゴウズでは七歳から十五歳の間で入学が許可され、十二歳以下の生徒には五十ポンドが、十二歳以上に対しては五十ギニー（五二・五ポンド）が学費として課されたという (O'Neill, 2014, 27)。だがエルマンの伝記にあるように、授業料として二十五ポンド払ったとの記述は、資料にある当時の授業料とはかけ離れた金額となっている。半期分を払ったとも考えられるが、なんらかの特例措置が取られたと見ることも可能であろう。

クロンゴウズはアイルランドを代表するカトリック系の中等学校で、ジョイスの時代は全寮制であった。政治家をはじめとする多くの著名人を輩出し、その名声は国内外に響いている。カトリック系の富裕層の子弟が通う中等学校であったが、ラグビーやクリケットが盛んであったことや、英国との連合を支持する卒業生が多かったこともあり、当時のナショナリストたちからは、マスメディアにおいてしばしば非国民的学校として攻撃されることもあった。後述するが、十九世紀後半以降のアイルランドのカトリック系の最富裕層は、イングランドにあるカトリック系パブリック・スクールへ通うことが多く、このクロンゴウズは第二の選択肢とされた背景をもつ。

クロンゴウズの卒業生は、『肖像』にもみてとれるように、聖職者、医者、軍人、法曹の四つの領域へと進むものが多かった(O'Neill, 2014, 57)。ジョイスは聖職への道を断るが、ジョイスを窮地から救ったコンミー神父はウェストミーズ州(County Westmeath)の豪農出身で、この学校の卒業生でもある。アイルランドではカトリックの高位聖職者の多くが裕福な農家出身であったことに気づかされる。聖職者の道を選んだ場合、『ダブリナーズ』の「姉妹たち」に登場する貧困地区を出身地にもつフリン神父のような結末になったことも十分推測されよう。ゆえに学業優秀な生徒にとって、医者、軍人、法曹(文官を含む)を選ぶことが無難な選択であったはずだ。

さて、『肖像』第一章において、入学した早々スティーヴンは級友たちから、自分の出自について質問を浴びせられる。

――お父さんは何しているの?

スティーヴンは答えた。
——紳士だと？
するといじわるロウチはこう尋ねた。
——治安判事なの？（*P* 1.63-67）

父親の職業を尋ねられたスティーヴンは、おそらく父親の普段の口ぐせを意識して、紳士と答えるが、級友たちはさらなる質問を投げ返す。そして父親が治安判事（magistrate）であるのかどうか気になる級友たちの言動は、すぐにスティーヴンにも伝播する。時間を経て「いじわるロウチとソーリンは、うちの人が缶に入れて送って寄こしたココアを飲んでいる。……彼らの父親は治安判事だと、級友たちが言っていたな」（*P* 1. 204-9）とあるように、彼は級友たちの父親の社会的地位の高さを改めて認識する。さらにクロンゴウズでの学校生活に慣れたころ、彼は「競走馬を所有している彼の父親も、ソーリンやいじわるロウチの父親と同様、治安判事にちがいない」（*P* 1.667-69）と感じる。ある程度世間について学習したスティーヴンは社会のシステムについて把握し、当時の職業による格差が存在することをはっきりと認識するに至ったのである。

アイルランドの階級を考える際によく引用されるのは、ダブリンで公僕を長く務め、ナショナリスト的立場を取る、C・S・アンドリュース（C. S. Andrews）による自伝である。この自伝には階級によって子弟の進む学校が分かれていた事実を、具体的に中等学校名を挙げながら説明している点で興味深い。たとえば、カトリック系の中流上層階級に属する男子はイングランドにあるカトリック系パブリック・スクールか、あるいは妥協的にコロンゴウズへと進学すると記されている。その下の中流中層階級の子弟はベルヴェディア・カレッジ(Belvedere College)などに進み、中流下層階級の子弟がクリスチャン・ブラザーズへ通ったという(Andrews, 4-5)。ジョイスが実際に通った学校で所属階級を判断すれば、中流下層から中層に位置したと考えるのが適切であろう。その中流中層に位置していた人々は、スティーヴンの級友が親の職業を気にするように、治安判事という役職に憧れていた事実がある。治安判事とはいわゆる正規の役人ではなく、農村部において地主や司法当局に代わって、微細な犯罪等の裁判を担当した、アイルランド特有の名誉的な役職である。地域の富裕層が就くことが多く、この時期、八割近くはカトリック系が占めていた(Hession, 70-71)。彼らにとってこの地位はいわば自らの社会的地位の高さを世間に誇示するものでもあった。先に挙げた自伝には、カトリック系の中流中層にいた富裕層が好んで「治安判事」に就いていた例を挙げ、氏名に付与されるJ・P (Justice of peace)が当時の社会において尊敬を集めていた事例が紹介されている(Andrews, 5)。

他方で、この時期に時流に乗れなかったカトリック系の中流階級の子弟が、経済的理由からクロンゴウズからベルヴェディアと転校した例が数多く存在したようだ(McMahon, 114)。ジョイスもその一人である。『肖像』では、ベルヴェディア・カレッジにコンミー神父の助力を得て特待生として転入したスティーヴンは、家計が傾きつつあることに気づきながらも、以前と同様に父親から、彼が属する階級にふさわしい行動を取るよう忠告される。コークでの資産処分に付きあわされる彼は「世に出たら、何をしようとジェントルマンと付き合うことを忘れてはいけない」(*P*

2.1106-8) という父サイモンのことばを虚しく、そして自分に言い聞かせるよう聞く。おそらく、クロンゴウズ時代に級友たちから職業を尋ねられたことを思いだしていたことであろう。

ところで、十九世紀後半以降のアイルランド社会は、あらゆる意味で「開かれた社会」に変容しつつあった。たとえば、十九世紀半ばにインド高等文官 (Indian Civil Service) が試験による選抜へと移行し、中流階級の社会的上昇を達成する場となった。またこの職に就くアイルランド人の割合が英国の他のエリアに比べて高く、中流階級の親たちは子どもの将来を考慮し、試験対策の整ったカリキュラムをもつ中等学校に引き寄せられていく。ちなみに、クロンゴウズは、英国を含めても、インド高等文官の合格者を輩出する割合が高いことで知られる中等学校であった (O'Neill, 2014, 65)。一方で、二十世紀の初頭ごろにはインド高等文官の人気が下がり、むしろ軍へ進むことが階級を上げる一番の近道とされていたようである。

『肖像』の第五章においても、インド高等文官について言及される場面が存在する。聖職を断り、当時イエズス会の傘下にあったユニヴァーシティ・カレッジ・ダブリンに進学したスティーヴンは、級友たちの進路が決まっていく状況を目の当たりにする。大学進学後の成績が低迷していたジョイスの気持ちをスティーヴンにあてはめて考えた場合、超然としていられるかどうかは疑問である。

　彼らはロウアー・マウント通りの方へ曲がった。角から数歩歩くと、絹のマフラーを身に付けた肥った若者が彼らにあいさつして、立ち止まった。

——試験結果、聞いた?と彼は尋ねた。グリフィンは不合格。ハルピンとオフリンは内国文官に通った。ムーナンはインド高等文官の五番、オショーネシーは十四番で合格。クラークでアイルランド組がゆうべ連中にご馳走したんですよ。みんなでカレーを食べました。(*P* 5.1291-98)

試験の合否だけでなく、順位まで記述されているところは、日本の国家公務員採用試験にも通じる。全国中等教育統一試験の結果が、ランキング表などとともに当時の新聞で報道されていたが、高等文官の合格者の数も当然社会の関心の的であった。外国語など、選抜試験に課された科目を多くの中等学校がカリキュラムに取り入れ、結果として「詰込み教育」(cramming) が副産物として生み出されていく。『ユリシーズ』第五挿話においてブルームが自身の出身校であるエラズマス・ハイスクール (Erasmus High School) の詰込み教育を嘆く場面 (*U* 5.42) は、こういった背景があったわけである。

修道会としてのイエズス会のポジションはアイルランドでは比較的低かった。だが親が期待し、時代が求めるものを提供できたという点においては、イエズス会系の学校は極めて評価の高い教育機関であった。そういう意味において、自らの階級を引き上げるための機関としてイエズス会は、当時の新興中流階級の親に受け入れられていたにちがいない。

五　自発的「移民」としてのジョイス

級友とは異なる思想を有しているスティーヴンにも、やはりエリート意識のような、異なる世界に住む人びとに違和感を示す箇所が、『肖像』には見いだされる。それは農民や農村に関する描写である。アイルランド文芸復興期において神聖視された農村を賛美するかのような描写や、無垢な気持ちで農村に接するかのような描写が存在する一方で、嫌悪感あるいは違和感とでもいうべきものも散見される。そういった場面で意識されるのは「におい」に関する描写であろう。

クロンゴウズがあったキルデア州サリンズの農村のにおいと、自らが育ったダブリンの南郊でかぐにおいの違いが、作品中でしばしば言及される。病気と悪臭が密接に関係すると考えられていた当時 (Daly, 10)、においに意識的であるスティーヴンの行動は、当然悪臭あるいは異質なにおいを、身の回りにはないもの、つまり自分が住む土地には存在しないものだと認識していたはずである。その異質的要素は、いうまでもなく階級の違いを象徴するものであり、ここにスティーヴンの本音を見てとることは可能なはずだ。「礼拝堂のなかは冷たい夜のにおいがたちこめていた。しかしこれは神聖なにおいだ。日曜のミサで礼拝堂の奥でひざまずく年寄りのお百姓のにおいとは違う」(*P* 1.381-92) と考えるスティーヴンの言動はまさにジョイスが感じたであろう違和感を反映させたものであろう。

オーブリーの家もスティーヴンの家も同じ牛乳配達屋のものを取っているので、ふたりはよく運搬車に乗って、牛が草をはむキャリックマインズへ行った。……湯気をたてたふすまの飼葉桶のあるストラッドブルックの汚い牛飼い場を初めて目にした時、スティーヴンは胸がむかむかした。よく晴れた日に田舎でみた時にはあれほど美しいと思った牛が、すっかり嫌になり、もう牛乳を見ることさえできないくらいだった。(*P* 2.125-34)〔中略は筆者〕

右記引用においては「におい」という単語こそ存在しないものの、それを連想させる舞台装置が整っていることに読者は気づくはずだ。さらに言えば「におい」に加えて、『肖像』における農村に関係する描写にはなんらかの異質性が登場人物に付与される特徴がある。たとえば、亭主の留守中に旅の途中の友人ダヴィンに泊まるよう誘った「バリーフーラの丘の女」(*P* 5.299)や、スティーヴンの友人であるクランリーを五十二歳の時にもうけた「豪農タイプ」(*P* 5.2613-14)の父親、それに警官とパブ勤めをしている兄弟をもつ「農村出身の司祭」(*P* 5.1673)など、いずれもスティーヴンの住む世界に見られない要素が表出しているのに気づかされる。そしてそれらは各々奔放なアイルランド女性、農村を中心とした社会の晩婚化、農村出身者が幅を利かすカトリック教会といった、この国特有の現象を表わすものでもある。しかしながら、そういった農村の真の姿は、実はアビー劇場に出入りをしていた、中流下層階級出身の高等教育を受けたナショナリストたちには縁遠いものであった。いうまでもなく、ジョイスも高等教育を受けた中流下層階級に属した一人である。

『肖像』というジョイスの伝記的要素が強い作品であるがゆえに、われわれはジョイスが芸術家としての道を選んだ理由をアイルランド特有の歴史から求めがちである。すなわち、カトリック教会はもちろんであるが、農村の実力者やパブ経営者などの権威が非常に強力であった社会という歴史である。読者は、アイルランドのエリートの一つである聖職者の道を敢えて断り、芸術家となるべく故国を後にする展開に感銘を受けがちだ。ここまで見てきた教育事情や就職事情をふまえると、ジョイスもまた、当時の一般的なアイルランド人と同様に、故国において職が見つからずに、大陸で（もちろんいずれ芸術家として）名誉挽回を図ろうとしたとの見方も可能ではなかろうか。

確かにジョイスは、芸術家として、カトリック教会の影響力が強い社会から離れ、文化の多様性を体感するためにパリやトリエステへ行ったとも解釈できよう。他方で、医学を修めるためにパリへ行ったこと、語学学校教師として当時のオーストリア＝ハンガリー帝国へ行ったことなどから、ジョイスが現実的な選択をしたことは否定できない。いわば広い意味での「移民」という社会現象をジョイスが体現したとも言えないだろうか。『肖像』が執筆された時期、ジョイスはいまだ作家として成功せず、ユニヴァーシティ・カレッジ・ダブリン時代の裕福な農家出身の旧友たちは世に出て名を成し始めていた。彼がそういった事実を素直に受け入れられたはずはない。作品中に見られる、公職にこだわるスティーヴンの姿や同級生の公務員試験合格の記述などからは、当時のジョイスの挫折感とアイルランド社会の閉鎖性への嫌悪感が投影されているともいえよう。

一方で、カトリックでありながら、アングロ・アイリッシュと同じ行動を取ろうとする矛盾した要素を、カトリック・エリートである旧友たちや父親の行動に見いだしたジョイスは、自分の居場所を見つけだせなかったはずだ。あくまで自身の理想を追いもとめる若い芸術家として、家計の苦しさや自身の大学での成績不振といった「現実」に目を背け、功利主義的な当時の風潮にもなじめなかった彼は、「歴史」という隠れ蓑を「狡猾さ」でもって利用し、「追放者」として移民という選択肢をとったとも考えられないだろうか。

おわりに

ジョイスははたしてどのような階級意識をもっていたのであろうか。自伝的要素を持つ作品であるとはいえ、『肖像』のスティーヴンとジョイスを同一視することは必ずしも適切ではない。だが、サイモンの言動とジョン・ジョイスのそれは、これまでみてきたように重なる部分も非常に多い。さらには、スティーヴンがイエズス会系の学校で経験したことと、ジョイス自身が経験したものとの共通性も多分に見いだされる。そのように考えた場合、競争社会が当時のアイルランドにもたらしていた矛盾を、家格や頭脳優秀という自負心から見逃すことができなかったジョイスの複雑な気持ちが、彼の階級観に投影されているのではないだろうか。

カトリック・エリートたちがゲール文化に憧れをもつと同時に、英国的なものを好むという二面性を育む場所が、クロンゴウズをはじめとするカトリック系の中等学校であったとの指摘がある(Paseta, 1999, 95)。同じように、パトリック・ピアースは、クリスチャン・ブラザーズも、反英国というプロパガンダを扇動しながら、英国の手先となるインド高等文官になるためのカリキュラムを設置し、他のイエズス会系の中等学校と同様の行為をとっていたと断罪した (Foster, 43-4)。こういった中流階級特有の偽善的態度を侮蔑する行為が、『肖像』でスティーヴンがとった言動に基づいていると結論づけて、この論を閉じたい。

付記

本稿は、拙論「ジョイスの階級観と当時の中等教育事情」(*Joycean Japan*, no. 18, 2007) にジョイス家の伝記的事実を加え、大幅に加筆・修正を施したものである。本研究は JSPS 科研費 JP15K02371 の助成を受けている。

注

(1) ただしリフィー川北岸地区でも、クロンターフ (Clontarf) やホース (Howth) などは比較的多くの富裕層が居住したエリアであった。
(2) この時期年収が一五〇ポンドあれば、中流階級を示す一つの指標である女中を雇うことができたという (Daly, 66)。
(3) ジョイスは全国中等教育統一試験の成績優秀奨学金や優秀作文による褒賞を複数回獲得している (Ellmann, 47)。
(4) クリスチャン・ブラザーズは公的補助金を受給していなかったため、基本的には授業料を課す学校であった (Coldrey, 29)。

引用文献

Andrews, C. S. *Dublin Made Me*. The Lilliput Press, 2001.

Coldrey, Barry. *Faith and Fatherland: The Christian Brothers and the Development of Irish Nationalism 1838-1921*. Gill & Macmillan, 1988.

Daly, Mary E., Mona Hearn and Peter Pearson, editors, *Dublin's Victorian Houses*. A.& A.Farmar, 1999.

Ellmann, Richard. *James Joyce*. New and rev. ed., Oxford UP, 1982.

Ferriter, Diarmaid. *The Transformation of Ireland 1900-2000*. Profile Books, 2004.

Foster, Roy. *Vivid Faces: The Revolutionary Generation in Ireland, 1890-1923,* W. W. Norton, 2015.

Hession, Peter. "The Irish Establishment: Continuity and Change,"*Atlas of the Irish Revolution*, edited by John Crowley et al., Cork UP, 2017.

Jackson, John Wyse and Peter Costello. *John Stanislaus Joyce: The Voluminous Life and Genius of James Joyce's Father*. St. Martin's Press, 1998.

Joyce, James. *Dubliners.* Norton, 2006.

———. *A Portrait of the Artist as a Young Man: Authoritative Text, Backgrounds and Context, Criticism.* Edited by John Paul Riquelme, W. W. Norton, 2007.

———. *Ulysses.* Bodley Head, 1993.

Joyce, Stanislaus. *My Brother's Keeper: James Joyce's Early Years*. Viking Press, 1958.

Lyons, F.S.L. "James Joyce's Dublin," *Twentieth Century*, vol. 4, 1970, pp.6-35.

Mahon, John W. "Joyce among the Brothers," *Christianity and Literature*, vol. 53, no. 3, Spring 2004, pp. 349-59.

McMahon, Timothy G. "Irish Jesuit Education and Imperial Ideals," *Irish Classrooms and British Empire: Imperial Contexts in the Origins of Modern Education*, edited by David Dickson et al., Four Courts Press, 2012.

O'Neill, Ciaran. "Education, Imperial Careers and the Irish Catholic Elite in the Nineteenth Century," *Irish Classrooms and British Empire: Imperial Contexts in the Origins of Modern Education*, edited by David Dickson et al., Four Courts Press, 2012.

———. *Catholics of Consequence: Transnational Education, Social Mobility, and the Irish Catholic Elite 1850-1900*. Oxford UP, 2014.

Pašeta, Senia. *Before the Revolution: Nationalism, Social Change and Ireland's Catholic Elite, 1879-1922*. Cork UP, 1999.

———. *Thomas Kettle*. UCD Press, 2008.

スティーヴンと堕罪の甘美
――もはや若くはない芸術家となるための

吉川　信

はじめに

失墜もしくは墜落を運命づけられているイカロスであれば、古の工匠への最後の呼びかけは、果たしてどの程度真摯な祈りであったのか。作者ジェイムズ・ジョイスと主人公スティーヴン・デダラスの距離は、最後の日記によって一気に縮まっているかに見えるが、自身がイカロスであることを意識しているのであれば、工匠ダイダロスが永久の助けとはなり得ないことも、スティーヴンにはわかっていたのではないか。

「トリエステ　一九一四」(Trieste 1914) で終わる第五章の末尾が発表されたのは、雑誌『エゴイスト』(*Egoist*) の一九一五年九月一日号であったが、ジョイスはこの時すでにトリエステにはいない。第一次世界大戦の戦禍を逃れるため、一九一五年六月、一家はこのオーストリア＝ハンガリー帝国の港町から脱出し、チューリッヒに移り住んでいた（連載の初回は一九一四年二月二日号、その四か月後には短篇集『ダブリナーズ』が出版された)。いっぽう、ロンドンで『エゴイスト』を片手にジョイスを宣伝していたエズラ・パウンド (Ezra Pound) は、戦時下の自発的亡命者ジョイスに、『若き日の芸術家の肖像』の主人公が持つロマンティック・イメージを重ね合わせることに成功したらしい (Ellmann, 390)。

自伝的小説であれば、読者はつねに「作者」と「主人公」の間の距離を意識せざるを得ないが、自由間接話法を多用するジョイス作品の場合、これに「作者」と「語り手」の距離という問題が加わる。「語り手」は現下の「主人公」に寄り添うがゆえに、「語り」の時間が「主人公」のそれに先んじることは禁じられる。だが「主人公の現在」はあくまで「語り手の過去」であり、その意味で「語り手」はつねに「主人公」の時間に先んじている。そこでの読者は、過去の未熟な芸術家の肖像に対して、どの程度の共感が求められているのか。さらにわれわれは、『ユリシーズ』によってスティーヴンのその後を知らされている。大陸への飛翔が一旦は挫折することを知っている。だが同時に、作者のほうは今一度飛翔し、一九一二年以降二度と祖国に着地しないことまでも知っている。

本論は、そうした作者にとっての第一の飛翔（と失墜）――若き芸術家スティーヴン・デダラスの、堕罪と告白というモチーフを扱う。いずれジョイスの全作品に伸暢していくモチーフを、その萌芽状態において捉えようという試みである。

日記の時間

ジョン・ポール・リケルム(John Paul Riquelme)は、末尾の「ダブリン　一九〇四／トリエステ　一九一四」(*P* 5.2793-94)という記述ゆえに、それが「ジョイスが書いている過程と同時にスティーヴン・デダラスの物語への言及として理解されるとなると、奇妙な二重化が現出する」(1983, 61)と言う。読者にはスティーヴンの日記からの抜粋が、出版物としての印刷過程等を一切抜きにして、直接読者の目の前に現われるかのようであり、「一九〇四年のダブリン」は、遅くともこの日記がそれまでに終了していたことを示す。いっぽう「一九一四年のトリエステ」は、スティーヴンが自身の日記を一冊の本に仕上げた場所と時間を示していることになる。つまり、

> スティーヴン・デダラスの虚構の人生――これは虚構の物語の書き手としての人生も含む――において、日記をつけることはこの本を仕上げることに先行している。スティーヴンの芸術家としての発展過程で、最後にくる段階――ということはもっとも最近である段階――が提示されるのは、語ることを通してではあっても物語内においてではない(through the narration, not in the narrative)。ストーリーの内側と外側の両方に位置する日付と地名は、作者と、作家としての登場人物の署名であって、完成したカンバスの隅に描きこまれた、彼らの自画像の重ね焼き(their superimposed self-portraits)である。(Riquelme, 1983, 62)

それが「作者」と「将来作家となる主人公」の二者の署名である以上、ここでは時間が二重になっている。「主人公」の日記の「語り」がもっとも最近のそれであるならば、「作者」のほうはこ

の発展段階をすでに経過しており、とっくに物語の執筆を開始している。「主人公」はこの後、冒頭の幼年期のエピソードを執筆することだろう。ようするに、末尾は読者と「主人公」を冒頭に連れ戻す。これは『フィネガンズ・ウェイク』の循環構造を予期させるものである、とまでリケルムは言う(1983, 63)。

こうした「二重化」はリケルムの論考全体で考究される問題であり、「語り手」の存在論的パラドックスとも呼べよう。語る行為と語られる物語は同時に提示されるため、読者にはつねに二人のスティーヴン(いっぽうは限りなくジョイスに近い存在だが)が経験されることになる(1983, 68)。したがってリケルムがつぎのように語ることも理解しやすい。

> オウィディウスにとってダイダロスとイカロスは別物であった。ジョイスにとってはそうではない。登場人物としてのスティーヴンと語り手としてのスティーヴンは、未熟な芸術家であり、成熟した芸術家である。イカロスでありかつダイダロスなのだ。語りの特異な形式ゆえに、スティーヴンの運命は、ジョイスのフィクションの、背後と内部にある神話的形象の運命と同様、二重に読解されねばならない。(Riquelme, 1983, 63)

ならば最初に掲げた問いにはひとつの回答が見出せようか。「古の父よ、古の工匠よ、永久にわが助けとなりたまえ」(*P* 5.2791-92)――この祈りにもまた、二重の時間が用意されている。「主人公」としてのスティーヴンは、今後失墜を経なければならない。父ダイダロスの導きにより異国へと飛翔する覚悟であるが、やがて予期せぬ失墜を被る。だが「語り手」としてのスティーヴンは、神話の助けを借りてその後の失墜も予示している。その失墜を経た後、自らがイカロスからダイダロスへと変貌することを、作品の最後ですでに宣言していたのである、と。この場合、失墜は上昇のための必須条件となるだろう。どうやら幸福なる罪過 (Felix Culpa) は、『フィネガンズ・ウェイク』のはるか以前から始まっていたモチーフであるらしい。

堕ちること

ベルヴェディアで校長に召命の暗示を告げられたスティーヴンは、聖職者となった自らの姿をしばし思い描く。元来それは、クロンゴウズ時代から数えれば十年以上に及ぶ長年の夢であったろう。「密かなる知」(“secret knowledge”) と「密かなる力」(“secret power”) を身につけ、女たちの唇から囁かれる数々の罪を耳にしながらも、自身はいかなる罪にも染まることのない司祭、メルキゼデク (創世記第十四章十八節でアブラハムにパンと葡萄酒を与え彼を祝福するサレムの王) に連なる祭司としての自己像 (*P* 4.429-48) は、しかしながらあっけなく振り捨てられる。当初その原因は、呼び覚まされた過去の記憶と「何らかの本能」(“Some instinct”) に関係しているように見える。クロンゴウズでの不快な記憶が蘇り、イエズス会修道士としての規律に沿った冷ややかな生活には敵意さえ覚えるその「本能」は、いかなる「教団／結社」(“order”) 内にあっても自らを孤立した存在と捉える「自身の魂の矜持」(“the pride of his spirit”) を手放したくない (*P* 4.493-505)。

「イエズス会士スティーヴン・デダラス師」(“The Reverend Stephen Dedalus, S.J.”) (*P* 4.506) という文字は、たちまちスティーヴンに、顔色の冴えない某イエズス会士の顔を思い出させる。そしてガーディナー・ストリートにあるイエズス会の司祭館の前で、将来自分の部屋となるかもしれない窓を眺めたとき、「自分はけっして聖櫃の前で司祭として香炉を振ることはないだろう」(*P* 4.529-30) と確信する。「自らの知恵を他者から離れて学び、あるいは、他者の知恵を自ら世の罠の間を彷徨いながら学ぶ運命にある」(*P* 4.532-35) と思い至るのである。

その後の海辺でのエピファニックな体験についてはいまさら繰り返すまでもあるまい。芸術に身を捧げるというスティーヴンの決意は次節 (*P* 4.606-922) での「ステパノス・ダイダロス」という呼びかけや、鳩のような少女との出会いによって明示されている。ここではむしろ、司祭職への長年の憧憬が、いとも容易く放擲された点に拘りたい。前述の通り、彼は海辺に向かう前に、すでに「司祭として香炉を振ることはない」と確信している。「何らかの本能」は「魂」の孤立を求めているが、それはなぜか。

司祭となった自身の務めを思い浮かべるなかでも、スティーヴンはとくに、告解室での聴罪の務めに思いを馳せていた。

自分は人々の複数の罪を知ることになるだろう。罪深い願いや、罪深い思いや、罪深い振る舞いを知ることになるだろう。灯りの落ちた聖堂の、羞恥に覆われた告解室で、女たちや娘たちの唇から、自分の耳に囁かれる罪を聴きながら、それでも、按手による叙階式のせいで神秘的に免疫を備えること

> になった(rendered immune)自分の魂は、罪に染まらぬまま(uncontaminated)、再び祭壇の白い平安へと赴くことができる。(*P* 4.436-42)

ここで告解しているのは女たちである。彼女らの囁く罪は、司祭にとってはおそらく、大きな誘惑として迫ってこよう（場合によっては自瀆も促しかねまい）。だがそれでも司祭は罪から免れている。仮に欲情を覚えようが、あるいは即座にそれを乗り越えようが、いずれにせよ叙階の秘跡によって「免疫」を備えることになった司祭は、つぎの務めを果たすことができる。こうした司祭としての権能に、一度は焦がれたスティーヴンであった。

しかし、彼はこの種の権能を拒絶する。「罠」の間を彷徨いながら学ぶことを選ぶ。それは同時に、「堕ちてゆく」ことでもある。

> この世の様々な罠とは、罪に至るこの世の様々な道のことだ。自分は堕ちて行くだろう。まだ堕ちてはいないけれど、いつ何時でも静かに堕ちて行くことだろう。堕ちないでいることはあまりにも難しい。あまりにも難しすぎる。だから、瞬く間にその時がやってくれば、自分には魂の静かなる降下が感じられよう。堕ちて、堕ちて、それでもまだ堕ちきってはおらず、いまだ堕ちきれずに、だが今まさに堕ちようとしている。(The snares of the world were its ways of sin. He would fall. He had not yet fallen but he would fall silently, in an instant. Not to fall was too hard, too hard: and he felt the silent lapse of his soul, as it would be at some instant to come, falling, falling but not yet fallen, still unfallen but about to fall.) (*P* 4.536-40)

司祭職の拒絶はそのまま罪の道に繋がっている。それは堕ちて行く可能性をあえて選択することを意味する。

"fall" と "silent" の反復は短篇「死者たち」の終盤を連想させるが、そう思って眺めるとやはりここでもf音、s音、l音の頻出にあらためて気づかされる。詩的とは言い難いにせよ、"fall" という語の音と語義は、作者ジョイスを生涯に亘って魅了し続けたものではなかったか。そしてここでは端的に、それが「罪」へと堕ちることを意味している。スティーヴンが拒否しているのは、それに対する耐性、罪への「免疫」と思われてならない。

告解のジレンマ

校長による聖職への誘いはおそらく、第三章での告解以後、スティーヴンがマリア信心会の総代となるほどに、きわめて真摯な信仰生活を送るようになったことを、聖職者たちが見て取ったゆえの出来事であったと思われる。第四章第二節終盤の独白には、そうした彼の信仰生活が現出している。

告解のときに、彼が自分の疑い (doubts) や良心の咎め (scruples)、たとえば祈っているときに一瞬気がそぞろになったり、心の底で些細な怒りの感情が湧いたり、あるいは言動や振る舞いにわずかな我意があった、といったことを告白すると、聴罪司祭から彼は、過去の生活における罪を具体的に名指すようにと命じられ、そうすることで初めて赦免が与えられる、ということがしばしばあった。彼はへりくだり恥じ入りながら、今一度その罪を名指し、それを悔いた。どれほど信心深く(holily)生きようとも、どれほどの美徳や完璧さに到達しようとも、自分は結局その罪から、けっして完全に解放されることはないのだ、と考えると、ただもうへりくだり恥じ入るしかないのだった。不断の罪の意識はつねに自分につきまとうことだろう。告解し、悔い改め、赦免され、そしてまた告解し、悔い改め、赦免される。何の実りもなく。ひょっとすると、地獄を恐れるあまりに絞り出されたあの最初の性急な告解は、良い(good)ことではなかったのか？　ひょっとすると、単に自分に差し迫る破滅が気がかりだっただけで、自分の犯した罪に対しては、心から悲しんではいなかったのではないか？　けれども、自分の告解が良いものであり、罪を心から悲しんでいた、ということの確かな徴として、今の自分の改められた生活があるのだ、とは思っていた。

　——ぼくは自分の生活を改めた、よね？　と彼は自問してみた。(*P* 4.218-35)

告解という制度には、つねにこの種の疑念(scruple)が伴う。何のために悔い改めるのかと言えば、それはさらなる破滅を恐れるからである。罪を憎み——あるいは悲しみ——二度と犯すまいと誓ったとして、それが地獄への恐怖に起因するものであれば、わが身を守るための保身的な行ないに過ぎない。ならばそれは真の悔い改めではなく、神に近づくことにはならない。では、自己の破滅・堕地獄への恐れ以外の理由で人は悔い改めることができるのか。おそらく聖性(holiness)を備えた人間であれば——たとえば聖人であれば——罪を罪であるがゆえに、それが神を悲しませるものであるがゆえに、悔い改めることも可能であろう。だがスティーヴンには、自分がそこまでは達し得ないかもしれない、という不安がある。疑念もしくは「良心の咎め」はこの点を見逃さない。だがそれを告白したところで、聴罪司祭はこれに赦免を与えてはくれない。そこで論理は転換する。良心の問題ではなく、行動の問題にすり替わる。「今の自分の改められた生活」がある以上、かつて経た告解は、真の悔い改めであったか否かを問わず、「良い」ものであったとの結論に達することができる。ここで罪が真に悔い改められたか否かという問題は宙吊りにされる。『肖像』執筆中のジョイスは、別の箇所で「罪」の問題を論じてもいる。「オスカー・ワイルド――『サロメ』の詩人」(“Oscar Wilde: il poeta di ‘*Salomè*’”) と題されたエッセイは、リヒャルト・シュトラウス (Richard Georg Strauss) がオスカー・ワイルド (Oscar Wilde) の戯曲『サロメ』(*Salomé*) に基づいて作曲した同名のオペラが、トリエステで初演された一九〇九年三月に執筆された。だがこれは『サロメ』論ではない。祖国に裏切られた芸術家の典型として、ワイルドへの憐れみや共感を喚起させる論考となっている。

ここでワイルドの芸術の中心的なモチーフに触れておこう。すなわち罪というモチーフである。彼は自分が、責め苛まれる人びとに新しい異教思想という福音をもたらす者である、と思い違いをしてしまった。彼は自身の性格的な特質、(おそらくは) 己が民族の特質の一切を――機知、衝動的な寛大さ、無性の知性を――美の理論に捧げた。彼によればその理論は、世界に黄金時代と青春の喜びをもたらすはずのものだった。しかし、アリストテレスに関する彼の主観的な解釈や、三段論法ではなく詭弁に発する彼の落ち着きのない思索、ならず者や下賤の者といった、自分とは相容れない他者の性質の同化吸収から、仮に何らかの真実が引き出せるとしたら、それは結局のところ、カトリシズムの精神に固有の真実である。すなわち、〔神との〕離別と喪失というあの感覚――これが罪と呼ばれる――を通してでなければ、人は誰も神の御心に達することはできない、という真実である。

(*CW* 204-05)

罪を犯すことで神から遠ざかり、それゆえに初めて「喪失」の感覚を得る。神の御心に達するにはこの方法しかない、というのである。ジョイスはこれを「カトリシズムの精神に固有の真実」と呼ぶ。「告解」という悔い改めの制度が求められるのはここにおいてである。しかし、もともとこの発想はW・B・イェイツ(W. B. Yeats)の言に由来するものであるから、それがどの程度「カトリシズム」に固有であるかは定かではない。イェイツの「掟の銘板」("The Table of the Law")において、架空の語り手オーウェン・アハーン(Owen Aherne)はつぎのように語る。

> そして悲嘆に暮れるわたしに明らかとなったのは、神の御心に到達するには、われわれが罪と呼ぶところの、そこから離れるという離別の感覚を通してのみである、ということだった。そしてわたしは、自分が自己の存在の法則を発見していたがゆえに自分が罪を犯せないことを理解し、自己の存在を表現できるだけであるか、その表現に失敗するだけである、ということを理解した。そしてわたしは、神が単純にして恣意的な法則、われわれは罪を犯し悔い改めればよい、という法則を作り出していたことを理解した。(Yeats, 209-10)

ジョイスはこの作品を暗記するほどに愛読していたらしい。そしてリケルムも指摘する通り、『スティーヴン・ヒアロー』ではイェイツのこの作品との出会いが、スティーヴンにとってひとつのターニングポイントとなっている(Riquelme, 2004, 112)。「掟の銘板」や「三博士の礼拝」("The

Adoration of the Magi”) を復唱するスティーヴンは、アハーンやマイケル・ロバーツ (Michael Robartes) の言葉が「尊大なイエスの謎」のように思え、その道徳性は「人間以下」もしくは「超人的」と思えてくる。スティーヴンにとって彼らは、「自らの起源への矜持を思い出しながら、罪を切望して、蒸気のように情けないほど大地へと傾く」ように思えるのである (*SH* 183)。やがてスティーヴンの罪への傾斜が明らかになる。「掟の銘板」の一節を復唱すると、「ある種の放縦な思いが彼の生に色を付け始め」る (*SH* 184)。次章の終盤でスティーヴンは、イタリア語の授業時に窓からエマの姿を捉え、教師アルティフォーニには突然早退を申し出て彼女の後を追う。そこでの告白は因襲を打ち破る破天荒なものだ――「一晩だけともに生きよう、エマ、それから朝にはさよならを言おう。そして互いに二度と会わないことにするんだ!」(*SH* 203)。このエピソードは『肖像』からすっかり抜け落ちているが、その理由は後述する。とまれ終盤の日記に語られるE・Cとの会話の背後には、こうしたエピソードを想定するのがよい。

ワイルドにとって神に近づく唯一の方法が、罪を犯すことによる神との離別であるなら、スティーヴンもまたこの方法を選んだと言える。

語られる芸術家／示される芸術家

ところで、ジョイスはワイルドを、「自身の性格的な特質、(おそらくは) 己が民族の特質の一切を――機知、衝動的な寛大さ、無性の知性を――美の理論に捧げた」と語っていた。イタリア語の原文では、“Mise tutte le sue qualità caratteristiche, le qualità (forse) della sua razza, l'arguzia, l'impulso generoso, l'intelletto asessuale al servizio di una teoria del bello” となっている (Joyce, 1992, 190)。「無性の知性」(“l'intelletto asessuale”) は、メイソン＝エルマン版の英訳では “a sexless intellect”(*CW* 204) とされているが、バリー版では “the asexual intellect” とされており (Joyce, 2000, 151)、後者のほうが正確である。これはワイルドの同性愛を指しているようにも見えるが、「性なき知性」というよりはむしろ「反‐性的な知性」の謂いではないか。晩年カトリシズムに傾斜したワイルドを、ある程度擁護する意味合いで執筆されたこのエッセイの性質を考慮すれば、「己が民族の特質」のひとつに数え上げられているそれは、「カトリシズムによって性的欲望が否定されたところに成り立っている知性」と思われてくる。

スティーヴンは、最後の日記で「わが民族のいまだ鍛えられざる良心／意識」(*P* 5.2790) を鍛錬することを誓っていたが、ジョイスは最終的に、この民族の「無性の知性」とも訣別することを選んだ。罪を犯さないことが不可能であるのと同じように、「知性」が「無性」であることも不可能であると、端から認識していたに違いない。「若き日の芸術家」スティーヴンと「作者」ジョイスの差異はここにある。両者の距離は、時間を経るごとに徐々に縮まって行かざるを得ないが、書かれたものである以上、その距離は決して0《ゼロ》になることがない。今一度リケルムの言を引けば、「トリストラム・シャンディや、その他一切の語り手と同様、作家としてのスティーヴン・デダラスは、自らに、あるいは自らの執筆の過程に、決して追いつくことができない」(Riquelme, 1983, 64) のである。

『肖像』執筆中のジョイスは一九一三年十一月、戯曲『エグザイルズ』の執筆にとりかかる。自らしたためた芸術論を十年後に実現しようとしたとすれば、「戯曲」は「芸術家が、他者との直接的な関係においてイメージを提示する芸術」(*CW* 145) となるはずだったが、作家である主人公を「直接」目にした「他者」=観客はおそらく、語りの声を介さずに出現する芸術家像に当惑することだろう。年を重ねた作者の似姿リチャード・ローワンは、自ら招いた妻の不貞の疑惑に宙吊りにされる。同時に観客もまた、ことの真相には至れず疑惑に包まれたまま放置される。カタルシスを否定するかのような結末は、悲劇よりも喜劇を上位に置くかつての芸術論 (*CW* 143-45) に沿うものかもしれないが、喜劇として「われわれのなかに喜びという感情を掻き立てる」(*CW* 144) ものとはなり得ていない。では、『肖像』の執筆が終盤に差しかかったこの時期に、ジョイスがあえて戯曲に向かった理由は何か。ヒュー・ケナー (Hugh Kenner) の意見はきわめて説得力に富む。

ゲイブリエル・コンロイは雪を切望した。簡素で飾り気のない戯曲『エグザイルズ』は、そうした偽の解放を検証している。つまりリチャード・ローワンは、イプセンによって解放されたゲイブリエル・コンロイなのだ。ジョイスはこのイプセンという劇作家に十二年間秋波を送り続けたのだった。芸術の拠点としてのデダラス——それは「傲慢」(スペルビア)という大罪を犯した反抗者だが——、これを廃棄したジョイスは、今度は倫理という論点からゲイブリエルを廃棄したのである。

『エグザイルズ』はリチャード・ローワンのアポロギアではない。われわれには、彼が虚空の中に宙吊りにされる姿を見出そうという心構えが必要であるし、それこそがまさにわれわれの見出すものなのだ。かくして読者の当惑がもたらされる。ジョイスの正典を年代順に追ってきた読者は、『ダブリナーズ』の最後のページからではなく、『肖像』の天駆ける結末から出てきたばかりの男に出くわす。この戯曲は、ジョイスの第二のサイクルが始まった直後に書かれたものではあるが、その根は第一のサイクルのなかにある。やがて明らかになる諸般の理由により、ジョイスはこの試みを、『肖像』が完成するまで始めることができなかった。そしてすでに草稿を書き始めていた『ユリシーズ』に本気で取り掛かれるようになる前に、これを完成させねばならなかった。スティーヴン・デダラスはリチャードとしてすっかり吸い取られてしまったのだが、バイロン張りの反抗と呼ぶに足る饒舌ぶりがスティーヴンを取り巻いているせいで、この事実は簡単に見逃されてしまう。リチャード・ローワンの紛うかたなき索漠たる傲慢さに思いを致せば、スティーヴン崇拝者たちは、それまでまんまと嵌められていたと感じることになる。(Kenner, 69)

ケナーはまず、ジョイスはスティーヴンを(『肖像』という「第一のサイクル」の最後にある作品で)廃棄した後、今度は『エグザイルズ』で、「死者たち」のゲイブリエルを、倫理論("an ethical theory")として廃棄する("abolish")、と言っている。つまり、この時点ですでにスティーヴンは超えられている、という前提である。彼は単なる若い芸術家志望のエゴイストとして退けられる。そこでつぎに超えなければならないのが、イプセンである[1]。そのためジョイスには戯曲を書くことが必要となった。

ケナーがここでゲイブリエルを倫理的に問題のある人物と看做していることは明らかだ。すなわち、彼は妻を支配しようとした。だが妻はマイケル・フューリーに(あるいはその記憶、その亡霊に)奪われた。嫉妬に燃え上がりそうなゲイブリエルはしかし、そこから諦念に向かった。「雪」と「死」への夢想で、嫉妬は昇華された——これは一種の「精神的麻痺」(paralysis)である。そもそも彼の支配欲という問題はどうなるのか？　愛と支配と自由という倫理的問題のほうは、どうなったのか？　『エグザイルズ』はこの疑問から始まる。主人公は妻に自由を許したいと語りながら、同時に別な男に奪われたいというマゾヒスティックな欲求も抱いている。だが一方で彼は、妻も間男も共に支配したい。結果的に、「癒しがたい疑惑の傷」に包まれて終わる男――これがリチャード・ローワンである。

『肖像』に感銘を受けて、スティーヴンという若者の姿に理想の若き芸術家像を見てしまった（いわば誤認してしまった）読者は、リチャード・ローワンによってスティーヴンの実像を示され、失望することだろう。リチャードとは、観客という「他者」との「直接的な関係において」提示されたいまだ「若き」芸術家像なのである。

「バイロン張りの反抗と呼ぶに足る饒舌」（"sufficient eloquence of Byronic revolt"）については、マイケル・パトリック・ギレスピー (Michael Patrick Gillespie) の指摘も同種のものと言える。スティーヴンというエゴイスティックな芸術家は、自由間接話法によって（語りの声によって）提示されるため、読者も共感を寄せることができたが、これが舞台のうえで直接観客（読者）に語れば、リチャードと同じく、嫌悪感を覚えさせるエゴイスティックな人物に過ぎなくなる (Gillespie, 313)。

ケナーはさらに、これが天使になれなかった男の物語であると言う。

無秩序に陥ることのない倫理的な自由と、精神を蝕むことのない完全な誠実さは、天使の社会に固有

> なものである。これは単なるこじつけで言っているのではない。厳密な意味での天使だ。つまり、結婚もなければ結婚に身を任せることもない社会に生きる、完璧な知を備えた、失墜することのない存在のことである。この完全性が不可能であるエグザイルたちは、エデンの園から追放されたのであり、このことが、この戯曲の究極的な意味である。(Kenner, 81)

われわれは『肖像』のスティーヴンがルシフェルを志向し「我仕えず」と語っていたこと(*P* 5.2297)を思い出さねばならない。結婚したスティーヴンと言えるリチャード・ローワンは、妻に「完全な自由」("complete liberty")(*E* 73)を与えたと言う。だがすでに失墜した人間、天使でもルシフェルでもあり得ないリチャードは、当然その不可能性を前にして「深い疑惑の傷」("a deep wound of doubt")(*E* 162)を負う。そこまで主人公を追い詰めた作品『エグザイルズ』は、ケナーの言を借りれば「ジョイスがスティーヴンを完膚なきまでに廃した」作品なのである(Kenner, 82)。

聴罪の快楽

先述の通り、「告解」というカトリシズムの制度は、それによって一層神に近づくことを可能にする。だからこそであろうか、スティーヴンは娼婦との体験の後、当初は罪の「悔い改め」そのものに、どこかしら甘く淫靡な喜びを見出していた。

屈辱の苦悶が過ぎ去ると、彼は自分の魂を卑しむべき無力状態から引き上げようとした。神も聖母もあまりに彼から遠ざかってしまった。神はあまりにも偉大で厳しく、聖母はあまりにも純粋で神聖だ。だが、彼は想像してみた――広い野原にエマと並んで立ち、つましく、目には涙を溜め、身をかがめて彼女の袖の肘にキスをする。

広い野原には優しく澄んだ夕空がひろがり、一片の雲が西に向かって薄緑の天の海原を流れ、彼ら罪を犯した子らは並んで立っている。彼らの罪は、たとえ二人の子供が犯したものであっても、神の威厳を深く傷つけてしまった。それでも聖母を傷つけることはなかった。その美しさは「眺めることの危険な地上の美とは異なり、その表象であり、光輝き、楽を奏でる、暁の明星に似ている」。二人に向けられたその目に怒りはなく、また咎めてもいない。聖母は二人の手と手を握らせ、二人の心に向かってこう語りかける。

――手を繋ぎなさい、スティーヴンとエマ。天国はいま美しい夕暮れです。あなたたちは罪を犯しましたが、それでもつねにわたしの子供たちです。ひとつの心がもうひとつの心を愛しているのね。手を繋ぎなさい、わたしの大事な子供たち、そうすればあなたたちはともに幸せになり、あなたたちの心は互いに愛し合うことでしょう。(*P* 3.502-22)

実のところ、エマはなんら罪を犯していない。スティーヴンは娼婦相手の行為をエマとの行為に置き換え、罪を犯した二人が聖母マリアのとりなしによって許され慰謝されることを夢想している。滑稽なほどの妄想である。恋する乙女との行為を夢想すること自体淫靡な罪であろうが、スティーヴンはむしろ、その行為が聖母によって赦免されるという妄想に、さらなる甘美を味わっている。これはしかし、単に魂が清められたことに基づく敬虔な喜びではあり得ない。

再び『エグザイルズ』を引く。ロバートとの対話で、リチャードはかつてバーサに、自身の罪を告白した経緯を物語る。その罪はおそらく娼婦との関係であろうが、その告白によって、リチャードはバーサの「魂の純潔を犯した」と語っている。

リチャード　（同じ口調で）最初のことは覚えている。帰宅した。夜だった。家の中は静まり返っていた。幼い息子は小児用ベッドで寝ていた。彼女も眠っていた。ぼくは彼女を起こして打ち明けた。ぼくは彼女のベッドの脇で泣いた。そうやって彼女の心を突き刺した。

ロバート　ああ、リチャード、どうしてそんなことをしたんだ。

リチャード　彼女を裏切ったことか？

ロバート　いや。打ち明けたことだ、寝ているのを起こして打ち明けたことだ。彼女の心を突き刺したことだ。

リチャード　彼女はありのままのぼくを知らなければならないんだ。

ロバート　だけどそれはありのままのきみじゃない。一瞬の弱さだ。

リチャード　（考え込み）そうしてぼくは、彼女の無垢な炎に、ぼくの罪という油を注いだ。

ロバート　（ぞんざいに）ああ、罪だの無垢だのはやめてくれ。今の彼女をまるごと作ったのはきみだ。不思議ですばらしい個性だ――少なくともぼくの目には。

リチャード　（陰気に）つまりは、彼女を殺したんだ。

ロバート　殺した？

リチャード　彼女の魂の純潔を。（*E* 93-94）

だがなぜ「告白」が、それを聞かされる「彼女の魂の純潔」（"virginity of her soul"）を汚すことになるのか？　もちろんバーサは、リチャードの「不貞」によって痛く傷つけられたに違いない。だが貞操の問題であれば、汚されたのはリチャードのそれである。なぜバーサのそれが汚されたと言えるのか？

先に触れたように、『肖像』のスティーヴンは叙階の秘跡を受けた司祭に憧れていた。司祭であれば告解室で「女たちや娘たち」の罪を聴いても「免疫を備えることになった自分の魂は、罪に染まらぬまま、再び祭壇の白い平安へと赴く」ことができる。つまり聴罪は、聖職者でなければ罪に染まるという前提がある。ならばそれは、窃視症的な「快楽」という罪であるに相違ない。

リチャードがバーサの「魂の純潔」を汚したのは、バーサにこの「窃視症的快楽」を味わわせてしまったからではなかったか。自らの恥辱を晒す自虐性に快楽が伴うとすれば、そこにはすでに、それを目撃する他者の多虐的・窃視症的快楽が想定されている。[2] リチャードの告白によって汚されたバーサの魂とは、窃視症的快楽の罪を知ってしまった魂の謂いであり、「彼女の無垢な炎」は、リチャードの「罪という油」によって、いわば燃え上がったのだ ("I was feeding the flame of her innocence with my guilt." (*E* 93))。「突き刺された心」とは、「処女ではなくなった魂」の謂いに他ならない。そこには、リチャードによって快楽を知ってしまったという暗黙の前提がある。

同様の「魂」の「凌辱」は、すでに「若き芸術家」スティーヴンが行なっていた。その罪は、『肖像』には描かれていないものの、『スティーヴン・ヒアロー』には明記されており、『肖像』はやはりこの一件があったものとして読まれるべきと思われる。つぎのエピソードである。

――ぼくが感じたのは、自分がきみを両腕で抱きしめることを切望している、ということだ――きみの身体をだ。きみがぼくを両腕で抱きしめることを切望したんだ。それがすべてなんだ……それからぼくは思った、きみの後を追いかけて、きみに言おうと……一晩だけともに生きよう、エマ、それから朝にはさよならを言おう。そして互いに二度と会わないことにするんだ！　この世に愛なんてものはない。単に人間が若くて……

彼女は彼から手を振りほどこうとし、あたかも暗唱した言葉を繰り返すかのように呟いた。

――あなたは狂ってる、スティーヴン。(*SH* 203)

大学生のスティーヴンはエマに向かい、彼女への性の欲望を告白し、一夜限りの交渉を申し出る。彼女は目に涙を浮かべて立ち去ってゆくが、スティーヴンにはその涙の意味がわからない。

けれども彼女は、目に浮かべた涙を隠せるほど即座に立ち去りはしなかったので、彼はその涙を見て驚き、いったいなぜだろうと思ったせいで、唇から出かかっていたさよならを言い忘れてしまった。わずかに頭を傾げて素早く歩み去る彼女を眺めながら、彼には、二人の魂があとほんの少しで結びつきそうだったのに、素早く、そして永遠に、離れ離れになるのを感じたような気がした。(*SH* 204)

この告白によって二人の「魂」がひとつになること(“union”)を夢想したのはあまりに愚かであろうが、『肖像』にこのエピソードを加えなかったことは作為である。『肖像』におけるエマとの最後の出会いでは、「詩を書いているの？」という彼女の問いに、「だれについての？」と問いを返し、彼女を困惑させている(*P* 5.2758-63)。こうした二人のやり取りに垣間見える過去の関係はしかし、スティーヴンの告白場面が一切描かれていない『肖像』では、どこまでも曖昧なままである。エマとの一件を隠すことにより、彼女は詩人にとっての詩神《ミューズ》の位置を獲得することだろう。『肖像』でのスティーヴンはかつて、エマとともに犯す罪の甘美を夢想していた。この夢想はアーノル神父の説教によって一旦は打ち砕かれるものの、ともに犯す罪の魅力は避けがたいものであり続けた。自身の欲望を告白することにより、エマの欲望を抉り出そうとする青年スティーヴンの告白は、リチャードのそれと同様、女の「魂の純潔」を汚す行為に他ならない。エマの涙の意味を理解できないスティーヴンでは、旅立ちを間近に控えた「芸術家」として、あまりにナイーヴな姿を晒してしまうのである。

おわりに

リケルムは、日記の末尾が読者と主人公を冒頭に連れ戻すと語っていた。『フィネガンズ・ウェイク』の循環構造を予期させるものであるとし、つぎの一節が（さらに省略を加えて）引用されている(Riquelme, 1983, 63)。

> Our wholemole millwheeling vicociclometer, a tetradomational gazebocroticon (the "Mamma Lujah" known to every schoolboy scandaller, be he Matty, Marky, Lukey or John-a-Donk), autokinatonetically preprovided with a clappercoupling smeltingworks exprogressive process, (for the farmer, his son and their homely codes, known as eggburst, eggblend, eggburial and hatch-as-hatch

can) receives through a portal vein the dialytically separated elements of precedent decomposition for the verypetpurpose of subsequent recombination so that the heroticisms, catastrophes and eccentricities transmited by the ancient legacy of the past . . . may be there for you (*FW* 614.27-615.8)〔中略は引用者〕

われらが水車輪で絞り出されたすべてのシミを記録するヴィーコ的回転記録器、四次元ドームの眺望塔（「ママルージャー」とは、かのマッティー、マーキー、ルーキー、それに驢馬のジョンであることは、どの小学生の悪ガキどもでも知っている）には、カチンコ連結器的な鼻につく発露過程が自発動的にあらかじめ装備されており（卵破裂、卵混合、卵埋葬その他なりふり構わず孵化し放題として知られる、農夫の父と子と自国内聖典にとっては）、まさしくその後の再結合用に、事前の解体という日記弁証法的に切り離された要素を、腸肝門脈を通して受け取り、そうすることで、過去という古代伝説によって伝えられたヒーローティシズム〔heroticisms = heroism + eroticism〕や破局や奇矯が……あなた方の目の前に立ち現われる。

四本のベッドの支柱（それぞれが福音書記者マタイ、マルコ、ルカ、ヨハネを表わす）に囲まれて——むしろ窃視されて——眠る主人公は、昼のことば＝日常のことばにすれば鼻につくはずの自己発露を繰り返す。「孵化」しない限りで許されていた欲望は、ヒロイズムにせよエロティシズムにせよ、夢もしくは日記という、本来他人の目に触れてはならない形で実現される。そこには、どうあっても“asexual”ではあり得ない「ヒーローティシズム」が、様々な破局や奇矯とともに読者の眼前に提示される。少なくとも、もはや若くはなくなった芸術家ジョイスは、かつての作品をそのように述懐しているようである。

注

（1）ケナーは『肖像』におけるスティーヴンの横柄さがイプセンの『ブラン』に由来すると指摘している (81)。

（2）ザック・ボウエン (Zack Bowen) は、リチャードの「告解室の窃視症的快楽」を論じながら、『ダブリナーズ』「姉妹たち」における フリン神父、「邂逅」における老人も、同種の快楽を得ていた可能性を仄めかしている (583)。

引用文献

Bowen, Zack. "*Exiles*: The Confessional Mode." *James Joyce Quarterly*, vol.29, no. 3, 1992, pp. 581-86.

Ellmann, Richard. *James Joyce*. New and Rev. ed., Oxford UP, 1982.

Gillespie, Michael Patrick. "Nostalgia and Rancor: On Characterization in *Exiles*." *Exiles: A Critical Edition*, edited by A. Nicholas Fargnoli and Gillespie, UP of Florida, 2016, pp. 311-28.

Joyce, James. *The Critical Writings of James Joyce*. Edited by Ellsworth Manson and Richard Ellmann, Faber and Faber, 1959.

——. *Exiles*. Jonathan Cape, 1952.

——. *Finnegans Wake*. Faber and Faber, 1975.

——. *Minor Works. The Works of James Joyce, vol.6*. Hon-no-tomosha, 1992.

———. *Occasional, Critical, and Political Writing*. Edited by Kevin Barry, translated by Conor Deane, Oxford UP, 2000.

———. *Stephen Hero*. Jonathan Cape, 1975.

———. *A Portrait of the Artist as a Young Man: Authoritative Text, Backgrounds and Context, Criticism.* Edited by John Paul Riquelme, W. W. Norton, 2007.

Kenner, Hugh. *Dublin's Joyce*. Columbia UP, 1987.

Riquelme, John Paul. "*Stephen Hero* and *A Portrait of the Artist as a Young Man*: Transforming the Nightmare of History." *Cambridge Companion to James Joyce*, edited by Derek Attridge, 2nd ed., Cambridge UP, 2004, pp. 103-21.

———. *Teller and Tale in Joyce's Fiction: Oscillating Perspectives*. Johns Hopkins UP, 1983.

Yeats, W. B. *Short Fiction*. Edited by G. J. Watson, Penguin, 1995.

「心とは何か」を学ぶこと
――『若き日の芸術家の肖像』と『ユリシーズ』におけるスティーヴンの母の祈り

小林　広直

はじめに

ジェイムズ・ジョイスの『若き日の芸術家の肖像』(以下、『肖像』と略す)は、作者の分身(alter ego)であるスティーヴン・デダラスの幼少期から大学時代までを描く自伝的作品である。この小説は作者の芸術家宣言《マニフェスト》、教養小説(Bildungsroman)の側面を持つ一方で、ジョイスはまさに〈若気の至り〉とでも言うべき空想や妄想に囚われ理想主義に燃えていた過去の自分を笑い飛ばし、アイロニーを交えて描き出すことで自己を相対化しようとする。本作については、ヒュー・ケナー(Hugh Kenner)が「キュビズム」(1976, 173)、ジョン・ポール・リケルム(John Paul Riquelme)が「〔兎と鴨の〕だまし絵」(48)に擬えているが、両者に共通するのは『肖像』の捉えがたさ、すなわち読者はスティーヴンをダイダロス、もしくはイカロスのどちらと見做すべきかという問題に帰着する。

その一方で、作品冒頭に掲げられたエピグラフ（オウィディウス『変身譚』からの引用）――「かくして彼〔ダイダロス〕は未だ知られざる技 (unknown arts) に打ち込みぬ」(Joyce, 2007, 3) は、以下の『肖像』の最終部に対応している。

四月二六日　……来たれ、おお、人生！　僕は百万回でも経験という現実と出会い、僕の民族の未だ創られざる良心 (the uncreated conscience of my race) を、僕の魂の鍛冶場で造り出すために旅立つのだ。
四月二七日　古代の父、古代の名工よ、今このときより永遠《とわ》に、我の助けとなりたまえ。
(*P* 5.2785-92)〔中略は筆者〕

「むかしむかし」(*P* 1.1)、とおとぎ話を語る実父サイモンの声から始まった「若き日の芸術家」の物語は、かくして「古代の父」ダイダロスへの呼びかけで幕を閉じる。この円環構造を支えるのは、「未だ～ざる」という否定の接頭辞 (un-) だ。すなわちスティーヴンもまた、ギリシャの英雄に倣って己の芸術、「未だ知られざる (unknown) 技」を通じて、「僕の民族の未だ創られざる (uncreated) 良心」の創造へと向かう。『ユリシーズ』を評した際のT・S・エリオット (T. S. Eliot) が述べたように、『肖像』にも「現代と古代を結ぶ持続的な平行関係 (parallel)」は形成されている (177)。

恐らくそれ故であろう。先行研究は右の引用における「僕の民族の未だ創られざる良心

(conscience)」という言葉に着目をしてきた。[1]『ダブリナーズ』で、カトリック教会によるダブリン社会の「麻痺」(“paralysis”) (*L* II 134) を糾弾した作家であればこそ、大英帝国の植民地下にあったアイルランドの「良心」をいかに創り上げるべきかという『肖像』の倫理的問題は、しばしば見過ごされたジョイスの政治性を炙り出す上で有用であった。しかし、本論が改めて検討したいのは、右の引用ではあえて省略した「四月二六日」の日記の冒頭箇所である。

> 母は買ったばかりの古着を仕立て直してくれている。[2] 母が今祈っているのは、僕が自分の人生の中で、しかも故郷や家からも友人たちからも離れた場所で、心とは何か、それが感じるものとは何かを学んでくれることなのだという (She prays now, she says, that I may learn in my own life and away from home and friends what the heart is and what it feels)。(*P* 5.2785-88)

『ユリシーズ』の最初の三挿話である「テレマキア」は、『肖像』の続編、あるいは〈第六章〉とも言える。その一日、一九〇四年六月十六日において、スティーヴンは敗残者、すなわち海に墜落した息子イカロスとしてダブリンに留まっており、芸術家として己を立ち上げることが未だにできていない (Kenner, 1976, 182)。彼を留学先のパリから呼び戻したのは、母の危篤を告げる父からの電報であり (*U* 3.199)、まもなく母の一周忌を迎える彼は、信仰の喪失を責め立てる母の亡霊に取り憑かれている (*U* 1.102-05, 270-72)。『肖像』から『ユリシーズ』に至る空白期間（一年、または二年）[3] には、作者ジョイスにとってそうであったように、母の死という人生の決定的な分岐点が存在している。

ここで私たちは、極めて自明ではあるが重要な、以下の伝記的事実を再確認する必要がある。すなわち『肖像』を書いているときの作者ジョイスは、自身がヨーロッパに旅立った直後に母が癌で病死してしまうことを知っているが、ダイダロス的飛翔に胸を踊らせる『肖像』最後のスティーヴンはまだそのことを知らない、ということである。つまり『肖像』のスティーヴンが日記に何気なく書き込んだ母の「祈り」の意義を知っているのは、作者のみであるということ、言い換えれば、ジョイスは『ユリシーズ』に描かれるスティーヴンをその意義に気付きつつある、〈目覚め〉の直前にある者として描いていると言えよう。以下本論は、先ほど引用した『肖像』末尾からの二文に対して長い註を付けてゆくような議論となるが、『ユリシーズ』から遡及的に母親の描写を考察することで、スティーヴン／若き日のジョイスはいかにして『ユリシーズ』の一日の後で芸術家になり得るか、というこれまでのジョイス批評の成果に新しい視座を提供することができるだろう。図式的且つ、大雑把に言えば、「心とは何か」を学ぶことによって、若きジョイスは〈芸術家〉ジョイスになることができた、というのが本論の仮説である。(4)

一　母の祈り

それでは、『肖像』末尾の、四月二六日の日記の記述を一文ずつ検討してゆこう。「母は買ったばかりの古着を仕立て直してくれている」("Mother is putting my new secondhand clothes in order.")という一文は、いよいよスティーヴンの旅立ちが迫っていることを示す。興味深いのは、四月二六日より前の日記の記述は、「四月十六日」となっており、九日の空白があるということだ。第五章第四節から始まるスティーヴンの日記において、五日以上日記が書かれないということはこれまでなかった。作者自身が出国のために方々から借金をしていたことを鑑みれば、この期間においてスティーヴンはアイルランドから旅立つための様々な実務的な準備を行っていたため、日記を書く余裕がなかったと推測できる。その際に新たに購入したのが、二六日の記述にある「古着」なのだろう。出発に向けた晴着として新しい服を購入できないことは、父の破産以後、常に家計が苦しいデダラス家の貧困を示すわけであるが、ここで思い出すべきは、『ユリシーズ』のスティーヴンもまた「古着のズボン」(“the secondhand breeks”) (*U* 1.113) を身に付けているということだ。

それを見かねた同居人のバック・マリガンが「灰色のズボン」をスティーヴンに譲ろうとするが、彼は「灰色のズボンは履けない」と言い (*U* 1.120)、その申し出を断る。実はスティーヴンの母が「埋葬」された日付、「一九〇三年六月二六日」を読者が知るのは、第十七挿話まで待たねばならない[5] (*U* 17.951-52)。母の死は物語の冒頭、第一挿話の八八行目から既に語られているため、「灰色のズボン」の拒絶が、スティーヴンの喪の期間を示唆することを即座に見抜く明敏な読者もいることだろう。しかしここで素朴に驚くべきは、スティーヴンが親族の死後一年間、喪服を着るという慣例に従っているその一方で、この古着を巡る直後の記述で明らかになるように、彼は頑ななまでに別の慣習を拒絶しているということだ。これは『肖像』の四月二六日の日記における第二文と関連する。

再度、その部分を引用しておこう——「母が今祈っているのは、僕が自分の人生の中で、しかも故郷や家からも友人たちからも離れた場所で、心とは何か、それが感じるものとは何かを学んでくれることなのだという」。「心とは何か」という問題は次節以降で詳しく論じるとして、まず検討すべきは「祈り」についてである。この言葉に着目したとき、以下の二つの台詞は意味深長だ。『ユリシーズ』第一挿話でマリガンは、スティーヴンに向かって次のように言う。

死にかけの母親が頼んでいるんだろ、キンチ〔スティーヴンの綽名〕、跪くくらい何てことないじゃないか(You could have knelt down)……考えてもみろよ、今にも息を引き取ろうかってときに、最期の頼みでお前の母さんはお前に請うてるわけだ。跪いて、自分のために祈って欲しいって(to kneel down and pray for her)。なのに、お前は断った(And you refused)。(*U* 1.91-94)〔中略は筆者〕

お前は母親が頼んでいるのに、死の床で彼女のために跪いて祈ってやらなかった(You wouldn't kneel down to pray for your mother on her deathbed when she asked you)。なぜか。それはお前さんの中に呪われたイエズス会の血が流れているからだ。それも間違った方向に流れている。(*U* 1.207-09)

つまり『肖像』と『ユリシーズ』の空白部に起きた、母の死という悲劇的な出来事において、他ならぬスティーヴンが「祈り」を拒絶していることがわかる。マリガンが「間違った方向に流れ」る「イエズス会の血」と述べるのは、スティーヴンが一時は聖職者を志しながらも、カトリックの信仰を捨てることになった事実、すなわち読者が『肖像』の第四章と五章で知るスティーヴンの〈棄教〉という個人史を知っているからである。だが、『肖像』の最後で息子の行く末を案じる母が切に祈っていたことに着目する私たちにとって、この場面に見られる対照性は際立っている。リチャード・エルマン (Richard Ellmann) の伝記に依れば、ジョイスもまた母の臨終の祈りを弟のスタニスロースと共に拒否している (1982, 136)。その意味で、作者が『肖像』の最後に健気に「祈る」母を描き、それと対を成すように祈りを「拒否」する息子を『ユリシーズ』の冒頭で描いたことの意味は小さくないはずだ。

それ故、『ユリシーズ』の男性主人公二人の無意識が実体化する第十五挿話「キルケ」の夢幻劇において、スティーヴンの母は何よりもまず「祈る」存在として提示される。

あなたが外国の見知らぬ人たちに囲まれて寂しい想いをしていたときに哀れんであげたのは誰だった？　お祈りは万能なの (Prayer is all powerful)。聖ウルスラ修道会の手引きにある悩める魂への祈りや、四十日間の免償を思い出しなさい。悔い改めるのよ、スティーヴン (Repent, Stephen)。

……

あの世であなたのために祈っているわ (I pray for you in my other world)。……何年も何十年もお前を愛してきたのだから。おお、我が子よ。最初の子どもですもの。お前が私のおなかの中にいるときからずっと。(*U* 15.4196-204)〔中略は筆者〕

「塔の頂上から」マリガンが現れ (*U* 15.4166)、第一挿話で述べる幾つもの台詞を反復するこの箇所が、『ユリシーズ』の冒頭部と関わることは言うまでもない。しかし、右に引用した母の言葉の第一、「あなたが外国の見知らぬ人たち (strangers) に囲まれて寂しい想いをしていたとき」とは、まさしく『肖像』と『ユリシーズ』の間でスティーヴンが孤独と貧困に苛まれながら過ごしたパリ時代のことであり、『肖像』の最後の「故郷や家からも友人たちからも離れた場所で」と対応する。さらに、先に第一挿話のマリガンの二つの台詞にも見られた“pray for”という表現が、『肖像』の最後で祈る母の姿に重なることに気付くだろう。

敬虔なキリスト教徒であるスティーヴンの母は、一方で教会(Mother Church)の権化である。母の祈りは、「聖ウルスラ修道会の手引き」や「四十日間の免償(indulgence)[6]」という表現に見られるように、極めてカトリック的なものだ。とりわけ、「祈りは万能(all powerful)」と述べる彼女の言葉は、『肖像』第四章の以下の場面を想起させる。

——明日の朝に挙げるミサで私は、と校長は言った。全知全能の神(Almighty God)がその聖なる御意志を君にお示しになるようにしましょう。そうしたらね、スティーヴン、君も自分の守護聖人に九日間の祈りを捧げるのです。神と共にある全能の(powerful)、最初の殉教者であるその人に祈り、神が君の精神を教え導いて下さるように。……私たちは共に神に祈りましょう(we will pray to God together)。(*P* 4.449-62)〔中略は筆者〕

スティーヴンの守護聖人である聖ステパノを示唆しつつ、聖職の道を勧めるベルヴェディアの校長の最後の言葉は、「共に神に祈りましょう」であった。私たちはここでこの聖職者が、幾度となく「力」(“power”)という言葉を繰り返していることを思い出すべきである。彼はスティーヴンに「神命を引き受けること」の意義を語る際に、具体的に言えば第四章の三八三行目から三九一行目にかけて、実に九回も「力」という単語を繰り返す(*P* 4.381-91)。ここにはジョイスの強烈なアイロニーがあるだろう。なぜなら、「地上のいかなる王も皇帝も、神に仕える聖職者の力は持っていない」と述べる校長のその特権意識こそ、『肖像』第三章の静修における「地獄の説教」でアーノル神父が説いた「傲慢の罪」("sin of pride") (*P* 3.555) なのではないかという疑念を読者に抱かせるからだ。(7) その純朴な敬虔さ故に「お祈りは万能」だと訴える「キルケ」のスティーヴンの母は、言うなれば『肖像』でスティーヴンが聖職者に見た権力志向、その「傲慢の罪」を図らずも反復してしまっているのだ。

スティーヴンの棄教は、このように教会権力との対峙という点にも関わっている。エルマンが述べるように、「拒絶を超えたところに彼〔スティーヴン〕の唯一の忠誠 (loyalty) は存在する」、つまり彼は「己のミューズ」に対する忠誠を誓うのだ(1972, 11)。これは今見たように、聖ステパノからダイダロスへ、という名前の問題とも通じるだろう。大島一彦が指摘するように、『肖像』において「自己の名の理解はそのまま輝ける自己の宿命の発見でもあつた。自分の仕へる可き対象は美」だとスティーヴンは知るわけだ(四四)。ここにこれまでの議論を付け加えるならば、彼の成熟は "pray to God" を拒否しつつも "pray for you" の想いを受け止めることによって可能になると言えるかもしれない。

二「犠牲者」としての母

しかし母は教会権力の象徴であると共に、事実その「犠牲者」でもあった。母の「酷い死」(“beastly dead”) (*U* 1.198-99, 7.583-84, 15.4170) に対してスティーヴンが明確に語っていないその後悔の念を、今日の読者は作者の書簡に見て取ることができる。一九〇四年八月二九日付けのノーラへの手紙で、ジョイスは次のように自らの心情を赤裸々に語っている。

> 母はゆっくり殺されたのだと思う。父に酷い扱いを受け、長年の心労と、僕自身のシニカルで余りにも明け透けな振る舞いのせいで。棺に横たわる彼女の顔――癌でやつれた灰色の顔――を見たとき、僕が見ているのは、犠牲者 (victim) の顔なんだとわかった。そして、母を犠牲者にしたシステム〔カトリック教会〕を呪ったんだ。(*L* II 48)

ここで私たちは再度、『肖像』の母の祈りについて書かれた日記を想起するだろう。出立への希望に燃える若者と対を成す、赤貧の中でも息子の将来の平安を祈る母の姿を描くことは、すなわちカトリシズムという宗教イデオロギーとはまた別の次元において、息子の将来を案ずる「母の愛」それ自体を描くことである。しかし急いで付け加えなければならないのは、スティーヴン自身は『肖像』だけでなく、『ユリシーズ』においても、母のこの祈るという行為の意義をまだ十全には理解できていないということである。それ故に『ユリシーズ』の「キルケ」において、母の祈りは理解不可能なトラウマとしてスティーヴンに訴えかけるのである――「悔い改めなさい、スティーヴン」と。(8) 換言すれば、スティーヴンはカトリックから逃れられないが故に、祈りが一種の〈呪い〉となり、彼を未だに縛り付けているのだ。

右に引用した手紙に、作者ジョイスの「悔悟」を見ることは容易い。しかしスティーヴンは一貫して「悔悟」を拒否する存在だ。事実、『肖像』の最後から約一ヶ月前の「三月二四日」、彼は母親と次のような議論をしている。

議題は聖母マリア。僕は男だし、若いせいもあって分が悪い。煙に巻くために、イエスとそのパパの関係を、マリアとその息子の関係以上に強調した。宗教は産院ではないですよ、と言ったりして。母は寛大(indulgent)だ。僕は変わり者だし(I have a queer mind)、読書をし過ぎたからと言う。それはちがう。ほとんど読んでいないし、理解も人並み以下だ。それから母は、僕は一所に落ち着く者ではないから(I have a restless mind)、いつか再び信仰に戻ってくるはず(I would come back to faith)、と言った。つまり、一度は罪という裏口から教会を離れても、悔悟(repentance)という天窓を通って再び教会に入るということか。悔い改めることはできない(Cannot repent)。そう言って、六ペンスねだった。三ペンスもらった。(*P* 5.2638-47)

ここで実際に聖母についてのどの点が議論されたのか、若さはともかくなぜ彼が男であることが不利に働くのか、「産院」の比喩は何を暗示するのか、いずれも判然としない。しかし少なくとも、反復される "a queer / restless mind" という表現は、母と息子の対立の一端に、心／胸(heart)と精神／頭(mind)の二項対立があることを示唆するはずだ。スティーヴンが母にとって「変わり者」に映るのは、信仰心の有無だけでなく、彼が野心や理想に燃える一方で行動が伴っていない、その〈頭でっかち〉な性向故であろう。[9] 同時に先に「キルケ」から引用した "indulgence" や "repent" との関係で見たとき、「悔悟」は不可能だと頑なに拒む息子に対し、いつかは反省して「信仰」を取り戻してくれるはずだと「寛大」にも息子を見守る母の姿には、親としての祈るような思いやりが見て取れる。そのような愛情に甘えて、あろう事か小遣いを無心する彼の姿は非常に滑稽であり、未熟だと言わざるを得ない。よってこの引用部は、『肖像』末尾の母の祈りと併せて理解すべきなのだろう。つまり、「若き日の」作者が理解し得なかったのは、一個人として母が息子の行く末に対して祈るという行為の意義であり、それ故『肖像』と『ユリシーズ』のスティーヴンの両者ともその母の愛を十全に理解するには至っていないのだ。しかし逆説的に言えば、「心とは何か」学んで欲しいという母の願いを理解していない己の分身を描くこと自体が、作者はそれがいかなるものであるか既に感得していることを示す。ここにスティーヴンと作者を隔てる高い壁があるはずだ。

「祈り」という観点から『肖像』と関わる「キルケ」の箇所は、次の場面にも見られる。

母

（ゆっくり両手を揉み合わせ、絶望的に呻く）おお、イエス様の聖心よ (Sacred Heart of Jesus)、どうかあの子に御慈悲を！　地獄から彼を救いたまえ、神聖なる聖心よ！

スティーヴン

嫌だ、嫌だ、嫌だ。どいつもこいつも、やれるものなら、僕の魂を砕いてみろ！(Break my spirit, all

of you, if you can!) お前ら全員跪かせてやる。(*U* 15.4231-36)

『肖像』の最後で「心とは何か」を知ってほしいと息子に願っていた母が、「キルケ」挿話の最後に頼みとするのは、やはり極めてカトリック的な「聖心」であった。[10] 息子が「地獄」に落ちることのないように願う母は「聖心」に縋り、息子は頻りにそれを拒否する。『肖像』第三章で「地獄の説教」に一度は恐れ戦き、罪の告白を行ったスティーヴンが、芸術家になるために聖職への誘いを断るという行為が、ここで重ねられていることは明白だ。しかし、皮肉なことにスティーヴンはこの箇所の最後の部分で、あろう事か「お前ら全員跪かせてやる」と叫ぶ。これはスティーヴンに対する作者の、実にアイロニカルな批判であろう。なぜなら、「跪かせ」るという行為そのものこそ、教会が信徒に要求する悪しき支配的振る舞いの最たるものであるからだ。同時に、ここで彼が母の亡霊だけではなく、"all of you" とその背後に複数の人物を見据えていることも重要だ。スティーヴンが退けなければならないのは、常に幾多の人物たちであり、[11] 先に論じたように『肖像』で「(権) 力」を仄めかしながら聖職の道を勧めた校長もまたその一人と言えよう。

『ユリシーズ』のスティーヴンは、「聖心」に頼むというカトリック的な母の祈りを受け入れることができない。それは先に見た作家の手紙の文言にあるような、母の死に対する「良心の呵責」を確かに感じているはずのスティーヴンが、カトリック的な「悔悟」を受け入れられないこととパラレルの関係にある。しかし多くの先行研究が述べるように、スティーヴンは『ユリシーズ』の最初の三挿話で、母を一人の女性として捉えようとする (Hill, 332; 道木、六九)。それは言うなれば象徴性を剝ぎ取り、個別具体的にそのもの自体を見つめようとする態度に通ずる。「キルケ」のみならず『ユリシーズ』全体において、スティーヴンの母の最後の台詞は以下である——「ゴルゴダの丘で、愛と悲嘆と苦悶と共に息絶えるときの私の苦しみは、とても言葉にできない」(*U* 15.4239-40)。「聖心」がキリスト教の長い歴史の中で生み出された、ある種の制度的なものであるとすれば、ここでスティーヴンの母は人間イエスの苦しみに寄り添っている。

このように考えたとき「キルケ」の最後で、『ユリシーズ』のもう一人の主人公レオポルド・ブルームが英兵に殴られたスティーヴンを介抱し、そこに死んだ息子ルーディの影を見ることは偶然ではない。つまりここに描かれるのは純然な親子愛であり、年長者が若者の成長を保護するという、宗教が制度化される以前の、ジョイスの言葉を借りるならば「犠牲者」を生み出す「システム」になる以前の、利他的な振る舞いが描かれているのである。その意味で「心とは何か」を学ぶとは、カトリシズムというイデオロギー的認識を越えて、人間を一個人として見ることだと言えるのではないか。よって、歴史を「悪夢」(“nightmare”) に擬えたスティーヴンが (*U* 2.377)、「キルケ」の最後でも意識を失っている、すなわち象徴的に眠っていることは意味深長だ。知人の息子に夭逝した息子の影を見るブルームとその父に無言のまま微笑むルーディ——父が子を愛し、子が父を愛する〈父の愛〉、余りにも劇的にそのエピファニーが立ち現れる瞬間において、スティーヴンが眠っていることの意義は、彼の現時点での未熟さの証であるとともに、いずれ彼もまた目覚めてその意義〈〈親の愛〉〉に気が付くという未来への可能性を暗示するのだろう。

三　「アルジー」の詩に隠された母の祈り

ここまで本論は、「心が何か」を学んで欲しいという『肖像』末尾の母の願いが、『ユリシーズ』にも引き継がれていることを見てきた。図式的に言えば、『肖像』のスティーヴンは母の祈りの意義に全く気付いていないのに対し、『ユリシーズ』の彼は「夜の街」で母の亡霊に出会い、代理父であるブルームに介抱されることで、それに気付きつつある存在として描かれている。では、「心とは何か」という問いに対する答えは——もちろん決して十全に答えられるようなものでないにせよ——、『ユリシーズ』のどこかに書き込まれているのだろうか。今度は「心」を鍵語として、『ユリシーズ』のスティーヴンを再度見て行きたい。

『ユリシーズ』第一挿話に描写される母の亡霊の記憶が蘇る直前、すなわちマリガンから母の臨終の祈りを拒否したことを責め立てられた直後には、「痛み、まだ愛の痛みになっていないその痛みが彼の心を悩ませた (fretted his heart)」(*U* 1.102) という記述がある。さらに、母の死の直後にマリガンが無神経に言い放った「ああ、デダラスですよ。母親がひどい死に方をした (*beastly dead*)」(*U* 1.198-99) という台詞は、スティーヴンの心に大きな傷口を残している (“the gaping wounds which the words had left in his heart”) (*U* 1.216-17) ことが明かされる。ここからも「心」は『肖像』末尾から『ユリシーズ』に至る期間を象徴する鍵語であることが見て取れる。その一方で、本論冒頭で示した『肖像』末尾における「良心」(“conscience”) は、『ユリシーズ』の第一挿話では「内心の呵責。良心」(“Agenbite of inwit. Conscience”) (*U* 1.481-82)、第九挿話では「内心の呵責。良心の咎め」("Agenbite of inwit: remorse of conscience") (*U* 9.809-10) と描写され、母の最期の願いを拒否した後悔に接続されている。つまり、「古代の父」ダイダロスに頼んだ「僕の民族の未だ創られざる良心」の創造は、スティーヴンのトラウマ体験を経て、母という個人史の問題に矮小化しているとも言える。これは言うなれば、「民族の良心」の「創造」という芸術家としての野心は、その最終的な目標としての価値は些かも減ずることはないにしても、己を守ってくれる母が生きていたからこそ成立しうる若さ故の大言壮語、つまり一種の〈若気の至り〉だったという反省が作者にはあるのだろう。

ここで、スティーヴン的なものからブルーム的なものへの移行という、従来の『ユリシーズ』解釈を応用するならば、多分に主観的且つ理想主義的な若きスティーヴン（mind や soul の領域）は、世俗的な中年男性ブルームの身体的 (body)、すなわち客観的で実際的なものの見方を身につけなければならないということになるのだろう。ジョイスが友人に示した『ユリシーズ』の計画表に依れば、第六挿話「ハデス」の象徴的器官は "Heart" であるが (Gifford, 104)、「心臓発作」(*U* 6.305) で死んだディグナムの葬式に参列した際、ブルームは心臓というのは「結局のところポンプなんだ」と考えたり (*U* 6.674)、墓堀りの姿から『ハムレット』を想起し、シェイクスピアは「人の心 (the human heart) を実に深く知り尽くしていた」(*U* 6.792-93) と考えたりする。つまりブルームは "Heart" の精神的な意味合いだけでなく、それが身体的器官であることを常に意識している。従って「心とは何か、それが何を感じるかを学んで (learn) 欲しい」という母の願いは、「学ぶ」という単語から、ブルームの次の台詞に重ね合わせることが許されるかもしれない。ブルームは己に向かって「まだお前には学ぶことがあるよ。他人が我々を見るように、自分自身を見ること」("Still you learn something. See ourselves as others see us") (*U* 13.1058-59) と呟く。後者の一文は、第八挿話でバートン食堂の客たちの下品な食事の仕方を見て、ブルームが思い至る内的独白の反復である (*U* 8.662)。よって、ブルームにとっての学びの一つの要素が、自己を客観視すること、すなわち他者の目／視点を獲得しようと努めることであるとすれば、スティーヴンの過剰に肥大化した内的世界の意識が続々と流れ込む「プロテウス」挿話が示すように、彼の未熟さは他者性を取り込むことができないという点に見ることもできるだろう。

しかし、第二挿話で「君は教師 (teacher) になるべく生まれたような人ではないね」とディージー校長から指摘された際に、「むしろ学ぶ者 (learner) なんでしょう」(*U* 2.402-03) と述べたスティーヴンが、先に述べたように第三挿話で母を一人の女性として客観視しようとしていることもまた事実だ。確かに、かつてジョイスは「以前のようにスティーヴンには興味が持てなくなりました。彼はどうにも変わりようのないタイプの人物なんです」("But Stephen no longer interests me to the same extent. He has a shape that can't be changed") と述べたという (Budgen, 107)。だがこの発言一つでスティーヴンが今後の人生において全く変化と無縁であると結論するのは速断に過ぎるであろう。デクラン・カイバード (Declan Kiberd) が、従来の批評で頻りに論じられたブルームとスティーヴンの「象徴的父子関係」を、教える者 (teacher) と学ぶ者 (learner) の関係に読み替えたように (116)、学ぶことの意義は今なお有効のはずだ。「ダブリン。僕にはまだ多く学ぶことがある」("Dublin. I have much, much to learn") (*U* 7.915) と述べる若きスティーヴンにはまだ変化の可能性が残されている。そしてそれは恐らく作者がそうであったように、もう一度母国から自発的亡命を果たすこと、あるいは母に代わって己を愛してくれる別の女性と出会うことによって達成されるのだろう。(12)

先に私は「心を学ぶこと」(の一つの側面)は、象徴性を剝ぎ取り、個別性を見ることだと書いた。そしてそれは母を一人の女性として見ようとする『ユリシーズ』のスティーヴンの試みと関連するのではないかと示唆しておいた。第二挿話でスティーヴンが考える「母の愛」をこの文脈で考えるとき、マリガンがW・B・イェイツ(W. B. Yeats)の「ファーガスと共に行くのは誰か」("Who Goes with Fergus?")を口ずさむ場面は意味深長だ(*U* 1.239-41)。この詩は二連から成るが、第二連の六行を全て引用しておこう。

もはや顔を背けたり、愛の苦い秘密に
思い悩んだりすることなかれ
ファーガスが真鍮色の戦車を率いて、
森の影や、
霞んだ海の白い海原や
散らばった彷徨う星々をも支配するのだから

And no more turn aside and brood
Upon love's bitter mystery;

For Fergus rules the brazen cars,
And rules the shadows of the wood,
And the white breast of the dim sea
And all dishevelled wandering stars (Yeats, 49)

しかし、ここでジョイスは実に興味深い仕掛けを用意する。マリガンが歌うのは、右の引用の最初の三行だけなのだが、最初の一行をスティーヴンはこの後二度反芻し(*U* 1.264, 3.445)、「キルケ」挿話の最後でも彼は意識を失う前にこの詩を断片的に呟く(*U* 15.4932-33, 4942-43)。つまりこの詩は、母の臨終の痛ましい記憶に苛まれる彼の脳裏に終日取り憑くわけであるが、第一挿話では最初の三行の引用のすぐ後で、次のような記述が見られる――「森の影(Woodshadows)が、朝の平穏の中を階段の頂上から彼［スティーヴン］がじっと目をこらす海の方へと、音も立てずに流れて行った。……霞んだ海の白い海原(White breast of the dim sea)」(*U* 1.242-45、中略は筆者)。スティーヴンが主人公である『ユリシーズ』の最初の三挿話は、三人称の語りでありながら、常に彼の意識に寄り添った文体を採用している。つまり、スティーヴンはマリガンが歌った最初の三行の続きを想起しながら海を眺めるが故に、一見すると状況描写のように思われる地の文にも「森の影」や「海原」というイェイツの歌詞が混ざり合っているのだ(Gifford, 18)。つまり、ここで彼は現実をありのままに見るのではなく、イェイツの歌詞に触発されて、あるいはその文言に視界が霞んだまま、海を眺めていることがわかる。

さらにジョイスは『ユリシーズ』の主要なモチーフの一つである「偶然の一致」(*U* 8.503)を用意

する。実はこの詩は、スティーヴンがかつて「孤独に家の中で」歌っていた際、ドアが開いていたために、これを耳にした病床の彼の母が泣きながら「あの歌詞がね、スティーヴン。愛の苦い秘密ってところ」("For those words, Stephen: love's bitter mystery") (*U* 1.249-53) と述べていたのである。マリガンがこの詩を歌ったのは、以前にスティーヴンがこの想い出を彼に話していたからであり、悪意を以てこの詩を引用したのだと解釈する批評家もいるが、私は「偶然の一致」説を採りたい。いずれにせよ、ここでジョイスが埋め込んだ仕掛けは、引用の続きにこそ読解のヒントが隠されているということだ。

だとすると、「心」というキーワードを含む次の詩にも、引用されていない続きの部分に何かが秘められているのではあるまいか。第一挿話でミルク売りの老婆に支払いのために銀貨を取り出した後、マリガンはおどけて次のように歌う――「私にはこれ以上は何も求めるな、愛しい人／与えられるものは全てあなたに与えてしまったのだ」("Ask nothing more of me, sweet. / All I can give you I give") (*U* 1.455-56)。これまで未払いのミルク代が「二シリング二ペンス」なのに対し、マリガンがポケットから出した「フロリン銀貨」は二シリングであり、「二ペンス」ぶんの不足がある。しかしこの支払いで「一文無し」になってしまった彼は戯れにこの詩を引用するのだ (*U* 1.444-66)。この詩の出典は、アルジャーノン・チャールズ・スウィンバーン (Algernon Charles Swinburne) が一八七一年に出版した詩集『日の出前の歌』(*Songs before Sunrise*) に収録されている「献身」("The Oblation") の第一連の最初の二行である。「[お代は] いつでも結構ですよ」と言って去って行く老婆を見送る際、マリガンは続けて三行目以降を歌う――「我が心の愛しき人よ、もしまだ与えられるものがあるなら／あなたの足元に置いておくだろうが」("*Heart of my heart, were it more, / More would be laid at your feet*") (*U* 1.463-64)。ここで興味深いのは、「心」が繰り返されるこの歌詞の後で、スティーヴンは「ファーガス」の詩のときとは対照的に、全く何の反応も示していないということである。

　スウィンバーンの名はこのあと『ユリシーズ』で三度言及されるが (*U* 9.135, 10.1073, 15.2527)、実はこの詩人は既に物語冒頭で言及されている。マリガンの次の台詞――「海はアルジーが言うように、偉大なる甘美な母じゃないか」("Isn't the sea what Algy calls it: a great sweet mother?") (*U* 1.77-78) ――に出てくるこの「アルジー」こそスウィンバーンの綽名であり、「偉大なる甘美な母」とは「時の勝利」("The Triumph of Time") という詩に出てくる文言なのである (Gifford, 15)。メリッサ・エドムンドソン (Melissa Edmundson) が述べるように、「母と海の両者はスティーヴンが自らのナルシシズムを投影することのできるもの」であり、それは彼を「恐怖させ、取り囲む」(547)。確かに、海岸線に立つ円形砲台のマーテロ塔は片側が海に面しており、ダイダロスが作った迷宮《ラビュリントス》を想起させる。ただし、それを取り巻く海／母のイメージはスティーヴンの苦い記憶が作り出したものでもあるのだ。

　スウィンバーンの「献身」の歌詞に戻ろう。今見たようにジョイスは『ユリシーズ』の幾つもの場面に、「母なる海と父なる太陽の間に生まれた子供」として「自らを神話化」した詩人のモチーフを鏤めている（上村、四）。しかもこのデカダン派詩人は、アルコールに溺れていたばかりか、三一歳のときフランスの海岸で溺死しかけたこともあった（「溺死」はイカロスとスティーヴンを繋ぐ『肖像』と『ユリシーズ』両作品に頻出するモチーフである)。一九〇四年当時はまだ存命中であったこの詩人の生涯について、若き日のジョイスがどこまで知り得ていたかは想像の域を出ないが、少なくとも彼は「献身」の第一連の続き、すなわちマリガンが歌わなかった部分に目を通していたはずである。[13] この詩の語り手は、恋人に与えうるものは全て与えてしまったと言う。

ではそれは何か。マリガンが引用することなく、スティーヴンが想起していない五行目以降はこうだ——「あなたが生きてゆくことを助ける愛／あなたが飛び立つように励ます歌 ("Love that should help you to live, / Song that should spur you to soar.")」(214)。管見の及ぶ限り未だ誰も指摘していないが、[14] これこそ、ジョイスが考えていた「心とは何か」を「学んで欲しい」と「祈る」、母の姿ではあるまいか。確かにこのときのスティーヴンにとって、母の臨終の苦しみ、その母に祈りを捧げなかった「内心の呵責」、あるいはそんな彼に対して無神経な言葉を放ったマリガンの台詞——いずれもスティーヴンの心の傷を深めるものであろう。しかし、かつて確かにあった「《母の愛》、主格的属格、及び対格的属格」("*Amor matris*: subjective and objective genitive") (*U* 2.165-66)、すなわち母が子を愛し、子が母を愛することは、スティーヴンがもう一度「生きてゆくことを助け」、「飛び立つように励ます」のではないか(言うまでもなく "soar" は、ダイダロスとイカロスを想起させる)。ここで重要なのは、母が子を愛することの真の意味をスティーヴンは理解していないが故に、彼は母を真に愛することができない。言うなれば、母の亡霊にどうしてもカトリック教会の象徴を見てしまう、ということなのだろう。では、そのような主人公を描く作者はどうだろうか。

三連から成るこの詩は、次のように終わる。

恋人よ、あなたへの愛しか持たぬ私は、
ただあなたに愛を与えよう
私より多くのものを持つ彼には、好きなだけ与えさせよ、
翼を持つ彼は、好きなときに飛び去るがいい
私の心はあなたの足元に
そう、それはあなたが生きることを強く望むにちがいない

I that have love and no more
Give you but love of you, sweet:
He that hath more, let him give;
He that hath wings, let him soar;
Mine is the heart at your feet
Here, that must love you to live. (Swinburne, 214)

文字通りには、恋人が生きることを「愛する」この詩は、死んだ母からスティーヴンへのメッセージのように読める。それと同時に、語り手の「心」が、愛する相手の足元に留め置かれることに着目したい。ここで語り手の恋敵と思しき「彼」が、ヨーロッパ大陸へと飛び去るスティーヴン／ジョイスの姿であるならば、体は離れても、心はあなたの側にあるという子を想う親心だけでなく、ジョイスから死んだ母への想いのようにも読みうるだろう。「足元」という表現は、「跪く」

という行為を想起させる。教会権力に屈するわけにいかないジョイスは、確かにかつて跪くことを拒否した。一時の慰めだけのために形だけ跪くこともまた彼の芸術家としての信条に反するものであった。しかし、詩という言葉を通じてであれば、己の「心」を愛する者の「足元に」捧げることは可能である。海を「偉大なる甘美な母」と呼んだスウィンバーンの詩には、こんな〈愛の甘美な謎〉が潜んでいるのではあるまいか。

おわりに

「キルケ」でスティーヴンの母は息子に向かって「お前はあの唄を歌ってくれたね。愛の苦い謎(Love's bitter mystery)」と言い、それに対してスティーヴンは、「母さん、知っているならあの言葉を教えてよ。全ての者が知るあの言葉を(The word known to all men)」と「熱心に」請う(*U* 15.4188-93)。第三挿話と第九挿話でもスティーヴンが自問するこの「全ての者が知るあの言葉」は長らく「謎」のままであった。一九二二年のシェイクスピア・アンド・カンパニーによる初版から、その後の普及版に至るまで、長らくその答えは明示されていなかった。五千箇所以上とも言われた誤植だけでなく、ジョイスの手書き原稿を精査することで修正を施したガブラー版の登場によって(一九八四年)、第九挿話におけるスティーヴンの自問する意識の流れを含む五行が追加された――「お前は何の話をしているんだ？　愛、そうだ(Love, yes)。全ての者が知る言葉」(*U* 9.429-30)。これが果たして正しい編集であったのか、つまりタイピストが打ち忘れたのか、ジョイスが意図的に削除したのか、新資料が出てこない限りこの論争に決着を付けることはできない。かつてケナーは「おそらく」それは「死」ではないか、と述べた(1980, 129)。それを〈間違い〉だと断定できる根拠はどこにもない。なぜなら、仮にジョイスがこの数行をあえて削除したのだとすれば、彼はその謎を曖昧にしておきたかったか、あるいは思い直して全く別の答えを用意していたのかもしれないからだ。本論の主旨に添って言えば、『肖像』のラストとの対応で、「心」もまた一つの〈正解〉であるに違いないのだ。

「キルケ」の母の亡霊に対し、スティーヴンは「ノートゥングだ！(*Nothung!*)」と叫び、娼館のシャンデリアをトネリコのステッキで叩き壊す(*U* 15.4244)。詩人の象徴であるはずのステッキを振りかざし、暴力という手段に訴えたことは、彼の未熟さを示すだろう（道木、五五）。これ以後、母の亡霊が『ユリシーズ』に現れることはない。確かに、ジョイスはカトリシズムの麻痺を糾弾した。しかしカトリックの信仰を捨てさえすれば、人はそれで幸福になれるわけではない。頭で考えるだけでは解決しない領域が私たちの生には常に存在する。母が『肖像』の最後で懸念していたのは、そのようなスティーヴンの過度に理想主義的な肥大化したエゴイズムであり、ジョイスが「若き日の」未熟な分身を描いたことの核心はそこにあるのだろう。よって、『ユリシーズ』のスティーヴンが呟く"Dublin. I have much, much to learn"に続くのは、『肖像』母の言葉"what the heart is and what it feels"でなければならない。ダブリンには彼が「心が何であり、心は何を感じるか」を学ぶためのものがまだまだたくさんあるのだ。

注

（1）例えば、高橋渡はこの言葉に「アイルランドの歴史を読みかえ書き換えるという作業」を見出し、「それは『ユリシーズ』においてなされる」と指摘する。すなわち、「歴史的ディスコース」と「虚構的ディスコース」を混在させる『ユリシーズ』において、ジョイスは「「歴史」／「虚構」という二項対立を破壊」することによって、歴史を「或る特定の視点から書かれたテクスト」であると見做す二十世紀的な歴史概念を既に体得していたと見る（二九七―三〇三）。

（2）南谷奉良が指摘するように、『肖像』の物語は、おとぎ話を語る父に続いて、おねしょをする息子のためにオイルシートを敷く(put)母から始まるが、『肖像』末尾ではそれが反転して、古着を仕立て直す(putting)母と「古代の父」をもって終わる。すなわち、神話的構造とは別の、「「父・母・母・父」という大きな枠構造に庇護されている」（五三―五四）。

（3）作者とスティーヴンの年譜には幾つかのずれがある。これについては、田中恵理の論文に収録された二つの表を参照されたい（八六―八七）。

（4）厖大な数の先行研究があるジョイス批評にあっては、あくまで相対的にではあるものの「良心」と比べて、「心（とは何か）」に着目する先行研究は思いの外少ない（この点は、初期のジョイス批評の代表であるハリー・レヴィン(Harry Levin)も指摘している(200)。その中でもランディ・マラマッド(Randy Malamud)の「『心とは何か』――ジョイスの詩とフィクションの隙間」は、その表題にもあるように、本論の関心と軌を一にする。ただし彼の論考はジョイスの詩集『室内楽』(*Chamber Music*)との比較において、詩人ジョイスの限界を指摘することに注力している(91-101)。また、パトリック・パリンダー(Patrick Parrinder)は、本論が紙幅の関係で言及できなかった第五章冒頭――「[スティーヴン」は呪いの言葉を吐いて、これらの声の谺を心から払いのけた(out of his heart)」(*P* 5.65-66)

――を、(「心」への分析はほとんどないものの)「声」という観点から鮮やかに読み解いている(95, 126)。『ユリシーズ』のスティーヴンが達成できなかったことを、ジョイスは作品創造において成し遂げたと見る論点それ自体は、レヴィンやケナーを筆頭に、目新しいものではない。本論の中心的な関心である「心を学ぶこと」については、愛の倫理との関係から見るもの (DeVault, 1)、自我と美学の問題から見るもの (Balinisteanu, 45)、(ユング) 心理学の観点から考察するもの (Kimball, 59) などの優れた論考がある。

(5) ただしジョイス自身の母メイは「一九〇三年八月十三日」に死去していることに留意したい (Ellmann, 1982, 136)。自らの分身の母親の死を約二ヶ月早めることで、作家はスティーヴンとブルームの共通点――両者とも黒い服 (喪服) を着ている――を際立たせている。同時にこの虚構化によって、自殺したブルームの父ルドルフの命日「〔一八八六年〕六月二七日」(*U* 17.623) が、スティーヴンの母が埋葬された日の「翌日」となる (*U* 17.952)。

(6) ここでは罪を償うための善行としての "indulgence" を、『新カトリック大事典』に倣い「免償」と訳したが、この単語は所謂「免罪符」をも意味する。ルターの宗教改革が、金を払いさえすれば罪が全て赦されるかのような「免罪符」の宣伝文句、すなわち免償の「逸脱や濫用」に対し疑義を呈したことに端を発する歴史的経緯はジョイスも勿論意識していただろう (九八二―八五)。

(7) 一度はこの説教に恐れ戦き、「心から悔いた」("repent in heart") (*P* 3.857) スティーヴンであるが、やがて彼は説教で語られたルシファーの反抗――「《我仕えず》」("*non serviam*") (*P* 3.556, *U* 15.4228) という傲慢――を自らの芸術信条として我有化してゆく。この点については、拙論、一一〇―一六を参照されたい。

(8) 私たちはここで、フロイトの『夢判断』第七章の冒頭で分析される父子の物語を想起すべきであろう。病死した子どもは、その遺体の傍らで眠る父親の夢の中で訴える――「お父さん、お父さんにはぼくがやけどするのがわからないの?」(四一八)。フロイトが述べるように、この父親は夢を見続けることで、子どもの死という現実を隠蔽（「抑圧」）しているのであるとすれば、スティーヴンもまた夢を見ることで、母の死の現実を受け入れたくないという無意識の願望があるのだろう。同時に、彼にとってより直視できない現実とは、カトリックの信仰を捨てたはずにも拘わらず、なお宗教に囚われており、芸術家として身を立てられない己の不遇と無力感なのかもしれない。

（9）事実、大学入学後の彼の怠惰な生活ぶりは第五章冒頭で語られている。第四章末尾で芸術家の天命を自覚する際の興奮はあっけないまでに消えている。

（10）ジョイスは『ダブリナーズ』の「エヴリン」で「聖心」という文言こそ用いていないものの、聖心崇敬の契機となった「福者マーガレット・メアリ・アラコック」の名を出し（*D* Ev,32）、母と聖心というモチーフを使用している。臨終の際で狂気に陥るエヴリンの母は、ジョイス／スティーヴンの母と重なる。

（11）本稿では紙幅の関係で『肖像』第五章で母の愛について説く友人、クランリーについて分析できなかったが、彼がその最初の登場から繰り返し司祭に擬えられている（"priestlike"）ことは注目に値する（*P* 5.152-54）。つまり、クランリーは母の愛を説きつつも、実際にはスティーヴンのカトリック信仰の喪失を咎め、アイルランドに留めようとする、〈飛翔〉を妨げる存在なのだろう。

（12）ジョイスは、反ユダヤ主義者且つミソジニストのディージーにも一種の真理を述べさせる――「学ぶためには、謙虚じゃなきゃ。でも人生ってやつは偉大な教師だから」（"To learn one must be humble. But life is the great teacher."）（*U* 2.406-07）。本論が後に見るように、この台詞に対しスティーヴンは特に反応していない、つまりこの発言の意義に気付いていないということが重要だ。ここにもスティーヴンと作者の隔たりが感得される（Levin, 199-200）。

（13）一九二〇年の作家の書棚（トリエステ・ライブラリー）には、スウィンバーンの詩集が確かに並んでいる（Ellmann, 1977, 129）。

（14）例外的にこの詩を母との関係で分析している批評家にパトリック・J・キーン（Patrick J. Keane）がいるが、彼はスウィンバーンのこの詩に、「二つのイェイツへの暗示的言及」、すなわちモード・ゴン

(Maud Gonne)への詩人の想いと、アイルランドの化身である老婆が要求する「犠牲」のモチーフを抜き出している(57)。

引用文献

Balinisteanu, Tudor. *Violence, Narrative and Myth in Joyce and Yeats: Subjective Identity and Anarcho-Syndicalist Traditions*. Palgrave Macmillan, 2013.

Budgen, Frank. *James Joyce and the Making of* Ulysses *and Other Writings*. 1934. Oxford UP, 1972.

DeVault, Christopher. *Joyce's Love Stories*. Ashgate Publishing, 2013.

Edmundson, Melissa. "'Love's Bitter Mystery': Stephen Dedalus, Drowning, and the Burden of Guilt in *Ulysses*." *English Studies,* vol. 90, no. 5, 2009, pp. 545-56.

Eliot, T. S. "*Ulysses*, Order, and Myth." *Selected Prose of T. S. Eliot*, edited by Frank Kermode, Faber & Faber, 1975, pp. 175-78.

Ellmann, Richard. *The Consciousness of Joyce*. Faber & Faber, 1977.

———. *James Joyce*. 1959. New and rev. ed., Oxford UP, 1982.

———. *Ulysses on the Liffey.* Faber & Faber, 1972.

Gifford, Don. Ulysses *Annotated: Notes for James Joyce's* Ulysses. U of California P, 1988.

Hill, Marylu. "'Amor Matris': Mother and Self in the Telemachiad Episode of *Ulysses*." *Twentieth Century Literature*, vol. 39, no. 3, 1993, pp. 329-43.

Keane, Patrick J. *Terrible Beauty: Yeats, Joyce, Ireland, and the Myth of the Devouring Female.* U of Missouri P, 1988.

Kenner, Hugh. "The Cubist Portrait." *Approaches to Joyce's* "Portrait"*: Ten Essays*, edited by Thomas F.

Staley and Bernard Benstock, U of Pittsburgh P, 1976, pp. 171-84.

———. Ulysses. George Allen and Unwin, 1980.

Levin, Harry. *James Joyce: A Critical Introduction*. 1944. 2nd ed., Faber & Faber, 1960.

Joyce, James. *Dubliners: Authoritative Text, Context, Criticism*. 1914. Edited by Margot Norris, W. W. Norton, 2006.

———. *Letters of James Joyce*. Edited by Richard Ellmann, vol. 2, Faber & Faber, 1966.

———. *A Portrait of the Artist as a Young Man: Authoritative Text, Backgrounds and Contexts, Criticism*. 1916. Edited by John Paul Riquelme, W. W. Norton, 2007.

———. *Ulysses*. 1922. Edited by Hans Walter Gabler with Wolfhard Steppe and Claus Melchior, Random House, 1986.

Kiberd, Declan. Ulysses *and Us: The Art of Everyday Living*. Faber & Faber, 2009.

Kimball, Jean. *Odyssey of the Psyche: Jungian Patterns in Joyce's* Ulysses. Southern Illinois UP, 1997.

Malamud, Randy. "'What the Heart Is': Interstices of Joyce's Poetry and Fiction." *South Atlantic Review*, vol. 64, no. 1, 1999, pp. 91-101.

Parrinder, Patrick. "A Portrait of the Artist." 1984. *James Joyce's* A Portrait of the Artist as a Young Man*: A Casebook*, edited by Mark A. Wollaeger, Oxford UP, 2003, pp. 85-128.

Riquelme, John Paul. *Teller and Tale in Joyce's Fiction: Oscillating Perspectives*. Johns Hopkins UP, 1983.

Swinburne, Algernon Charles. *The Works of Algernon Charles Swinburne: Poems*. David McKay Press, 1910.

Yeats, W. B. *The Collected Poems of W. B. Yeats*. Macmillan, 1958.

上村盛人　『スウィンバーン研究』渓水社、二〇一〇年。

大島一彦　『ジエイムズ・ジヨイスとD・H・ロレンス』旺史社、一九八八年。

小林広直「〈我仕えず〉、ゆえに我あり――間違いだらけの説教と狡猾なスティーヴン／ジョイスの戦略」『ジョイスの迷宮――『若き日の芸術家の肖像』に嵌る方法』金井嘉彦・道木一弘編著、言叢社、二〇一六年、九九―一一八頁。

『新カトリック大事典』第四巻、上智学院新カトリック大事典編纂委員会編、研究社、二〇〇九年。

高橋渡「ジェイムズ・ジョイス――ポストコロニアル小説としての『ユリシーズ』」『英文学の内なる外部――ポストコロニアリズムと文化の混交』山崎弘行編、松柏社、二〇〇三年、二九一―三一七頁。

田中恵理「自伝性と虚構性の再考――『若き日の芸術家の肖像』におけるずれた時間軸の狭間から」『ジョイスの迷宮――『若き日の芸術家の肖像』に嵌る方法』金井嘉彦・道木一弘編著、言叢社、二〇一六年、七七―九六頁。

道木一弘『物・語りの『ユリシーズ』』南雲堂、二〇〇九年。

フロイト、ジークムント『夢判断――フロイト著作集2』高橋義孝訳、人文書院、一九六八年。

南谷奉良「おねしょと住所――流動し、往復する生の地図」『ジョイスの迷宮――『若き日の芸術家の肖像』に嵌る方法』金井嘉彦・道木一弘編著、言叢社、二〇一六年、三三五―五五頁。

『若き日の芸術家の肖像』
――自伝と虚構・二つの顔を持つヤーヌス

高橋　渡

はじめに

『若き日の芸術家の肖像』（以降『肖像』と略す）はジェイムズ・ジョイスの自伝的ビルドゥングスロマンとして読み得るのか？確かに『肖像』には、ジョイス自身の伝記的事実、或いは、彼が育ったアイルランドの歴史的事実が反映されており、この小説が長い間自伝的な小説として読まれてきたのも故無きことではない。しかし、それは何処まで伝記的・歴史的な記述なのか？或いは、フィクションとしての小説の素材に過ぎないのか？また、著者ジョイスと彼の分身たるスティーヴン・デダラスとの距離はどの程度あるのか？このような疑問が提起されるのは必然であり、時間の問題だった。

例えば、ヒュー・ケナー（Hugh Kenner）は、一九四七年に『ケニヨン・レヴュー』（The *Kenyon Review*）に掲載され、後に『ダブリンのジョイス』（*Dublin's Joyce*）に収録される「『肖像』の遠近法」("The *Portrait* in Perspective") において、『肖像』と『ユリシーズ』との連続性を強調し、スティーヴンを墜落する運命にある芸術家と断じて、芸術家としてアイルランドから飛翔すると言ったビルドゥングスロマンの主人公としてのスティーヴン像を否定した。同時にケナーは、『ダブリンのジョイス』の序文で「ジェイムズ・ジョイスとスティーヴン・デダラスはともかくも区別されなければならなかった。それが一九四七年の論文「『肖像』の遠近法」の主題だった。」(xii) と述べているとおり、ジョイスとスティーヴンを同一視する自伝的な読みも否定したのである。また、ウェイン・ブース (Wayne Booth) は「『芸術家の肖像』における距離の問題」("The Problem of Distance in *A Portrait of the Artist*") において、ジョイスとスティーヴンとの間にある皮肉な「距離」("distance") を分析し、ジョイスとスティーヴンを同一視する読みに異議を唱えた。

このような批評を経て、現在『肖像』について論じる際には、この小説をジョイスの自伝と解釈するナイーヴな読みは成り立ち得ず、ジョイスとスティーヴンの距離の問題を考慮に入れざるを得ない。また、この問題を論ずる際には、ケナーも指摘する『肖像』と『ユリシーズ』との連続性についても考察せざるを得ない。本論の趣旨は、これらの問題を再確認しながら、『肖像』の性質と位置づけについて著者なりの解釈を示すことにある。

一　『ユリシーズ』に組み込まれる『肖像』

『肖像』執筆当時既に『ユリシーズ』執筆の準備はかなり進んでいた。リチャード・エルマン

(Richard Ellmann) によれば、「ジョイスが一時この作品を、ノーラ・バーナクルと駆け落ちする一九〇四年十月七日直前で締め括ろうと考えたことを示す四頁の原稿が残っている。頁の一枚には、二人の青年の塔での争いが予告されている」(1982,354) とのことであり、『肖像』は執筆当時既に『ユリシーズ』に連続するものとして構想されていたことが窺える。

『肖像』の終わりで、スティーヴンはカトリシズム、アイルランドの歴史といった桎梏から逃れ、精神の自由を求めてパリに飛び立とうとする。『ユリシーズ』の第一部もスティーヴンを中心とした物語で、いわば、『肖像』の延長線上に位置付けることが出来る。しかしここで描かれるのは最早自由を求めて飛翔したスティーヴンではなく、「母危篤」の電報でダブリンに戻り、逃れようとしていた桎梏にまたしても囚われているスティーヴンの姿だ。『肖像』でスティーヴンはその名の由来であるギリシャの工匠ダイダロスに重ね合わされるが、同時にその息子であり高く舞い上がりすぎて海に墜落したイカロスの姿にも重ね合わされている。すでにその時点で、スティーヴンの「墜落」は予言されていたのであり、それはとりもなおさず、ジョイスが、いわば『肖像』の続編としてのスティーヴンの物語を『ユリシーズ』に組み込むことを意図していたということを示している。

『ユリシーズ』に描かれるスティーヴンは母親の臨終間際、跪いて祈ってくれと言う最後の願いを拒否し、そのことが頭を離れない。そのことに対して友人のバック・マリガンは、「それはお前にあの呪われたイエズス会士の血が流れているからなんだ。ただそれが逆に注入されちまってるだけなんだ。」(*U* 1.208-9) と述べるが、実際もしスティーヴンがカトリシズムから完全に解放されていたとしたら母の願いを聞き入れ形式的に跪いて祈ることは容易だったはずで、それが出来なかったのは逆説的な意味で彼がカトリシズムから解放されていなかったことを示している。そこには最早若い芸術家としてアイルランドから飛翔するスティーヴンの姿はない。

このような観点に立って『肖像』を読み返すならば、少なくとも最早『肖像』を伝統的な意味でのビルドゥングスロマンとして読むことは出来なくなる。『肖像』と『ユリシーズ』に描かれるスティーヴンの物語を一連の物語と読む時、『肖像』という小説の性質と位置づけは異なったものとならざるを得ない。それでは、『ユリシーズ』に連続する物語とみなす時、『肖像』はどのように読むことが出来るのか？このような観点から『肖像』について再検討して行くことにする。

二　『肖像』について語るスティーヴン

『ユリシーズ』には自己言及的なメタ言語がしばしば現れ、この小説の一つの特徴となっている。(1)例えば、「ユリシーズ」というタイトル自体に既に自己言及的な構造が見られる。

「ユリシーズ」(Ulysses)というタイトルは、この小説全体の構築原理となっているホメロスの『オデュッセイア』とのパラレルな関係を暗示するが、同時に、Usyless（=useless）という、その構築原理を「無益だ」と否定するアナグラムを含んでいる。もちろん「ユリシーズ」という言葉にこのようなアナグラムが存在するのは偶然であるが、少なくともジョイスがそれを意識し、読者に暗示していたということは間違いない。ジョイスは『フィネガンズ・ウェイク』の中で『ユリシーズ』に言及して「無益にも読みがたきエクルズの青い本」("usylessly unreadable Blue Book of Eccles")(*FW* 179.26-7、傍点は筆者）と表現しているが、ここでは明らかに綴りを意図的にアナグラムに変更し、「ユリシーズ」というタイトルをだまし絵のように潜り込ませていることが分かる。また第十七挿話「イタカー」で、『オデュッセイア』とのパラレルにおいて「オディッセウス」つまり「ユリシーズ」に相当するブルームが自らの名前のアナグラムを作る場面があるが(*U* 17.405-9)、それは「ユリシーズ」という言葉のアナグラムを作ってみようという自己言及的なメタ言語となっている。そしてこのような操作を通して、解体と生成を繰り返す『ユリシーズ』の構造的な特徴が暗示されるのだが、趣旨から外れるのでここでは触れない。

『ユリシーズ』第九挿話はスティーヴンが中心人物として登場する挿話であるが、この挿話には、こうした自己言及構造が端的に見られる。(2) ここで取り上げたいのは、この自己言及が『ユリシーズ』に対する自己言及であるばかりでなく『肖像』についての自己言及となっているのではないかという点だ。

第九挿話に「自分のことを書いた本を読みながら」(*U* 9.115)という表現がある。文脈上は、ミスター・ベストが『ハムレット』に関してステファヌ・マラルメ(Stéphane Mallarmé)が述べた言葉を引用するという形で出てくる。しかし、この表現自体極めて印象的且つ示唆的であり、マイケル・パトリック・ギレスピー(Michael Patrick Gillespie)は彼のジョイス論のタイトル(*Reading the Book of Himself*)として用いている。「自分自身のことを書いた本」という表現は、文脈を離れメタ言語として読む時、スティーヴン自身について書かれた本である『肖像』を想起させずにはおかない。

第九挿話ではスティーヴンの「ハムレット論」もしくは「シェイクスピア論」が展開されるが、それは十九世紀に流行したシェイクスピアの作品に対する伝記的解釈の焼き直しに過ぎず、それ自体は特に斬新な解釈でもなく、それ程重要な意味を持つとは思えない。この第九挿話に対する従来の典型的な解釈としてエルマンの例を見てみよう。彼は『リフィー河畔のユリシーズ』(*Ulysses on the Liffey*)において、『ユリシーズ』と『オデュッセイア』とのパラレルを強調した上で、次のように述べている。

> ラッセルによる観念的なるものの追求も、マリガンのあまりにも現実的なものの追求も、それが孤立しているがために間違っている。固体である大地に液体である魂を、ここ＝いまに超時間＝超空間を注ぎ込まなくてはならない。スキュレーとカリュブディスの危険を逃れる方法は、両者をつがわせることである。(1972, 86)

このように、この挿話は『オデュッセイア』とのパラレルを元に解釈される場合が多く、そのような解釈もそれなりに説得力のある解釈だと言えよう。しかし、それと同等に、或いは、それ以上に重要なのは、スティーヴンの「シェイクスピア論」のメタ言語としての機能である。

先にも述べたようにスティーヴンの「シェイクスピア論」は、シェイクスピアの伝記的解釈であり、シェイクスピアの作品には彼の実人生が色濃く反映していると主張する。例えば、シェイクスピアの作品には彼の三人の兄弟、ギルバード、エドマンド、リチャードのうち二人の名前が登場すると述べている。

げすなせむしのならず者リチャードが後家のアン（名前に何があるというのです？）に言い寄り、口説きおとし、手に入れる。げすっぽくて陽気な後家さんをね。三番目の弟、征服王リチャードが征服された男ウィリアムのあとから現れる。この芝居のあとの四幕は、この第一幕にだらだらつながっているだけだ。彼の描く国王たちのなかで、シェイクスピアの敬意という地上の天使に庇護されていない王はリチャードただ一人ですよ。エドマンドの登場する『リア王』のあの脇筋をシドニーの『アルカディア』から取って来て、歴史より古いケルト伝説にはめこんだのはなぜか？（*U* 9.985-92）

そしてその理由を次のように述べる。

なぜなら、貧しき者は常に彼とともにはいなかったにしろ、嘘をつく弟、王位をねらう弟、妻を寝取る弟、またはそのすべての三位一体、こういう主題は常に彼とともにあったからです。（*U* 9.997-9）

つまり、スティーヴンの理論によれば、例えば、弟のリチャードは妻のアンと姦通を犯し、その実人生上の体験が作品に反映されているということだ。しかし、スティーヴンは、シェイクスピアの実人生に素材を取りながらも、例えば「この星（シェイクスピアが生まれたときに輝いた星）が消えたとき彼は九つだったというのは黙っておけ。」（*U* 9.936）と、自分の論を正当化するために恣意的な操作を行っている。それ故スティーヴンがエグリントンに「自分の説を信じているのかい」（*U* 9.1065-6）と尋ねられた時、即座に「いいえ」（*U* 9.1017）と答えるのも当然のことと言わなければならない。

この挿話で、スティーヴンが述べるのはシェイクスピアの作品の伝記的解釈であるが、その解釈は伝記的事実の都合のよい所だけを集め編輯した恣意的解釈であることが暴露される。スティーヴンの「シェイクスピア論」は伝記的小説としての『肖像』に言及するメタ言語であり、『ユリシーズ』におけるスティーヴンの物語と『肖像』をジョイスの伝記として解釈しようとする読者に対する警告ではなかったか?もしそうであるとするならば、『肖像』はどのように解釈されるべきなのだろうか。

三　『肖像』の二重構造

まず、『肖像』末尾の「ダブリン　一九〇四／トリエステ　一九一四」("Dublin 1904 / Trieste 1914")という記述について考察してみたい。この記述はスティーヴンの日記の四月二七日（一九〇四年）付けの最後のエントリーの直後に置かれている。素直に読めば、この記述は小説のテクスト内部の記述であると考えざるを得ない。とするならば、その論理的な帰結は、この記述は作家ジョイスが記載したのではなく、小説内部の登場人物であるスティーヴンが記述したということになる（もちろん最終的にはジョイスが記述した訳だが、スティーヴンが記述したものとして書いたということである）。

このような仮説に立って考えれば、この記述は、『肖像』は一九一四年の時点でスティーヴンが一九〇四年までの自分自身の体験を描いた自伝だということを示していると解釈出来る。つまり、『肖像』とは、一九一四年の時点でスティーヴンが書いた自伝という形でジョイスが書いた小説だということになる。この点についてはジョン・ポール・リケルム (John Paul Riquelme) も『ジョイスのフィクションにおける語り手と物語——変動する視点』(*Teller and Tale in Joyce's Fiction: Oscillating Perspectives*) で「だが、それとは異なった自伝的解釈も可能だ。つまりスティーヴンを自分自身の物語の語り手であると見る解釈である」(51) と指摘している。

この問題について更に厳密に考えてみると、この記述には二通りの解釈が可能かも知れない。一つは、いずれの記述も一九一四年の時点で、原稿の末尾に書かれたという解釈である。そしてもう一つは、『肖像』に描かれる、ダブリンそしてアイルランドから飛翔することを決意したスティーヴンが日記の最後に「ダブリン　一九〇四」と記載し、『肖像』を書いたスティーヴンが「トリエステ　一九一四」と自伝の原稿の最後に記載したという解釈である。この場合、日記と自伝とは自分の経験を時系列に沿って書くという点で共通しており、この二つの記述は、いわば、パラレルな関係をなす。そしてこのパラレルな関係によって「トリエステ　一九一四」という記述の意味、すなわち、自伝の原稿の最後にスティーヴンによって記述されたものだということが暗示されることになる。

実は、このような自己言及的な暗示は、既に『ダブリナーズ』の「痛ましい事件」で用いられている。「痛ましい事件」にはこの短編のタイトルと同じ見出しの新聞記事が作中にそのまま埋め込まれている。そして、この記事の、一見シニコー夫人に対して同情的に見えるが、その実彼女を批判する欺瞞的な文体が、いわば、後に『ユリシーズ』に見られるような、「痛ましい事件」の「語り」の自己言及的なモデルとなり、その自己欺瞞に満ちた性質を暗示するのである。[3]このような観点から、筆者としては後者の解釈を採りたいところだが、些か深読みの誹りを免れないのかも知れない。

だが、いずれの解釈を採るにせよ、この記述によって示されることを考慮に入れれば、『肖像』に描かれるスティーヴンと作家ジョイスとの間には二重の距離が置かれることになる。つまり、『肖像』に描かれるスティーヴンと『肖像』を書くスティーヴン、そして『肖像』を書くスティーヴンと、スティーヴンの自伝としての『肖像』を書くジョイスとの距離である。こう考えれば、「芸術家は宇宙創造の神と同じように、自分の創造物の内部か後ろか、彼方か、それとも上にいて、姿は見えず、その存在を消し去り、無関心に爪でも切っているのさ」(*P* 5.1467-9) というスティーヴンの言葉も、『肖像』とジョイスとの距離を示すメタ言語と解釈することも出来るだろう。

この二重の距離は『肖像』に、いわば、二つの層を与えることになる。一つは、スティーヴンが書いた自伝的ビルドゥングスロマンとしての層であり、もう一つは、スティーヴンが書いたビルドゥングスロマンとして構想されたフィクションとしての層である。いわば『肖像』はこのような二重構造を持った作品として捉えることが出来る。それでは、この二重構造は『肖像』の解釈にいかなる影響を及ぼすのであろうか?

四　伝記的ビルドゥングスロマンとしての『肖像』

『肖像』をスティーヴン自身が書いた自伝ととるならば、この小説はスティーヴンの自伝的ビルドゥングスロマンとして読むことが出来る。また、スティーヴンに若き日のジョイスの姿が反映していることは明白なのだから、『肖像』をある程度までジョイスの自伝的小説と見ることも出来るだろう。そして、自伝的小説としての『肖像』も、一九世紀末から二十世紀初頭のアイルランドと、そこに生きる若者を描いた小説として充分評価出来る作品となっている。だが一方で、スティーヴンの自伝小説としての『肖像』は、ある意味で失敗作、もしくは、スティーヴンの失敗を描いた小説だと言うことも出来る。

自伝的ビルドゥングスロマンとしての『肖像』は、世界を分節するディスコースを獲得しようとするスティーヴンの模索を描いた小説であると言うことも出来る。幼いスティーヴンは、「おねしょをすると最初は暖かくそれから冷たくなる」(*P* 1.5) あるいは、「コックが二つあって、ひねると水が出てくる。つめたいのとあついのが。つめたい感じがし、それからちょっとあつい感じがした。コックに書いてある言葉が目にうかぶ」(*P* 1.160-62) と初めは感覚により世界を分節しようとする。そしてこの分節化の作用は、彼が成長するにつれ、より大きな世界へと拡がって行く。クロンゴウズに入ったスティーヴンは次のように自分の位置を確認しようとする。

スティーヴン・デダラス

初等級
クロンゴウズ・ウッド・カレッジ
サリンズ
キルデア州
アイルランド
ヨーロッパ
世界
宇宙　(*P* 1.300-08)

スティーヴンの世界を分節する能力は発達し続け、その過程は、幼児の文体から大人の文体へと変化する『肖像』の文体に反映される。
　一方、スティーヴンの周りには、彼を既存の価値観・社会的規範に押し込もうとする外部のディスコースが存在する。

おめめをくりぬくぞ
あやまりなさい
あやまりなさい
おめめをくりぬくぞ　(*P* 1.34-37)

その声はやがてスティーヴンの精神を縛る桎梏となって行く。

彼らの声はまず紳士になれ、何よりもまずよいカトリックになれ、とすすめる。だが今ではこういう声は虚しく響くようになった。体育館が開かれると、強くて男らしくて健康になれとすすめる別の声が聞こえ、アイルランド復興運動が学校にもはいってくると、母国に対し忠実になれ、母国の言語と伝統の普及を手伝えという、また別の声が聞こえた。(*P* 2.840-49)

スティーヴンはこれらの声に抵抗し、聖職者にならないかというベルヴェディア・カレッジ(Belvedere College)の校長の誘いも拒否して、最後は、「ようこそ、おお、人生よ!ぼくは出て行く。現実の経験と百万回も出会い、ぼくの民族の未だ創られざる良心を、ぼくの魂の鍛冶場で鍛えるために。」(*P* 5.2788-90)と、アイルランドを離れ、いわば、芸術家としてこれらの声に対するカウンターディスコースを確立しようと決意する。

しかし、この試みは成功することなく終わる。『ユリシーズ』第二挿話でスティーヴンは、歴史とは「ぼくが何とか目覚めたいと思っている悪夢」(*U* 2.377)だと述べているが、その悪夢とは英国とアイルランドの間で繰り返されてきた血塗られた歴史に他ならない。この「悪夢」から目覚めるには、アイルランドに蔓延する、英国/アイルランド、支配者/被支配者、プロテスタント/カトリック、英国文化/アイルランド文化、英語/アイルランド語、といった二項対立に基づく歴史観を超克するディスコースが求められる。しかし、スティーヴンにはそのようなディスコースを構築することが出来ない。『肖像』も『ユリシーズ』におけるスティーヴンの物語も、いわば、未完のビルドゥングスロマンとして終わるのだ。その意味で『肖像』は失敗した自伝的ビルドゥングスロマンだと言わなければならない。

だが、スティーヴンの模索にもやがて一つの答えが与えられることになる。その答えこそが『ユリシーズ』という作品なのである。本論は「ユリシーズ論」ではないのでこの点について詳述することは出来ないが、『ユリシーズ』はミハイル・バフチン (Mikhail Bakhtin) の所謂ポリフォニックなテクストであり、当時のアイルランドの現実を描き、そこから聞こえてくる様々な声を通して、現実が決して一つの声に還元し得ない複数的なものであることを示してくれる。そして、アイルランドの歴史も文化も決して単一なものではないという認識を示すことによって、二項対立に基づく単一な歴史観を突き崩してしまうのである。(4)『ユリシーズ』というポリフォニックなテクストに置かれるとき、『肖像』から続くスティーヴンの物語も、一つの主要な声として重要な役割を果たすことになる。こうして『肖像』は単独の作品としての意味とは別の意味を帯びることになるのである。

五　虚構としての『肖像』

『肖像』は上述した二重構造を持つが故に、単純にジョイスの自伝的ビルドゥングスロマンとして読むことは出来ない。ジョイスは、いわば、この自伝的ビルドゥングスロマンという形をとった小説の背後で様々な操作を行っている。そのような観点から見る『肖像』は、リアリズムによる自伝的小説とはほど遠い相貌を帯びる。

リケルムの『ジョイスのフィクションにおける語り手と物語――変動する視点』は、そのような『肖像』の虚構性について分析した優れた論考となっている。リケルムは「ジョイスは語りがプロットの透明な媒介であるという見せかけを避ける語りを構築することにより、『肖像』の変動する視点を促して」(48)おり、「異質な要素を語りに注ぎ込むことによって、『肖像』の最も印象的で人を困惑させる効果の幾つかを達成している。」(48-49)と述べ、更に、「『肖像』はまた、詩、物語、小説、日記など、それ以前に存在するテクストに対する数多くの言及を含み、……その内部に、全体として、または部分として含まれるこれら先行するテクストの改訂版なのだ」(50、中略は筆者)と論じている。確かに、リケルムが指摘するように、『肖像』には様々な性質のテクストが内在し、一つの視点から描かれた均質なテクストからなる小説だとはとても言い難い。

ここでは、『肖像』に含まれる様々な異質なテクストの一例として、第三章に現れる、いわゆる「地獄の説教」について分析してみたい。『肖像』では、この説教を行うのはアーノル神父ということになっているが、実際にはそうではなかった。かつてベルヴェディアの校長を務めていたブルース・ブラッドレー(Bruce Bradley)は『ジェイムズ・ジョイスの学校時代』(*James Joyce's School Days*)の中で、実際に説教を行なったのはジェイムズ・A・カレン(James A. Cullen)神父だったと推定し(122)、エルマンもその説を採っている(1982, 48)。また、説教の典拠となったのは実際にはチャールズ・ゴビネット師(Rev. Charles Gobinet)の『キリスト教を信仰する若者への教訓』(*Instructions for Youth in Christian Piety Taken from the Sacred Scriptures, and the Writings of the Holy Fathers*)であったと推定されるが(Bradley, 125)、『肖像』では、ジョバンニ・ピエトロ・ピナモンティ (Giovanni Pietro Pinamonti) の『キリスト教徒に開かれた地獄』(*Hell Open to Christians, To Caution Them from Entering into It*) が典拠となっている。この点についてはジェイムズ・R・スレイン (James R Thrane) が「ジョイスの地獄の説教」("Joyce's Sermon on Hell") で『肖像』とピナモンティのテクストを並列し、実証的な分析を行った上で論証している。ドン・ギフォード (Don Gifford) は「ジョイスはピナモンティから多くを借用し、そのテクストを書き換え、小説の状況に合うように仕立てている。」(Gifford, 177) と、「地獄の説教」のモデルをピナモンティだとするスレインの説を追認した上で、「地獄の説教」に見られる数多くの誤謬を指摘している。(5)

「汝の最後の事どものみを記憶せよ。しからば永遠に罪を犯すことなからん」― キリストによって結ばれた親愛なる幼い兄弟たちよ、この言葉は伝道の書、七章、四十節からの引用であります。父と子と聖霊の御名によって。アーメン。(*P* 3.231-35)

アーノル神父の説教は冒頭から誤りを冒している。この引用は伝道の書 (Ecclesiastes) ではなく集会の書 (Ecclesiasticus) からの引用である。この誤りはもう一度繰り返されている。

諸君の心から、あらゆる世俗的な思念を追い払い、ただこの最後のもの、死と審判と地獄と天国についてのみ考えてください。これらのことを忘れぬ者は永久に罪を犯すことなからんと、伝道の書にも記されています。(*P* 3.321-24)

わざわざ出典を詳細に提示しながら、その出典が誤っているのである。また、次の箇所では天使の階位について誤りが見られる。

いま、大いなる権力と威厳を持った彼が雲に乗って近づくのが見えるではないか。九階級の天使たち、天使たちと大天使たち、権天使、能天使と力天使、座天使と主天使、智天使と熾天使にかしずかれて。(*P* 3.415-9)

ここでは主天使 (Dominations) と座天使 (Thrones) の階位が逆になっている。

キリスト教に関する豊富な知識を持ち、細部の正確さに拘るジョイスが、このような初歩的な誤りを多数犯したとは考えられない。つまり、このような誤謬はジョイスの意図的な操作だと考えざるを得ないのだ。しかも、この誤謬は、アーノル神父の説教の冒頭から犯され、しかももう一度繰り返されることにより強調されているように思われる。

ピナモンティの『キリスト教徒に開かれた地獄』は、いわば、聖書やその他の様々なテクストを引用し編輯したものであり、「地獄の説教」は、ジョイス自身の体験の再現ではなく、先の引用でギフォードも指摘するように、そのピナモンティのテクストを更に編輯し直したものである。しかも、意図的に誤りを挿入することにより、このテクストは、例えば「真理」と言ったカトリシズムが要求する「権威」を剝奪されてしまう。このような操作を通して、「地獄の説教」は一つのテクストに過ぎないということが前景化されるのである。

また、ジョイスの実人生と『肖像』に描かれるスティーヴンの伝記との間には、時系列の齟齬が多々見られる。ブラッドレーは「『肖像』の時系列とジョイスの実人生の時系列とを混同してはならない。」(5) と警告し、田中恵理は「自伝性と虚構性の再考――『若き日の芸術家の肖像』におけるずれた時間軸の狭間から」で、その時系列の齟齬を詳細に分析している。ここではその意味について論ずることは出来ないが、少なくとも、『肖像』が決してジョイスの体験を忠実に辿った自伝ではなく、丁度『ユリシーズ』第九挿話でスティーヴンが展開する「シェイクスピア論」のように、作家の体験を取捨選択し再構築した虚構なのだということが出来るだろう。

しかし、「地獄の説教」のテクスト性、あるいは、虚構性は、この作品をスティーヴンの自伝的ビルドゥングスロマンとしてのレベルで読む際には殆ど意味を持たない。スティーヴンは「地獄の説教」を聴いた後、恐怖に打たれ、悔い改めて行いを正そうする。スティーヴンは「地獄の説教」を、いわば、「真理」として受け止め、心を揺さぶられているのである。『肖像』の第三章の三六九行目から四六五行目には、スティーヴンの心の内部の描写に、明らかにアーノル神父の「地獄の説教」の一部と見られる描写が引用符を付けられることなく埋め込まれている。それは恐らく、スティーヴンが「地獄の説教」を、いわば、アーノル神父の単なる言葉としてではなく、一つの真実として内面化しているということを示しているのではないだろうか。

このように、「地獄の説教」は、スティーヴンの自伝的ビルドゥングスロマンとしてスティーヴンの視点から見た場合と、虚構性の高い作品としてメタレベルから見た場合とでは、その意味合いが変わってしまう。「地獄の説教」をテクストあるいは虚構と見れば、それに怯えるスティーヴンの姿は些か滑稽に映るかも知れない。語り手とスティーヴンとの間には、ブースのいう皮肉な「距離」が置かれることになる。『肖像』は、自伝的ビルドゥングスロマンとして読めると同時に、極めて虚構性の高い作品として読むことが出来るのである。そして、『肖像』の前身である『スティーヴン・ヒアロー』との最大の相違点はまさにここにある。『肖像』とは、物語の内部と外部の両方に顔を向ける、ローマ神話の二つの顔を持つ神ヤーヌスの如き小説なのである。

おわりに

これまで見てきたように、『肖像』は二重構造を持つ作品であり、スティーヴンの自伝的ビルドゥングスロマンとして読める一方で、性質の異なる様々なテクストから構築される極めて虚構性の高い作品として読むことが出来る。『肖像』は『ユリシーズ』へと繋がり、その中で一つの声としての役割を果たすばかりでなく、複数の視点を持ち、異質なテクストから構築されているという構造には、既に、複数の視点・声・文体からなる『ユリシーズ』という作品へと発展する基盤を見て取ることが出来る。

ここで少しばかり『ダブリナーズ』に目を向けてみよう。ジョイスは一九〇六年、『ダブリナーズ』をほぼ書きあげた後に「姉妹たち」の大幅な改稿を行い、一九〇七年に最後の短編である「死者たち」を執筆している。改稿前と改稿後の「姉妹たち」を比較すると、大きな違いが二つあるように思われる。一つは、「死者たち」と同様に構造的な象徴が見られること。二つ目は、ジャン

＝ミシェル・ラバテ（Jean-Michael Rabaté）やフィリップ・ヘリング（Phillip Herring）が指摘するように、テクストに空白が置かれ、ロラン・バルト（Roland Barthes）の所謂「書き得る」（“scriptable”）テクストになっていることである。「死者たち」に関しても、この作品には、ヘリングの言葉を使えば、解釈の「不確定性」（“uncertainty”）が見られ、やはり「書き得る」テクストであると言うことができる。恐らく、この時期にジョイスの小説に対する考え方が変わり、テクストは、謂わば、「読み得る」（“lisible”）テクストから「書き得る」テクストへと転換して行くのである。(6)

このように見ると、『ダブリナーズ』の試みと、『肖像』の試みとが、いわば、合流することによって『ユリシーズ』という作品へと昇華されていったと言うことが出来るのかも知れない。『肖像』は、『ユリシーズ』におけるスティーヴンの物語へと続くばかりでなく、小説の構造・手法に関しても『ユリシーズ』と繋がる作品なのである。

注

（1）『ユリシーズ』に見られる自己言及構造については、拙論「*Ulysses* 論——神話的構造の解体に向けてのストラタジー」で詳細に論じた。
（2）『ユリシーズ』第九挿話に見られる自己言及構造については、拙論「海図としての第九挿話」で詳細に論じた。
（3）詳細については、拙論「*A Painful Case* のナラティブ構造」を参照のこと。

（4）この点については拙論「ポストコロニアル小説としての『ユリシーズ』」で詳細に論じた。
（5）「地獄の説教」の誤謬については、小林広直が「〈我仕えず〉、ゆえに我あり――間違いだらけの説教と狡猾なスティーヴン／ジョイスの戦略」で詳細に分析している。
（6）この点については、拙論「閉ざされざる円環―― "The Dead" の結末の解釈を巡って――」及び「ジョイスの転換点―― "The Sisters" の改稿を巡って――」で論じた。

引用文献

Bakhtin, Mikhail. *Problems of Dostoevsky's Poetics*. Translated by Caryl Emerson, U of Minnesota P, 1984.

Barthes, Roland. *S/Z*. Editions du Seuil, 1970.

Booth, Wayne. *The Rhetoric of Fiction*. 2nd ed., U of Chicago Press, 1938.

Bradley, Bruce. *James Joyce's Schooldays*. Gill and Macmillan, 1982.

Ellmann, Richard. *James Joyce* .New and Rev. ed., Oxford UP, 1982.

———. *Ulysses on the Liffey.* Oxford UP, 1972.

Gillespie, Michael Patrick. *Reading the Book of Himself Narrative Strategies in the Works of James Joyce*. Ohio State UP, 1989.

Gifford, Don. *Joyce Annotated: Notes for* Dubliners *and* A Portrait of the Artist as a Young Man. U of California Press, 1982.

Herring, Phillip. *Joyce's Uncertainty Principle.* Princeton UP, 1987.

Joyce, James. *A Portrait of the Artist as a Young Man: Authoritative Text, Backgrounds and Context,*

Criticism. Edited by John Paul Riquelme, W. W. Norton, 2007.

———. *Stephen Hero*. Edited by Theodore Spencer, John. J. Slocum and Herbert Cahoon, A New Direction Books, 1963.

———. *Ulysses*. Edited by Hans Walter Gabler et. al., Vintage, 1986.

Kenner, Hugh. *Dublin's Joyce*. Columbia UP, 1987.

Pinamonti, Giovanni Pietro. *Instructions for Youth in Christian Piety Taken from the Sacred Scriptures, and the Writings of the Holy Fathers*. James Duffy, 1889.

Rabaté, Jean-Michael. "Silence in *Dubliners*." *James Joyce: New Perspective*, edited by. Colin MacCabe, Harvester Press, 1982, pp. 45-72.

Riquelme, John Paul. *Teller and Tale in Joyce's Fiction — Oscillating Perspectives*. Johns Hopkins UP, 1983.

Thrane, James R. "Joyce's Sermon on Hell" *A James Joyce Miscellany, Third Series*, edited by Marvin Magalaner, Southern Illinois UP, 1962, pp. 33-78.

小林広直「〈我仕えず〉ゆえに我あり——間違いだらけの説教と狡猾なスティーヴン／ジョイスの戦略」『ジョイスの迷宮——『若き日の芸術家の肖像』に嵌まる方法』金井嘉彦・道木一弘編、言叢社、二〇一六年、九九—一一八頁。

高橋渡「*Ulysses* 論——神話的構造の解体に向けてのストラタジー」『広島女子大学文学部紀要』第二四号、一九八九年、八七—九六頁。

———「閉ざされざる円環——"The Dead" の結末の解釈を巡って——」*Joycean Japan* 第四号、一九九三年、三三—四三頁。

———「海図としての第九挿話」*Joycean Japan* 7, 第七号、一九九六年、一五—二三頁。

———「ジョイスの転換点——"The Sisters" の改稿を巡って——」『広島女子大学国際文化学部紀要』第七号、一九九九年、七六—八七頁。

――「*A Painful Case* のナラティブ構造」『広島女子大学国際文化学部紀要』第八号、二〇〇〇年、四九―五七頁。

――「ジェイムズ・ジョイス(1882-1941)：ポストコロニアル小説としての『ユリシーズ』」『英文学の内なる外部――ポストコロニアリズムと文化の混交』山崎弘之編、松柏社、二〇〇三年、二九一―三一七頁。

田中恵理「自伝性と虚構性の再考――『若き日の芸術家の肖像』におけるずれた時間軸の狭間から」『ジョイスの迷宮――『若き日の肖像』に嵌まる方法』金井嘉彦・道木一弘編、言叢社、二〇一六年、七八―九一頁。

傷ついたジャガイモ

――『若き日の芸術家の肖像』の政治的無意識としてのアイルランド大飢饉

田多良　俊樹

はじめに

かつてテリー・イーグルトン (Terry Eagleton) は、『ヒースクリフと大飢饉』(*Heathcliff and the Great Hunger*) において、アイルランドの主要な文学作品におけるアイルランド大飢饉の不在を問題視した。

> たしかに大飢饉に関する文学作品は存在する。……しかし、それはこの言葉〔"major"〕のいずれの意味においても主要な文学ではない。ひと握りの小説と大量の詩があるが、真に卓越した作品はほとんどない。アイルランド文芸復興の文学のどこに大飢饉があるだろうか。〔ジェイムズ・〕ジョイスの作品のどこにそれがあるだろうか。……もし大飢饉が何人かの人を激情のレトリックに駆り立てるのなら、それは他の人びとにはトラウマを与えて沈黙させてきたようにも見えるだろう。大飢饉は

表現可能なものの境界で逡巡しており、この意味でまさにアイルランドのアウシュヴィッツなのだ。(Eagleton, 12-13)〔中略は筆者〕

このようなイーグルトンの指摘に対する応答として、一九九〇年代後半から、アイルランド文学史上の主要作品における大飢饉表象の再検討が盛んに行われるようになった。この批評動向のなかで、ジョイス作品と大飢饉との関係性も再考されてきたのだが、しかし『若き日の芸術家の肖像』(以下、『肖像』と略記する) が対象となることは極めてまれであったと言わざるをえない。ただし、『肖像』における大飢饉のモチーフに例外的に言及した先行研究がわずかに二件だけある。ひとつめは、ジューン・ドワイアー (June Dwyer) によるジョイス作品の食事場面に「飢饉と食物の政治学」(41) を読みとる論文である。彼女は、『肖像』の第一章第三節におけるデダラス家のクリスマス・ディナーを「大飢饉の無意識的な再演」(Dwyer, 43) と解釈している。主人公スティーヴン・デダラスが生まれて初めて大人たちと同席することを許されたこのディナーの席上、アイルランド自治権獲得運動の指導者チャールズ・スチュワート・パーネル (Charles Stewart Parnell) の不倫スキャンダルとそれに続く政治的失脚をめぐって、カトリック教会が果たした役割を擁護するダンテと、それを糾弾するケイシー氏およびスティーヴンの父サイモンとのあいだで激しい口論が巻き起こる。少年スティーヴンが心待ちにしていたクリスマス・ディナーの楽しい雰囲気は、大人たちの政治的な対立によって台無しになってしまうわけだが、この場面において大飢饉は言及されてはいない。この点について、ドワイアーは次のように述べている。

「本当にお願いですから、一年のうち今日だけは政治の話はやめましょうよ」〔P 1.889-90〕というデダラス夫人のコメントは、政治のせいで食事が中断されることが〔十九・二十〕世紀転換期のアイルランドでは頻繁に起きていたということを明らかにしている。……大飢饉が終わって二世代が過ぎても、アイルランド人はいまだに平和に食べることができないのだ。そして今回、その原因は、アイルランド人を今なお植民地支配で苦しめているイングランドにあるのではない。むしろ、団結する能力が欠けているために、アイルランド人自身が原因となっている。アイルランド人は一八四〇年代の大飢饉とそれに対するイングランドの反応を制御できなかったけれども、一八九一年（パーネルが死去した年）までには、彼らはかなりの程度の政治的権力を実際に行使していた。それでもなお、デダラス家のクリスマス・ディナーが示すように、アイルランド人たちは共謀して、彼ら自身と彼らの国家を養うことに失敗したのだ。（Dwyer, 43）〔中略は筆者〕

このようにドワイアーは、一見すると大飢饉と関係がないように思える場面においても、「食事」と「政治」というモチーフが交錯する場合には大飢饉の残響が読みとれるということを例証している。『肖像』における大飢饉に例外的に言及しているもうひとつの先行研究は、リチャード・ピアース（Richard Pearce）の論考である。『肖像』における女性の抑圧という本稿とは別の問題を追究する過程でピアースは、『肖像』の冒頭でサイモンが乳児のスティーヴンに歌って聞かせ、スティーヴン自身も舌足らずに繰りかえす歌である「リリー・デイル」（"Lilly Dale"）に着目する。すでに他界してしまった愛しいリリーへの愛を謳うこの歌は、「一八五二年に書かれ、大飢饉終息後の数年間非常に人気があった。それゆえ、リリーの死因が……餓死、何らかの形の栄養失調、あるいは他の非常に流行していたジャガイモ飢饉の二次効果、すなわち赤痢、壊血病、もしくはコレラである可能性はかなり高い」(Pearce, 131、中略は筆者)。つまり、「リリー・デイル」というポピュラーソングは、いわば「大飢饉ソング」でもあった。ピアースの論考は、『肖像』というテクストが、物語の最初から、大飢饉にまつわる別のテクストとの間テクスト性を保持していることを明らかにしている。

『肖像』における大飢饉を潜在的なサブテクストとして読むドワイアーと、それをインターテクストとしてとらえるピアースは、本作品において、大飢饉が直接的・明示的にではなく、間接的・暗示的に扱われている可能性を指摘した。この先例を踏まえたうえで本稿は、より明確なモチーフだと思われているにもかかわらず、従来さほど注目されてこなかった大飢饉の隠喩に批評的関心を向けてみたい。それは、すなわち、『肖像』でわずか二度しか言及されないが、常に「傷がついている」と描写されるジャガイモである。ジャガイモへの言及が少ないという事実そのものと、ジャガイモが絶えず帯びている物理的な「傷つきやすさ」(“vulnerability”)という含意が、作中人物としてのスティーヴンには認識されないままに終わるということ。そして、この意味で『肖像』は、大飢饉の記憶をテクストの政治的無意識として包摂しているということ。これら二点を論証することが、本稿の目的である。

一 ジョイスと大飢饉――テクストを介した追体験

自伝的小説たる『肖像』における大飢饉表象を検討するためには、作者ジョイスの大飢饉に対する政治的態度の確認から始めるべきだろう。

アイルランド大飢饉とは、一八四五年に発生が確認されたジャガイモ胴枯れ病の影響によって、一八四六年から断続的に続いたジャガイモの凶作とそれに付随した社会的動乱のことを指す。一八〇一年に英国との連合が成立して以来、イングランドに土地を収奪されてきたアイルランドでは、貧しい小作農は地主に納める必要のないジャガイモを主食としていた。被害はそのような下層階級で特に甚大であった。人的被害を正確に知ることは困難だが、死者は餓死と病死を合わせて約一〇〇万人。さらに、一二〇万人が国外へ流出（移民）したと言われる。その結果、アイルランドの人口は、大飢饉をはさんだ前後一〇年間で約二五パーセントも減少した[1]。

このような惨状に接し、時の英国政府が無策であったわけではない。しかし、飢餓が悪化していく一八四六年に成立したジョン・ラッセル (John Russell) 内閣は、自由放任主義政策を奉じていたため、アイルランドの穀物の輸出量は輸入量を上回っていた (Tóibín, 168)。また、同内閣は、市場介入の代替案として救貧院による救援活動を推進したが、飢餓民の数は収容能力をはるかに超えていたとされる (Kennedy, 125)。さらに、死者の多さから「暗黒の四七年」(Black '47) と呼ばれる一八四七年の八月、同内閣は、一定の成果を上げていた唯一の対応策と言える給食施設スープキッチンを廃止する。結果的に、一八四六年以降も、餓死者の数は横ばいのままで、病死者と移民は増加し続けた(Kennedy, 105, 107; Tóibín, 168)。

このような英国政府の対応策の有効性を問うことは、本稿の本意ではない。ただし重要なのは、アイルランド民族主義の文脈において、大飢饉は大英帝国の植民地支配の失策に起因する人災と見なされたという点である。その典型的な例が、「暗黒の四七年」の翌年、一八四八年に武装蜂起し鎮圧された青年アイルランド党の活動家でもあったジョン・ミッチェル (John Mitchel) の見解である。彼は、『(おそらく) 最後のアイルランド征服』(*The Last Coquest of Ireland* (*Perhaps*)) において、「神はたしかにジャガイモ胴枯病をお遣わしになられたが、イングランド人が大飢饉を創りだしたのだ」(219) と主張した。

一八八二年生まれのジョイスは、言うまでもなく大飢饉を体験していない。しかし、彼が一九〇七年に当時オーストリア＝ハンガリー二重帝国の支配下にあったトリエステ (Trieste) で行った講演「アイルランド――聖人と賢者の島」は、ジョイスが大飢饉について一定の知識を持っていたことを裏書きする。「アイルランドは貧しい……。なぜなら、イングランド政府がジャガイモ飢饉の年に人口の大部分を餓死するにまかせたからだ」(*CW* 167、中略は筆者) というジョイスの指摘は、前述したミッチェルの見解に酷似している。ここで、ジョイスが当該の講演を行うにあたり、「トリエステにおける〔オーストリア＝ハンガリー二重〕帝国の悪行との類似」を聴衆に意識させるために、「アイルランドに見られる〔大英〕帝国の悪行」(Ellmann, 255) について話をしてほしいと要求されていた点に注意しよう。すなわち、ジョイスは、大飢饉を大英帝国の「悪行」の例として取りあげたのだ。ポスト大飢饉世代に属するジョイスは、ミッチェルに端を発する伝統的な民族主義的大飢饉観を継承していたと言える。

それでは、このようなジョイスの大飢饉観はどのようにして培われたのだろうか。ここで注目すべきは、十九世紀アイルランドの詩人ジェイムズ・クラレンス・マンガン (James Clarence Mangan) の存在である。マンガンに多大な関心を寄せていたジョイスは、一九〇二年に自らが通うユニヴァーシティ・カレッジ・ダブリン (University College Dublin) の文学歴史協会 (The Literary and Historical Society) でこの詩人に関する論文を口頭発表し、その後一九〇七年には、トリエステにおける二回めの講演のテーマとして、再度この詩人を選んだ (が、講演自体は実現しなかった)。

重要なことに、マンガンのもっとも旺盛な創作期間は、大飢饉の時期と重なっている。たとえば、大飢饉後期の一八四九年に発表された「飢饉」("The Famine") において、マンガンは、「絶望だって?そうさ!胴枯れ病が土地に舞い降りたから」(22) と歌い上げ、大飢饉の証言者としての役割を引き受けている。また、代表作「黒髪のロザリーン」("Dark Rosaleen") では、マンガンはロザリーンが死ぬ前に民衆は蜂起すべきだと唱える。「おお!アーン川は赤く流れるだろう/おびただしい血を含んで/大地は我われの行進に揺れ動くだろう/そして、炎が丘や森を包む。/そして、銃丸と鬨の声が/静かな多くの峡谷を目覚めさせる/あなたが消えてしまう前に、あなたが死んでしまう前に/わが黒髪のロザリーンよ!」(73-80)。この作品は一種の寓意詩であり、ロザリーンとは英国支配下のアイルランドの擬人化である。しかし、それは非歴史的な擬人化ではない。この詩が発表されたのは一八四六年であるため、瀕死のロザリーンとは、大飢饉が加速度的に悪化し始めた時期のアイルランドを体現していると考えられる。

このように大飢饉を明示的にも暗示的にも描いたマンガンを愛読することによって、ジョイスは大飢饉に関する見解を形成したのではないか。その証左は、ジョイスが一九〇七年に準備していた講演原稿「ジェイムズ・クラレンス・マンガン」の断片に見いだすことができる。重要なことに、この原稿でジョイスは次のように書いている――「人生の終幕に向って、マンガンが生きた骸骨のように見えたと、ミッチェルがわたしたちに教えてくれる」(*CW* 179)。クリストファー・モラシュ (Christopher Morash) は、「骸骨」が大飢饉の支配的なイメージとして新聞や文学作品に頻出することを指摘し、「大飢饉とは、何よりもまず、回顧的な、テクストによる創造物 (textual creation) であった」(5) と喝破した。してみると、ジョイスは、マンガンのテクストによる創造物としての大飢饉に触れていたがゆえに、「骸骨」というそれ自体も大飢饉に関する諸テクストの産物であるイメージを使って、当のマンガン本人を描写したことになる。

さらに、前述の一文に言及されるミッチェルは、ジョン・ミッチェルである可能性がきわめて高い。というのも、ジョイスが一九〇二年に最初のマンガン論を執筆する時点で入手しえたマンガン詩集のひとつに『詩集』(*Poems*, 1859) があるのだが、これを編集したのが他ならぬジョン・ミッチェルなのである。さらにミッチェルは、この詩集に、「ジェイムズ・クラレンス・マンガン――その人生、詩、そして死」("James Clarence Mangan: His Life, Poetry, and Death") という伝記的序文を付した。この序文で彼は、マンガンを「政治的、知的、そして精神的に反逆者――その心と魂のすべてを使って、時代の英国精神のすべてに反逆した人」(Mitchel, 1859, 8) と定義している。「ミッチェルがわたしたちに教えてくれる」というジョイスの文言は、後者が前者の序文を読んでいた可能性を強く示唆する。したがって、マンガン、ミッチェル、ジョイスという三者にひとつの系譜を引くことができるだろう。

そうであるならば、ジョイスの大飢饉観が伝統的なアイルランド民族主義に貫かれていることは、もはや驚くに値しない。大飢饉の惨状を民族主義的に歌い上げたマンガンと、その詩集の編者にして「大飢饉人災説」の提唱者であるミッチェルを読むことによって、ポスト大飢饉世代のジョイスはもはや経験しえない大飢饉に接近しえたのだ。ジョイスにとって、大飢饉とは、テクストを介して追体験するものであった。

二　スティーヴンと大飢饉
——『スティーヴン・ヒアロー』と『ユリシーズ』における明示

大飢饉の記憶にテクストを介して接近し、伝統的な民族主義的大飢饉観を継承していたジョイスは、彼自身のテクストでは大飢饉をどのように表象しているのだろうか。すでに触れたとおり、『肖像』には大飢饉への直接的・明示的な言及はない。ただし、ここで注意しなければならないのは、『肖像』の原テクストである『スティーヴン・ヒアロー』と、『肖像』の後日譚たる『ユリシーズ』においては、スティーヴンが大飢饉に直接言及する場面が見いだせるという事実である。『肖像』における大飢饉表象の政治的意義を明確にするための準備作業として、本節では、『肖像』の先行テクストと後続テクストにおけるスティーヴンの大飢饉に対する態度を検討しておこう。『スティーヴン・ヒアロー』では、「演劇と人生」(“Drama and Life”) と題する論文を発表することを学長が許可しない可能性を知ったスティーヴンが、学長を説得する際に大飢饉に言及する――「もし明日ぼくがジャガイモ胴枯れ病を予防する方法について非常に画期的なパンフレットを発行するなら、先生はぼくの理論に責任があるとお考えになるでしょうか」(*SH* 94-95)。この胴枯れ病に対する言及は、学長を説得するための諧謔的なレトリックに他ならない。しかし、それは、胴枯れ病を予防して大飢饉の再発を避けることが重要課題となりえる大飢饉後のアイルランドの社会的文脈をスティーヴンが十分に理解していればこその発言である。つまり、ジョイスは、少なくとも『スティーヴン・ヒアロー』の執筆段階では、スティーヴンを大飢饉に関する知識を有するキャラクターとして構想していたのだ。

一方、『ユリシーズ』における大飢饉への最初の言及は、スティーヴンを臨時教員として雇っている校長ディージーが、スティーヴンにアイルランドの反植民地主義闘争の歴史について講釈する場面に見いだされる。

ディージー氏は炉棚の上のタータンチェックのキルトをはいた男の均整の取れた体軀をしばらくの間いかめしく見つめた。皇太子アルバート・エドワード。
――きみはわたしのことを頭の古い頑固者で保守主義者だと思っているんだろう、と彼の思慮深い声が言った。わたしはオコンネルの時代から三世代を見てきた。わたしは〔一八〕四六年の飢饉も覚えている。オコンネルが撤廃運動をやって、きみたちの宗派のお偉方が彼を扇動政治家と非難する二十年前に、オレンジ会が連合の撤廃を熱心に論じたことを知っていますか。きみたちフィニア会員たちは何か忘れてやしませんかね。(*U* 2.265-72)

この場面は、大飢饉を目撃したディージーと、それを体験していないスティーヴンとの世代間の断絶を描いているように見える。ただしここで留意すべきは、ディージー側の事実誤認である。彼が言及している「オレンジ会」とは、一七九五年に設立されたプロテスタントの秘密結社で、当初はたしかに英国とアイルランドの連合に反対していたが、連合成立後はすぐに支持に転じ、「アイルランドにおける英国の権力を保持するための組織」(Gifford, 35) を自任していた。さらに、皇太子（後のエドワード七世）のキルト姿の肖像画を飾っている点は、アイルランド民族主義を説くかのように見えるディージー自身が、スコットランドからの入植者の子孫であり、連合王国の維持を志向するユニオニストであることを示唆している。したがって、ここには、ジョイスの強烈な皮肉が込められているだろう。大飢饉に責を負うべき大英帝国に出自的に連なり、政治的に傾倒しているディージーが、大飢饉に晒された側に連なるスティーヴンに対して、「大飢饉を忘れるな」という欺瞞に満ちた忠告をしているのだから。

このようなディージーの欺瞞的な態度に対して、スティーヴンが校長室で直接反論することはない。しかし、彼の大飢饉に対する見解は、ディージーと別れてひとりサンディマウントの海岸を歩いているときに、内的独白のかたちで示される。

暑い真昼に、鯨の群れが浜辺に打ちあがり、潮を吹きながら、浅瀬でのた打ち回った。すると、柵に囲まれた飢餓の町から出てきた、短い胴着を着た小人の大群が、ぼくの民族が、皮はぎ用ナイフを手に持って走り、よじ登り、緑色の脂肪の多い鯨の肉を切り刻んだ。飢饉、疫病、大量殺戮。彼らの血がぼくの身体のなかに流れている。彼らの欲情はぼくのうねり。(*U* 3.303-07)

ドン・ギフォード (Don Gifford) は、二〇〇頭を超える鯨の大群がダブリン湾に押し寄せたという史実に鑑み、ここでスティーヴンが想起しているのは、一三三一年の飢饉であると主張する(59)。しかし、直近のディージーとの会話で「〔一八〕四六年の飢饉」が話題となっていたことを考慮すれば、スティーヴンは大飢饉を（も）連想しているのではないだろうか——すなわち、コレラやチフスなどの「疫病」が蔓延した大「飢饉」は、効果的な救済策を講じなかった英国によるアイルランド人の「大量殺戮」に等しかったというように。もしそうであるなら、スティーヴンは、さきほど学校で耳にしたディージーの英国の責任を無視するような発言に対し、被害者の立場から届くことのない反論をしていることになる。「大飢饉を忘れるな」というディージーの忠告が不要であるほどに、スティーヴンは大飢饉を記憶しているのだ。そして、「彼らの血がぼくの身体のなかに流れている」と考えるスティーヴンは、大飢饉を経験した世代とポスト大飢饉世代との紐帯さえ意識しているだろう。『ユリシーズ』におけるスティーヴンは、ジョイスと同様に、大飢饉に関する民族主義的な見解を有していると言える。

しかしながらスティーヴンは、イギリス帝国主義のみならず、アイルランド民族主義にも批判的である。『ユリシーズ』の後段で酩酊状態になったスティーヴンは、カーとコンプトンという二人の英国兵士と口論になる。兵士たちに「あんたたちはぼくの客人だ。招かれざる客人さ」(*U* 15.4370-71) と言い放ち、大英帝国 (British Empire) を「とある野蛮な帝国」("some brutish empire")」(*U* 15.4569-70) と形容するスティーヴンは——酔っ払っているとは言え、あるいは酔っ払っているからこそ——痛烈な反英感情を吐露している。しかし、その直後に、「ジャガイモ胴枯れ病の死の花」(*U* 15.4579-80) という大飢饉の象徴を胸に挿した歯なしの老婆がアイルランドの化身として登場すると、スティーヴンは彼女を「自分の一腹の子を食らう雌豚め!」(*U* 15.4582-83) と非難する。さらに、歯なしの老婆が、「アイルランドの恋人、スペイン王の娘、わが子よ。わたしの家によそ者がいるんだよ。ひどい目に遭えばいいのに!……おまえは哀れなアイルランドに会ったのだよ。彼女はどうやって持ちこたえるの?」(*U* 15.4585-88、中略は筆者) とアイルランドの窮状を嘆くと、スティーヴンは「どうやったらあんたを我慢することができるのか?」(*U* 15.4590) と自問する。したがって、スティーヴンは、大飢饉世代との紐帯を保持し、被支配者としての反英感情を抱いているにもかかわらず、大飢饉を契機に先鋭化するアイルランド民族主義そのものは否定していることになる。

　このようなスティーヴンの態度を矛盾と断じるのはたやすい。しかし、スティーヴンが「歴史とは……ぼくがそこから目を覚まそうと試みている悪夢なんです」(*U* 2.377、中略は筆者) と述べながらも、最終的には「決して目覚めることのない悪夢」(*U* 7.678) という認識に達していることに注意しよう。「悪夢としての歴史」の具体例が大飢饉であるなら、そこから覚醒しえぬスティーヴンは、大飢饉後のアイルランド民族主義の桎梏から逃れることができない。再びイーグルトンの言葉を借りれば、大飢饉に関する「激情のレトリック」を受け継ぎながらもそれを実行に移すことはできず、さりとて――それを受け継いでいるがゆえに――「トラウマ的な沈黙」を守ることも到底できないポスト大飢饉世代の状況。これこそが、ジョイスが『ユリシーズ』のスティーヴンに代理表象させた政治的態度なのだ。

三　スティーヴンと大飢饉――『肖像』の政治的無意識

『スティーヴン・ヒアロー』と『ユリシーズ』においては大飢饉がより直接的なかたちで扱われていることを考慮すると、両者の中間に位置する『肖像』においてのみ、ジョイスが大飢饉を無視したと考えることはもはやできまい。事実、『肖像』では、大飢饉とそれに対するスティーヴンの政治的態度は「傷ついたジャガイモ」という隠喩に集約されている。

その最初の例は『肖像』第一章第四節に見いだすことができる。ここでスティーヴンは、クロンゴウズの学監であるドーラン神父から受けた体罰を不当だと考える。

あれは間違っている。不公平でひどい仕打ちだ。食堂に座っていると、〔スティーヴン〕は記憶のなかで何度も同じ屈辱に苛まれ、ついには自分の顔に自分を策士だと思わせる何かが本当に表れているのだろうかと思いめぐらすのだった。顔を見るための小さな鏡があればなあと彼は思った。でも、そんなはずはない。あれは不当で、ひどくて、不公平な仕打ちだ。

彼は、四旬節の水曜日に出される黒っぽい魚のフライを食べることができないでいた。彼のジャガイモのひとつには、鋤の傷跡が付いていた。そうだ、みんながやれと言ったことをやろう。校長先生のところへ行って、不当な罰を受けましたと言うんだ。これまでにも歴史上の偉い人は、歴史の本に肖像画が載っている偉大な人物は、そういうことをやってきたんだ。（*P* 1.1627-39）

農夫が鋤（spade）を使ってジャガイモを掘り出すとき、ジャガイモに傷がついてしまうのは至極ありふれたことだろう。しかし、同じスペード（spade）がトランプでは剣を象っており、力や権力を暗示することを重視してみると、鋤によって傷つけられたジャガイモは、イングランドという「権力」が引き起こした人災と伝統的に見なされてきた大飢饉を暗示していると考えることができる。またスティーヴンが、ドーラン神父から受けた体罰を形容するのに「間違った（wrong）」「不公平な（unfair）」「ひどい（cruel）」「不当な（unjust）」といった言葉を連発し、その不当性を校長に直訴する自らの行動を歴史上の偉人のそれになぞらえている点も非常に示唆的だ。ここには、大飢饉を英国がアイルランドに加えた「不当で」「不公平で」「間違った」「ひどい」仕打ちと見なし、英国の植民地支配の不当性を訴えるという民族主義的な寓意を読みとることができる。そして、右に引用した場面で何より重要なのは、スティーヴンがジャガイモを口にしないという点だ。もちろん、ここでスティーヴンは大飢饉を意識してはいない。しかし、そうだからこそこの場面ではドワイアー的な「大飢饉の無意識な再演」が果たされている。傷ついたジャガイモに象徴性や寓意性を持たせ、登場人物には大飢饉を自覚させないことによって、ジョイスは、不当な体罰に憤るスティーヴンの姿に大飢饉をめぐる民族主義的反応を仮託できているのだ。

また、傷ついたジャガイモは、『肖像』第三章の冒頭でも言及されている。

十二月のすばやい夕暮れが、活気のない昼のあとに、道化のように慌ててやって来た。〔スティーヴン〕は、教室の陰気な四角い窓から外を眺めていると、自分の胃袋が食べ物を要求しているのを感じた。ディナーはシチューだろう。胡椒をきかせて小麦粉で膨らませたどろどろのソースに入った蕪、人参、押しつぶされたジャガイモ (bruised potatoes)、それにマトンの脂身が玉杓子でよそわれる。それを腹いっぱい食べろよ、と彼の胃袋が助言した。(*P* 3.1-7)

文字通りに取れば、この「押しつぶされたジャガイモ」は、スティーヴンが食べると想像しているシチューのために調理された食材である。しかしながら、"bruise" という動詞には「〜に傷を与える (inflict a bruise on)」という意味もあって、名詞としての "bruise" は「果物、野菜、あるいは植物の損傷を指し示す傷跡 (a mark indicating damage on a fruit, vegetable, or plant)」を意味する (*Oxford Dictionary of English*)。それゆえ、"bruised potatoes" は「傷つけられたジャガイモ」を含意することになり、ひいては大飢饉によって損なわれたアイルランドのもうひとつの隠喩として機能することになる。してみると、激しい空腹を覚えながらも、ジャガイモを含めた食事を想像するだけのスティーヴンは、ここでも大飢饉の無意識的な再演を果たしているだろう。

このように傷ついたジャガイモを大飢饉の隠喩と解釈する行為は、『ユリシーズ』に登場する別の有名なジャガイモによって正当化されるかもしれない。それはすなわち、レオポルド・ブルームが常に携帯している「かわいそうなママの形見」(*U* 15.3513) の「固くて黒いしなびたジャガイモ」(*U* 15.1309-10) である。ブルームのジャガイモの固く、黒く、しなびているという状態は、胴枯れ病にかかったジャガイモの症例を想起させる。また、それが母親の形見であるという点は、胴枯れ病が流行したために、アイルランド人の主食を産出できなくなった「母」なる大地をも容易に連想させるだろう。さらに重要なことに、ブルームには大飢饉に関する知識がある。一例だけ挙げると、ブルームは「ジャガイモ胴枯れ病の時代に、貧民の子どもにスープを与えて、プロテスタントに改宗させようとしたらしい」(*U* 8.1071-73) と述べているが、それは実際に大飢饉当時に横行したスーペリズム (Souperism) のことである。このようにブルームが大飢饉を知悉している人物として造型されていることで、彼のジャガイモが大飢饉の象徴として機能することになる。ブルームがジャガイモを肌身離さず携帯していることも、ポスト大飢饉世代にとって大飢饉の記憶が忘却不可能なものであることを暗示しているだろう。

ひるがえって、『肖像』における傷ついたジャガイモは、大飢饉の歴史的現実とは直接的な関係性を持っていない(2)。厳密に言うと、それらはスティーヴンが実際に与えられた、あるいは想像した食事の材料でしかない。しかし、『肖像』で言及されるジャガイモは、大飢饉とは直接の関係がないように見えるからこそ、大飢饉の隠喩となっている。というのもすでに触れたとおり、『肖像』におけるスティーヴンは傷ついたジャガイモの政治的含意を意識していないという設定自体が、傷ついたジャガイモの寓意や大飢饉の無意識的な再演を読みとることを可能にするからだ。換言すれば、ジョイスは『肖像』において、大飢饉の残響を、作中人物には決して意識化できないが、読者には読みとれる可能性のあるモチーフとして活用しているのだ。まさにこの意味において、大飢饉とは『肖像』というテクストの政治的無意識である。

しかし、ここで次のような疑問が生じるだろう。すなわち、なぜジョイスは、『肖像』において、大飢饉をテクストの潜在意識に留めおく必要があったのか。しかも、『ユリシーズ』ではスティーヴンが大飢饉の記憶に直面していることを思い出せば、この疑問はさらに大きくなるだろう。

この点について考えるために、ここでジェド・エスティ (Jed Esty) の洞察を参照することは有益だろう。『肖像』を「植民地的なメタ教養小説」と見なすエスティは、次のように述べている。

> 伝統的な教養小説では、国家の領土と歴史が、主人公を時間と空間に適応させる物語と認識論の入れ物となる場合が多いのに対し、〔『肖像』〕では主人公が、感覚的で社会的な世界における自分の位置についての新しい手つかずの知識に近づくために、民族のアイデンティティという鳥かごを破って外に出なければならないと主張する。ヨーロッパの近代化の様式としての教養小説の歴史に照らして読みかえしてみると、『肖像』は、長年続いているありふれた定式を更新し対象化しようと試みており、アイルランドの民族的企図がスティーヴンの美学の養成にとっては時代遅れで、不完全で、弱体化させるような原理でしかないことを明らかにすることによって、魂を養うという計画を民族の歴史の教訓的な時間から取りのぞいている (Esty, 145-46)。

この「民族のアイデンティティという鳥かごを破る」必要性こそ、ジョイスが『肖像』においてはスティーヴンと大飢饉とのあいだにいかなる直接的な連関をも持たせなかった理由なのではないか。自伝的な教養小説として、『肖像』は本来的にスティーヴンのアイデンティティ形成を伴う。その過程で大飢饉の歴史とスティーヴンの半生を絡みあわせれば、スティーヴンは、大英帝国の失策によって荒廃した植民地アイルランドの民族というアイデンティティの鳥かごに閉じ込められてしまうだろう。ジョイスはこれを回避したかったはずである。なぜなら、大飢饉に関する伝統的な民族主義的見解を継承しながらも、大飢饉の惨劇を根拠に先鋭化するポスト大飢饉時代の民族主義には賛成できないというジョイスの分裂した政治的態度は、『肖像』後のスティーヴンによって、『ユリシーズ』において代理的に表明されていたからだ。エスティの表現を借りて言えば、ジョイスは『肖像』の段階では、「魂を養う」ためのスティーヴンの個人史を大飢饉という「民族の歴史の教訓」から切りはなすことによって、大飢饉に端を発する怨嗟のナショナリズムを声高に叫ぶポスト大飢饉世代の典型的なアイルランド人青年としてスティーヴンを造型することを回避したのである。

おわりに

ここまで本稿は、ポスト大飢饉世代に属するジョイスの大飢饉に対する見解を確認するとともに、その虚構的分身たるスティーヴンが大飢饉の記憶にどのように反応しているかを検討してきた。ジョイスは、マンガンやミッチェルを読むことによって大飢饉をテクスト的に追体験し、大飢饉を英国の植民地支配の失策に起因する人災と見なす伝統的な民族主義的見解を継承していた。しかしながら、同時にジョイスは、大飢饉の惨劇を根拠に発揚するポスト大飢饉世代の民族主義に完全に同意することができなかった。このジョイスの分裂的な政治的態度は、『ユリシーズ』においてはそのままスティーヴンによって代弁されている。だが、対照的なことに、『肖像』におけるスティーヴンが大飢饉の記憶と直接にかかわることはない。その代わりに、ジョイスは大飢饉の記憶を「傷ついたジャガイモ」という隠喩を使って寓意的に示している。その結果、大飢饉は、スティーヴンには自覚しえないが読者には認識されうるテクストの政治的無意識として機能している。

民族主義的な大飢饉観を共有しながら、民族主義そのものには賛同できないスティーヴンに、大飢饉をめぐる大英帝国と植民地アイルランドの対立構図を解消することなど不可能であろう。そのような困難な作業は、おそらく、『ユリシーズ』におけるブルームに託されている。ジョイスの作中人物のなかでももっとも急進的な民族主義者だと言える「市民」が、大飢饉をイングランドの失策と断罪し、「力には力でもって対抗する」(*U* 12.1364) ことを主張すると、ブルームは次のように反論する。

——でも、そんなものは何の役にも立ちませんよ、と〔ブルームは〕言う。暴力、憎しみ、歴史、そういうものは全部。男にとっても女にとっても大事なものじゃない、侮辱や憎しみなんかは。本当に大事なものは、それと反対のものだってことは、みんな分かっているんです。

——何さ？とアルフが言う。

——愛です、とブルームは言う。憎しみの反対ですよ。(*U* 12.1481-85)

暴力への対抗措置としての愛。このブルームの代替案がナイーヴに過ぎることは否めない。しかしそれでもなお、これが、厳密な意味ではアイルランド人でもイングランド人でもなく、カトリックでもプロテスタントでもなく、民族主義者でも帝国主義者でもない中間者(in-between)としてのブルームによって提唱されていることが重要なのだ。大飢饉をめぐるアイルランドとイングランドの敵対関係を解消することは、ポスト大飢饉世代のアイルランド人青年によっては実現されえず、両国のあいだにあるさまざまな二項対立に囚われない『ユリシーズ』の新キャラクターに委ねられている。『肖像』における大飢饉がテクストの政治的無意識に留め置かれる理由はここにある。大飢饉に対して分裂的な態度を持ち続ける(ほかなかった)スティーヴンとジョイスは、ブルームの登場を待たねばならなかったのだ。

付記

本稿は、二〇一六年にアイルランドはコークで開催された国際アイルランド文学研究協会(IASIL)の年次大会で口頭発表した内容に加筆・修正を施したものである。本研究はJSPS科研費JP15K16708の助成を受けている。

注

(1) 大飢饉の期間および被害については諸説ある。本稿では、アイルランドで胴枯れ病の発生が確認された一八四五年から、英国政府による院外救援が事実上終了した一八五二年までを大飢饉の期間と見なす。Kennedy, 15-17; Kinealy, 1-15; Kissane, vi を参照。また、死者と移民の数については、Kennedy, 23-56 および Tóibín, 168 を参照。

（2）ただし、『肖像』のスティーヴンが、大飢饉について歴史的な知識を持っていることをかすかに仄めかす箇所がひとつだけある。第五章第一節で、スティーヴンは、「そこでは晩鐘の鐘がいまだに毎晩の恐怖となる飢えたアイルランドの村の魂の恐怖」(*P* 5.240-41) に言及しているが、これは、大飢饉当時に夜間外出が禁じられたことに対する言及なのかもしれない。

引用文献

Dwyer, June. "Feast and Famine: James Joyce and the Politics of Food.' *Proteus: A Journal of Ideas*, vol. 17, no. 1, 2000, pp. 41-44.

Eagleton, Terry. *Heathcliff and the Great Hunger: Studies in Irish Culture*. Verso, 1995.

Ellmann, Richard. *James Joyce*. Revised ed., Oxford UP, 1982.

Esty, Jed. *Unseasonable Youth: Modernism, Colonialism, and the Fiction of Development*. Oxford UP, 2012.

Gifford, Don, and Robert J. Seidman. Ulysses *Annotated: Notes for James Joyce's* Ulysses. 2nd ed., U of California P, 1988.

Joyce, James. *The Critical Writing of James Joyce*. Edited by Ellsworth Mason and Richard Ellmann, Faber, 1959.

———. *A Portrait of the Artist as a Young Man: Authoritative Text, Backgrounds and Contexts, Criticism*. Edited by John Paul Riquelme, W. W. Norton, 2007.

———. *Stephen Hero*. Edited by Theodore Spencer, John. J. Slocum and Herbert Cahoon, New Direction

Books, 1963.

———. *Ulysses*. Edited by Hans Walter Gabler et al., Vintage, 1986.

Kennedy, Líam, et al., editors. *Mapping the Great Irish Famine: A Survey of the Famine Decades*. Four Courts Press, 1999.

Kinealy, Christine. *A Death-Dealing Famine: The Great Hunger in Ireland*. Pluto, 1997.

Kissane, Noel. *The Irish Famine: A Documentary History*. Syracuse UP, 1995.

Mangan, James Clarence. "Dark Rosaleen." 1846. *The Collected Works of James Clarence Mangan: Poems 1845-1847*. Edited by Jacque Chuto et al., Irish Academic Press, 1997, pp.339-40.

———. "The Famine." 1849. *The Collected Works of James Clarence Mangan: Poems 1848-1912*. Edited by Jacque Chuto et al., Irish Academic Press, 1999, pp.339-40.

Mitchel, John. "James Clarence Mangan: His Life, Poetry, and Death." Introduction. *Poems*. By James Clarence Mangan. New York, 1859, pp. 7-31.

———. *The Last Conquest of Ireland (Perhaps)*. 1861. Edited by Patrick Maume, University College Dublin Press, 2005.

Morash, Christopher. *Writing the Irish Famine*. Clarendon, 1995.

Oxford Dictionary of English. 2nd ed., Oxford UP, 2005.

Pearce, Richard. "Simon's Irish Rose: Famine Songs, Blackfaced Minstrels, and Woman's Representation in *A Portrait*." *Joyce: The Return of the Repressed*. Edited by Susan Stanford Friedman, Cornell UP, 1993, pp. 128-46.

Tóibín, Colm, and Diarmaid Ferriter. *The Irish Famine: A Documentary*. Martin's 2001.

知識偏重なスティーヴンの失敗
――身体と精神の連動と分離

田中　恵理

はじめに

おめめをくりぬくぞ、
ごめんなさいをしなさい、
ごめんなさいをしなさい、
おめめをくりぬくぞ。

ごめんなさいをしなさい、
おめめをくりぬくぞ、
おめめをくりぬくぞ、
ごめんなさいをしなさい。（P 1.34-41）

スティーヴン・デダラスの身体の目覚めは、「むかしむかし」で始まる『若き日の芸術家の肖像』

（以下『肖像』と略す）冒頭のシーンで描かれている。五感への意識とともに幼いスティーヴンの世界が広がっていくこの原風景は、右に引用した二つの四行詩によって締めくくられる。[1]

プロテスタント信者との結婚は、カトリック教会で禁止されている混宗婚にあたる。そのため、敬虔なカトリック信者の母親と家庭教師のダンテは、プロテスタントのアイリーンとの結婚を望むスティーヴンに罰を与えると脅しているのだが、その罰には、「目をくりぬく」という容赦ない身体的痛みが伴う。右の引用は、その二人の呼びかけ、すなわち母親の「ほら、スティーヴンはごめんなさいするわよね」(*P* 1.31) とダンテの「でないとわしがとんできてめをくりぬくよ」(*P* 1.33) が四行詩のようなリズムを形づくり、スティーヴンの脳内で音として響いたものである。優しい母親と厳格なダンテから目をくりぬかれる恐怖と絶望は、幼いスティーヴンにとって計り知れないものであろう。カトリック教会に従属的でなければ身体的痛みを与えられるという恐怖感は、スティーヴンの心にトラウマ的な痛みとして残るのである。

一方、教養小説としての側面を持つ『肖像』は、主人公スティーヴンの成長とともに発達する精神に主眼が置かれる。それは、本作がスティーヴンの成長過程を、彼の精神の成長に沿う形で巧みに文体を変化させながら描いている点に起因するところが大きい。したがって、スティーヴンの成長をめぐっては、第一章の幼少期における五感を通した外界への意識から、第五章の青年期における複雑な思考といった内面世界の充実への移行、換言すれば、身体の目覚めから精神の目覚めへの移行が重視される (Ellmann, 1972, 54)。

もちろん、こうした読みが「身体」や「肉体」に対する「精神」や「魂」という二つの独立した実体の存在、さらには精神の身体に対する優位性を主張するデカルト的二元論の支持に帰結するわけではない。なぜならば、一九八〇年代以降のジャック・デリダ (Jacques Derrida) に始まる脱構築思想の広まりにより、ジェイムズ・ジョイスの作品の中に二項対立的要素の解体を読み解くことが今や一般的になっているからである。とはいえ、先に述べたように、『肖像』においてはスティーヴンの身体性から精神性への目覚めが議論され、また、『ユリシーズ』においてはスティーヴンの精神性とブルームの身体性が対比されているのを鑑みるに (Kimball, 142-43)、『肖像』のスティーヴンをめぐっては、身体から精神へとベクトルが向かうことに重点が置かれる向きがある。

しかしながら、本章では、そうしたスティーヴンの精神重視および知性偏重が飛翔失敗の原因のひとつであると指摘したい。従来、外的とみなされてきた身体と内的とみなされてきた精神は区分不可能なものであり、むしろ複雑に関係しあっている。スティーヴン自身、そうした身体と精神の連動を幼少期から体験する。にもかかわらず、スティーヴンは成長していく過程において、肉体性を抑制するなど身体的なものから離れ精神世界を希求するようになる。そして目的達成のために、スティーヴンは自らを宿した母体および植民者に凌辱される女の身体としてのアイルランドから離れていく。(2) 留意したいのは、スティーヴンが精神と身体の連動を繰り返し経験する中で身体性から逃れられないのを認識している点である。つまり、スティーヴンは、身体性を意識しながらも理性を重視し身体性を抑圧しようとするのであって、それが彼の限界なのであり、また、こうしたスティーヴンの自己欺瞞的な精神重視および知性偏重に対してジョイスはアイロニカルな視線を投げかけているのである。なぜなら、スティーヴンの企ては失敗に終わり、我々は『肖像』のその後を描いているとされる『ユリシーズ』の第一挿話において、スティーヴンの身体をアイルランドで再び目にするからである。太陽の近くまで飛翔したイカロスの墜落が暗示するように、スティーヴンの身体的なものからの訣別と精神性や知性の希求は、実を結ぶことはないのだ。

本章では、スティーヴンの身体と精神に焦点を当て、彼の成長を批判的に再考する。そしてそこに見えてくる、作品の背景となっている時代において支配的な政治および思想の影響を示す。スティーヴンの成長の限界を身体／精神との関係から見直すことは、『ユリシーズ』でのスティーヴンとブルームの出会い、つまり、精神と身体の出会いの意義を改めて捉えるきっかけにもなるだろう。

一　身体と精神の連動

スティーヴンの身体感覚への意識は、第一〜三章で描かれる。シェイマス・ディーン (Seamus Deane) によると、特に重要なのは聴覚でスティーヴンは耳にした言葉の音とそこに付加された意味とを関連付けようとする (xxv)。ここでは、こうした身体感覚への意識とともに描かれているにもかかわらず、これまであまり言及されてこなかったスティーヴンの身体に与えられる痛みに注目する。まずは、第一〜二章にある二つの事件、すなわち「四角の溝」("square ditch") と「むち打ち」("pandybat") でスティーヴンが受ける身体的痛みを見る。次に、第三章にある地獄の説教でスティーヴンが示す身体症状を見るが、これについては、次節で性体験をめぐる考察を行なった後に述べる。これらに描かれるスティーヴンの身体的苦痛体験を通して、身体と精神の興味深い連動を見ていきたい。

四角の溝事件とは、クロンゴウズ・ウッド・カレッジ (Clongowes Wood College) で級友のウェルズから四角の溝、いわゆる汚水溜めに突き落とされるといういじめであるが、身体的痛みが精神的痛みと連動しているのを次の一文に見て取れる――「彼は心が病気なのだと思った。もしそんなことがあるのならば」(*P* 1.221-22)。スティーヴンはウェルズのいじめのせいで熱を出すが、はじめ自分が病気なのに気が付かず、病気を患っているのはお腹ではなく心だと考えるのは重要であろう。四角の溝の冷たい水に濡れたことが直接的な病気の原因であるとしても、スティーヴンにとって、皆の前で侮辱を受けた心の傷の方がむしろ大きいことを示すからである。スティーヴンの心の中では常に四角の溝の「つめたくてぬるぬるする水」(*P* 1.122) の感覚がまとわりつき、スティーヴンを精神的に痛めつける。この「つめたくてぬるぬるする」という身体感覚をスティーヴンは、ウェルズから寝る前にお母さんにキスをするかどうかをめぐってからかわれ、皆の前で恥をかかされた際にも思い出している (*P* 1.269)。触覚による身体感覚が心的な苦痛へと転移しているのがわかる。

その後、一夜明けてスティーヴンは、四角の溝を連想させる冷たさを感じていた身体が熱くなっているのをベッド、顔、身体を通して感じ (*P* 1.488-89)、しばらくして自分は病気なのだと自覚する。このように、四角の溝事件をめぐって我々は、身体的苦痛が精神的苦痛へと移行して精神を病ませ、その後別の形で再び身体的痛みが表出するという身体と精神の連動を見るのである。

こうした心身の一連の動きは、むち打ち事件でも窺える。この事件は、スティーヴンが眼鏡を壊したためにアーノル神父から課題を免除されていたにもかかわらず、見回りにやってきた生徒監のドーラン神父に怠けものの策士だと決めつけられ、生徒たちの前でひざまずかされて両手をむちで激しく打たれるというものである。スティーヴンは、激しい痛みを両手に感じるも恐怖心から「身体はしびれて震え」(*P* 1.1549-50)、不当な体罰を皆の前で受けたことに対して怒りと恥を覚えて「喉からひりひりするような泣き声が出るのを感じ、目からひりひりするような涙を流す」(*P* 1.1550-52)。夕食時もスティーヴンは、受けた屈辱を思い出しては心を痛め、「策士のしるしが顔に出ているのかもしれない」(*P* 1.1629-31) とまで考える。夕食に出た「黒っぽい魚のフライも喉を通らない」(*P* 1.1633)。このように、スティーヴンが両手に受けた痛みは、恐怖や怒り、恥の感情を生み出し、喉、目、顔といった本来痛みを受けた部位とは別の身体の部位に新たな痛みとして発露するのである。

二　身体への興味

本章冒頭で引用した「おめめをくりぬくぞ」の場面が予期するかの如く、カトリシズムの中で権威に従順でなければ与えられる痛みをスティーヴンは身体に受けてきた。その一方で、スティーヴンは成長とともに身体に対して興味を抱くようになる。とはいえ、膨らむ心の葛藤を意識してはいたものの、それが肉欲であるのをスティーヴンが自覚するのは、つまり、性の目覚めを経験するのは、コーク旅行で訪れた父の母校の解剖学室にある机に彫られた「胎児」(“*Foetus*”) (*P* 2.1050) という文字を目にしたときである。「それまで野獣的で個人的な心の病とみなしていたものの痕跡を外界に見てショックを受けた」(*P* 2.1065-67) とあるように、スティーヴンは「胎児」という身体記号を通して、心の問題と思っていたものが解剖学的な身体事象として捉えられるのに気が付くのである。「胎児」という文字を目にしたことにより、父親の言葉を耳にしても浮かんでこなかった学生たちの姿がスティーヴンの眼前に現われ、文字を掘っている学生の身体的特徴——「口ひげを生やした肩幅の広い学生」(*P* 2.1055) ——が具象化される。パトリック・パリンダー (Patrick Parrinder) が述べるように、「胎児」という文字は、スティーヴンの身体に対する意識の目覚めを示す (90-91)。このエピソードのすぐ後には、スティーヴンが自分の「身体的弱さ」(*P* 2.1100) と「虚しい熱狂」(*P* 2.1100) とを「胎児」にあざ笑われているような感覚に陥る箇所がある。「胎児」という文字によって自分自身の身体的特徴にも意識が向かい、心の状態とのつながりを意識するスティーヴンの様子を窺うことができる。このときスティーヴンが示す症状、すなわち、内面の狂おしくて不潔な欲情に嫌悪を感じるとともに胃のむかつきや吐き気といった身体症状——「喉にたまった唾を飲みこむと苦くてむかむかしたし、かすかな吐き気が頭に上ってきたので、彼はしばらく目をつぶって暗闇の中を歩いた」(*P* 2.1102-04) ——は、彼が身体と精神のつながりを経験しているのを示唆する。

その後、スティーヴンの抑えきれない肉欲はより一層増していく。第二章の夜の街をさまよい歩く場面で、特に一三九三行目から一四〇九行目にかけて身体の各部位が凝縮して描写されている箇所からは、スティーヴンが身体性を強く希求する姿が見て取れる。

> 詩は唇から失せ、曖昧な叫びと声にならない野蛮な言葉が脳からほとばしる。血は混乱していた。……そのささやきは、眠っている群衆のささやきのように彼の耳を包囲しそのかすかな流れは、彼の存在に浸透した。彼は手を発作的に握りしめ、染みわたる苦悶を味わうかのように歯を食いしばった。彼は通りで両手を広げ、彼から逃れようとしつつもそのかそうとするこのはかなく徐々に消えゆく形を捉えようとした。そして、長い間喉に押さえつけられていた叫びが唇から噴出した。」(*P* 2.1393-1409)〔強調と中略は筆者〕

スティーヴンは、イエズス会経営の学校に通う優等生としてカトリックの教えに従い、自己を律し道徳的規律を守らなければならない。にもかかわらず、大罪を犯しても構わないと考えるほど、身体に対する「心の激しい憧れ」(*P* 2.1360) を鎮めることはできないのである。そして、彼の心は自ら意志を持ち、身体の一部である胸に情欲の充足を求めて「やかましくわめき立てる」(*P* 2.1426-27)。

ついにスティーヴンは娼婦と身体を交える。その瞬間に流す涙が「ヒステリックな涙」("hysterical weeping") (*P* 2.1440) と形容されているのに注意したい。もちろんこれは、スティーヴンが興奮状態にあるのを表わしていると言えるが、彼の身体に対する欲望とそれを制しようとする理性との間の葛藤を鑑みると、スティーヴンが一種の神経症に陥っているのを示しているとも考えられる。ジークムント・フロイト (Sigmund Freud) の精神分析理論によると、ヒステリーは患者の情動、特に性的エネルギーとそれを抑圧する道徳的観念との葛藤が身体症状（転換ヒステリーあるいは転換性障害）や解離性症状（解離ヒステリーあるいは解離性障害）となって現われるものとされることから、[3] スティーヴンが流す「ヒステリックな涙」は性的欲求と抑圧との間での心理的葛藤が身体症状に転換して現われたれたものとして捉えることが可能である。[4] ところが、スティーヴンの場合「娼婦の肉づきの良い腕が彼を強く抱き寄せ」(*P* 2.1437-38) ることにより、また、彼が「彼女の顔がまじめで静かな様子で彼のほうに上げられるのを見て、温かく静かに起伏する彼女の胸を感じる」(*P* 2.1438-40) ことによって、性的欲求は身体的にある程度満たされてもいる。それゆえ、彼が流す涙は、「ヒステリックな涙」のみならず「喜びと安堵感の涙」("[t]ears of joy and relief") (*P* 2.1440-41) としても形容されているのである。そうした涙は「喜びの目」(*P* 2.1441) に輝きを与え、「唇は言葉が出ないまま開く」(*P* 2.1441-42) ようにさせる。ここに身体的充足感が精神的充足感へと波及し、その興奮や喜びが今度は顔面に表出しているのがわかる。この身体と精神の連動は、スティーヴンがその両方を娼婦の身に委ね、唇と脳の両方に彼女の唇の圧迫を感じるとする描写でより明白になっている。そして、身体と精神はその後、幾度も罪を犯していくうちに「暗い講和を結んだ」(*P* 3.52-53) とスティーヴンに認識されるようになる。

　身体と精神の連動は、第三章で描かれる地獄の説教の場面においてピークを迎える。前述したように、ここで再びスティーヴンの身体は傷つく。ベルヴェディア・カレッジ (Belvedere College) の三日間にわたる静修中、最終日に行なわれた地獄の説教は娼婦との性体験の後、何度も同じ罪を重ねていたスティーヴンを震え上がらせ身体に激しい症状を起こさせる。ただ、この地獄の説教は、四角の溝事件やむち打ち事件のようにスティーヴンの身体を直接痛めつけることはなく、精神に責め苦を与えるのみであるにもかかわらず、身体にも痛みをもたらすという点で特異である。たとえば、「彼の手は冷たくて湿っていたし、手足は冷えて痛かった。身体上の不安と冷えと疲れが彼を取り巻き、思考を追い出した」(*P* 3.1227-29)、あるいは、「彼はただ精神と身体の痛み、全存在、記憶、意志、知力、肉が麻痺し疲れているのを感じた」(*P* 3.1234-36)。これらの例から、娼婦との交わりを通して得られた身体的かつ精神的充足感は、その罪深さを問うカトリック教義によって精神的苦痛となり、さらにはその痛みが身体へと転移されているのだと解釈できる。

そうした身体と精神の密接な絡み合いは、手足を縮め、瞼と耳を閉ざして身体性を制限するものの、精神の目で地獄に住まう情欲の権化としての人間の顔をした獣の姿かたちを見てしまい、嘔吐するスティーヴンの姿において確認できる。

> 彼は、ベッドから飛び起きた。悪臭が漏れて喉に伝わり内臓を詰まらせむかつかせた。空気を！天国の空気を！彼はよろよろと窓に向かい、うめき声をあげ、吐き気で倒れそうになった。洗面台に立つと激しい発作に襲われ、彼は、冷たい額を荒々しく抑えるともだえ苦しみながらおびただしく吐いた。(*P* 3.1288-93)〔強調は筆者〕

ここでスティーヴンが示す身体症状は、異様なほどの激しさを伴っており、特に咽喉部に不快感が集中している。身体的苦痛を直接受けたわけではないにもかかわらず、なぜ、これほどまでに悪臭が喉に漏れだし、息が詰まり、スティーヴンはもがき苦しみながらおびただしく嘔吐するのだろうか。ここでは、そのひとつの解釈として、幼いころに受けた身体に対する脅威、つまり、母親とダンテによる暴力的な脅しおよび四角の溝事件とむち打ち事件で与えられた痛みといった外傷（トラウマ）への心理的反応（トラウマ反応）として身体症状が生じたからとしたい。

スティーヴンの身体とトラウマについて興味深い考察を展開するクリスティーヌ・ファン・ボヒーメン (Christine Van Boheemen) は、『肖像』冒頭のシーン――「おめめをくりぬくぞ」――をスティーヴンのトラウマ的瞬間と捉える (34-35)。ボヒーメンによると、このエピソードはスティーヴンの初めての脅迫的暴力との直面であり、身体に痛みを与えようとする脅しは言葉の反復を誘発している。そして、この終わりの見えない圧倒的な恐怖はスティーヴンが言葉を発するのを不可能にしている (35)。ここでのボヒーメンの主張で注目したいのは、身体に与えられる痛みへの恐怖によりスティーヴンが声を発せられなくなっているという点である。実は、同様のことが四角の溝事件とむち打ち事件でも窺える。四角の溝事件では、加害者のウェルズから告げ口しないようにと懇願され (*P* 1.510)、むち打ち事件では、ドーラン神父になぜ授業を免除されているのかを問われてもスティーヴンは「怖くて声が出ない」(*P* 1.1504)。

敬虔なカトリック信者の母親とダンテから受ける罰およびイエズス会経営の学校におけるいじめと虐待――スティーヴンは、カトリシズムの中で身体的痛みを与えられ、それに対して声を出せない経験を繰り返し、そのような体験はスティーヴンにとってトラウマになっていた。それゆえ、カトリック教義への違反とその罪を問う地獄の説教はトラウマ記憶のリマインダーとなり、抑圧されてきた声を出すという意図が、咽喉部分の不快感や嘔吐というトラウマ反応として、ゆがんだ形で噴出したのではないだろうか。発作後、スティーヴンは告解を決意する。トラウマ反応を引き起こした罪を自らの声で語る行為によって、一時的にでも身体的かつ精神的苦痛から解き放たれた感覚を得るのである――「彼は、目に見えない恩寵が四肢に染みわたり軽やかにしているのを意識して大股で家路をたどった。告解をし、神はぼくの罪を許したもうた。魂は再び清らかで神聖で幸福になったのだ」(*P* 3.1546-50)。

三　身体と精神の分離

スティーヴンは、幼少期、身体に与えられる痛みによって精神に傷を負い、さらにその精神的痛みによって新たな身体的痛みも発症してきた。成長とともに性に目覚め身体に対して興味を抱き、それまで与えられてきた身体への痛みとは対極の身体への満足を得た。そのことによって、スティーヴンは精神的充足感も得るのだが、情欲を罪と咎めるカトリックの教えはスティーヴンの精神に責め苦を与え、その精神的な苦痛は身体へと転移し、スティーヴンの身体にトラウマ反応を引き起こさせた。このようにスティーヴンは、身体と精神の密接な連動を繰り返し経験している。

にもかかわらず、スティーヴンはこの後、身体を精神から分離して互いに対立するとする二項対立的な考えを示すようになっていく。告解に向かう途中でスティーヴンは、「自分の魂」(*P* 3.1352-53) は「自分自身の肉体」(*P* 3.1354) を通して罪を犯したのだと身体を責め、精神が堕落した責任を身体に帰する。告解後には禁欲生活を始め、五感を極端に統制することで世俗的な身体性を忌避して高度な精神性を獲得しようとする。こうした姿にスティーヴンが、身体を精神の対立項として下位に位置づける、二元論的な西洋の「知」の伝統に縛られているのを透かし見ることは難しくない。カトリックの教えにおいて西洋思想の精神の優位性を刷りこまれてきたスティーヴンは、身体と精神の連動を繰り返し経験していく中で、傷つき穢れた自らの身体を崇高な精神から引き離すようになったのではないだろうか。つまり、身体を下位に置き、上位に置かれた精神を追求することによって、スティーヴンは自らのアイデンティティを保とうとしているのではないだろうか。

ところで、精神から分離されるスティーヴンの傷ついた身体について、ここまでカトリシズムの中で受ける暴力的側面から見てきたが、実は、スティーヴンの身体は人物造形の段階ですでに傷――欠点――を負っている。その傷――欠点――とは、第一章第二節冒頭で示されている――「彼は、フットボールをしているみんなの中にいると、自分の身体が小さくて弱々しく感じたし、彼の目は見えにくく涙がにじんだ」(*P* 1.48-49)。クロンゴウズの校庭でフットボールをするスティーヴンは、ほかのクラスメートと比べて「小さくて弱々しい」身体的特徴があり、そのことに劣等感を感じるよう描写されているのがわかる。このときスティーヴンは、ナスティ・ロッチの「大きな手」(*P* 1.54) を思い浮かべ、以前彼に名前と父親の職業について尋ねられたのを思い出している。デダラスという名前の意味や父親が「治安判事」(*P* 1.67) ではないことの意味を突き付けられてアイデンティティがぐらついた瞬間を、スティーヴンは、ナスティ・ロッチの「大きな手」に比べて見劣りする自分の「寒さで青くなった手」(*P* 1.69-70) をポケットに入れながら考えるのである。

フットボールの後も、自分は「小さくて弱々しい」と悲観するスティーヴンの姿が次のような場面で描写される。自習室で地理の教科書の折り返しに書いた自分の名前や居場所のならびを読み、宇宙や政治の仕組みを考えるもよく理解できない自分を「小さくて弱々しい」(*P* 1.347) と嘆くのがその一つである。また、ドーラン神父の不当な罰を受けた後、校長に直談判しようか迷っているときは、「まだ小さくて幼くてそんな風に逃げることができる」(*P* 1.1685-86) と考えたりする。コーク旅行中には、父親の感傷的な姿に辟易して自分の名前や居場所を再確認しながら、幼いころの「小さい身体」(*P* 2.1174) を思い出し、その小さな男の子が「ポケットに手を突っ込んでいる」(*P* 2.1175-76) のを思い描く。ようするに、幼少期におけるスティーヴンの身体は、その小ささや弱々しさが強調され、そのことに対してスティーヴンが劣等感を抱いているように描かれているのだ。

『肖像』が自伝的小説である点を考慮し、スティーヴンの身体とジョイスのそれとを比べてみると、両者が大きく異なっているのに気が付く。弟のスタニスロース・ジョイスが伝えるには、学生時代のジョイスは健康でスポーツでも目立った。家にはジョイスが競技会で獲得した賞杯や賞品がたくさんあったそうだ (*MBK*, 61)。伝記的事実を踏まえると、スティーヴンの身体は意図的に「小さくて弱々しい」ように造形されているのがわかる。言うまでもなく、これは、エルマンが述べるように『肖像』のフィクション性を高めるためのジョイスの演出である (1982, 30)(5)。

しかしながら、このスティーヴンの「小さくて弱々しい」身体を『肖像』が描く十九世紀後半から二十世紀初頭におけるアイルランドの政治的文脈で読み解いたとき、彼の身体は、強者という「適任者」に対する弱者という「不適者」になる（谷内田、六四）。というのも、当時、帝国主義と植民地支配を背景に強くて立派な身体を造ることが国家単位で目指され、一方、帝国に抵抗する側のアイルランドでもナショナリズムの高まりにより、脱植民地主義のもと身体的強さが求められていたからである（中山、五八―六二）。しかも、こうした身体壮健の思想は、十九世紀の英国パブリック・スクールで普及した「アスレティシズム」(athleticism) という教育イデオロギーと強く結びついていた。「アスレティシズム」とは「運動競技、わけてもクリケット、フットボール（サッカーとラグビー）、ボートといった集団スポーツを人格陶冶のための有効な教育手段として重要視する態度のこと」（村岡、二二八）で、もともと課外活動として行なわれていたこれらの運動競技を道徳教育の有効な手段として取り入れようとしたのに端を発するが、帝国主義の風潮の高まりを背景に「アスレティシズム」は帝国主義のイデオロギーの一部となっていったのである。(6)

『肖像』におけるイエズス会経営のエリート校クロンゴウズで生徒たちがフットボールやクリケットの練習に励んでいる姿に見られるように、アイルランドにあったカトリックのエリート校もそうした帝国主義を支える人材養成の一環を担っていたという側面があるが（道木、八）、アイルランドでは「アスレティシズム」がナショナリズムのイデオロギーと結びついていた。十九世紀後半以降、各教育機関において体育が奨励され始めたのも、「アスレティシズム」に傾倒したマイケル・キューザック (Michael Cusack) がゲーリック体育協会、通称ＧＡＡを設立し英国の運動競技（クリケットとフットボール）をゲーリック・ゲーム（ハーリングとゲーリックフットボール）に置き換えることで「アスレティシズム」をナショナリズムのイデオロギーへと昇華させたことによる（坂、三二一―三二二）。

『肖像』では、ベルヴェディアで行われる聖霊降臨祭の演目のひとつとして、まさに体操競技が組み込まれているが、ほかの箇所でもナショナリズムによる身体的強さの追求は示唆される。たとえば、スティーヴンの家族がブラックロックにいるころ、父の友人で以前有名な走者だったマイク・フリンから走りの指導を受けるというエピソードがあるが、この「朝の練習」（*P* 2.45-46）はナショナリズムの流れを受けた身体鍛錬として読み取れる。フリン氏は民族主義者であるということが、練習の合間にチャールズおじさんと熱心に語りあう内容――「スポーツや政治の話」（*P* 2.51）、つまり、ＧＡＡとアイルランド復興運動についての話――により推察できるからである。また、スティーヴンが繰り返し耳にする父親や教師たちの呼びかけ――「何よりも紳士であれ、何よりも良きカトリック教徒であれ」（*P* 2.841-43）――は、復興運動の波を受けて体育館が開館すると「強くて男らしくて健康であれ」（*P* 2.845-46）と身体的強さを求める声になる。そしてその呼びかけに「母国に対して忠実になれ、母国語と伝統を普及せよ」（*P* 2.848-49）とナショナリスティックな要求が加わる。復興運動が推奨する強く健康な身体づくりの強要が意識的に描かれているのがわかる。さらに第五章では、スティーヴンの友人の一人であるダヴィンが、ハーリングの選手および実在のＧＡＡ創設者の一人、モーリス・ダヴィン（Maurice Davin）の甥として設定されている。彼のファーボルグ族のような粗野な心に惹きつけられる理由の一つとしてスティーヴンは、彼の「荒々しい肉体的な技能を喜ぶ気持ちの力」（*P* 5.237）を挙げる。

したがって、スティーヴンの「小さくて弱々しい」身体は、当時のアイルランドの政治的文脈の中で捉えると、単なるフィクション性を高めるための一要素としてではなく、政治的かつ社会的に価値があるとされる強さおよび健康が欠如したものとして読み解くことが可能なのである。幼少の頃から学校や家庭において壮健な身体や男らしい身体に価値を置く社会を垣間見てきたスティーヴンは、社会ないし国家にそぐわない「不健全」な「不適者」という傷――欠点――を負った自分の身体に対して劣等コンプレックスを抱くようになり、二項対立的価値判断に基づいて精神を価値あるものとして追求することで喪失しかけたアイデンティティの確立を図ろうとしているのである。

ここで、第五章にあるスティーヴンが魂の飛翔を妨げる三つの網――「民族、言語、宗教」――の存在をダヴィンに話す場面を見てみよう。

――魂が初めて生まれるのは、とスティーヴンはあいまいに言った。ぼくが君に話したあいう瞬間なんだ。魂の誕生はゆっくりしていて暗くて、肉体の誕生よりもずっと神秘的だ。この国では人間の魂が誕生してもその飛翔を抑え込もうとする網がいくつも投げられる。君は民族、言語、宗教についてぼくに語ってくれるよね。ぼくはそうした網の目をくぐり抜けて飛び立とうとしているんだ。(*P* 5.1045-50)

身体と精神をそれらが生まれた瞬間から切り離されたものと捉え、身体に対する精神の優位性を説くスティーヴンの姿が窺える。アイルランドでは妨げられてしまう精神的成長を追求しようと決心するスティーヴンは、「荒々しい肉体的な技能を喜ぶ」ホッケー選手かつ民族主義者のダヴィンとの間に広がる距離を感じているに違いない。

身体と精神を区分しようとするスティーヴンの姿勢は、ダヴィンと別れた直後にもう一人の友人リンチ相手に話す芸術論の次のような箇所において明確になる――「ぼくたちは今精神世界について論じている。……誤った審美的手段によって惹き起こされた欲望や嫌悪は、本当の審美的感情とは言えない。なぜならば、その性質が動的なだけでなく、身体的だからだ」(*P* 5.1136-39、中略は筆者)。

リンチと交わした会話の中には、優生学についてのスティーヴンの立場が窺える一説も挿入されている。ここでスティーヴンは、美学論を展開するにあたり、その例として女性の身体を挙げ優生学的な仮説と美学的な仮説を説明する。

―ギリシア人、トルコ人、中国人、コプト人、ホッテントット人、とスティーヴンは言った。皆がそれぞれ異なるタイプの女性美を賛美している。ぼくたちが逃げ出せない迷路のようだ。でもぼくは二つの出口があると思う。一つはこういう仮説さ。つまり、男性に賛美される女性の身体的形質は、種の繁栄のための様々な女性の機能と直接結びついている。たぶんそうだろう。世界はどうやら君が想像するよりもわびしいみたいだね、リンチ。ぼくはこの出口は嫌いだ。美学よりも優生学になってしまう。(*P* 5.1227-35)

『肖像』における優生学への言及は、この一箇所のみであるが、スティーヴンが美学論を展開する重要な場面において、美学の対照として優生学が挙げられているのは興味深い。女性の身体美を種族繁栄のために優れているかどうかで判断する優生学的基準ではなく、審美的な認識のさまざまな段階を満足させるかどうかで判断する美学的基準で捉えるべきだとするスティーヴンの主張が示されている。

スティーヴンのこうした芸術的美に対する肉体性を排除した視点および女性の身体美に対する優生学的観点を排除した視点が、実は、この場面より前の第四章においてすでに示されていることにここで我々は気付くであろう。

少女が前方の流れの中に立っていた――たった一人でじっと海のほうを眺めながら。その姿はまるで、魔法によってこれまでに見たことのない美しい海鳥に変えられたかのようだった。彼女の長くてほっそりしたむき出しの脚は、鶴のそれのように華奢で、エメラルド色の海草がひとすじ、肌に何かのしるしのようについているほかはきれいだった。太腿は象牙のように豊かで柔らかく、尻のあたりまでむき出しになり、そこに白いズロースの房飾りが白い羽毛さながらにのぞいている。灰色がかった青いスカートは、腰のあたりまで大胆にたくし上げられ、後ろで鳩の尾のようになっていた。胸は鳥の胸のように柔らかくて小さい――黒い羽毛の鳩の胸のよう小さくて柔らかい。でも長い金髪は少女っぽく、そしてその顔はいかにも少女っぽくこの世の美の奇跡を帯びていた。(*P* 4.854-866)

スティーヴンが自身の芸術的使命を自覚することとなる、いわば本作の山場とも言える少女との出会いの場面である。ドン・ギフォード (Don Gifford) が、一八九〇年代のアイルランドでこの少女のような大胆な姿は「衝撃的」(1982, 222) であったに違いないと述べていることから、スティーヴンは、露出した彼女の身体に動揺しつつも肉欲をそそられる、あるいは少なくとも意識せずにはいられないに違いない。にもかかわらず、スティーヴンは、浅瀬で一人脚を露わにしてスカートを尻の部分までめくりあげている少女に対して、彼女の脚、太腿、胸といった身体の細部を鳥になぞらえることで肉体性を排除した視線を投げかける。彼女の身体美に認められる肉体性および優生学的優良性を芸術的なエピファニーへと変えようとするスティーヴンの姿がここで見て取れる。

四　身体と精神の不可分性

スティーヴンは、カトリシズムの暴力により身体に痛みを与えられてきた。その身体的痛みは精神へと転移し、それがさらに別の身体的痛みとして発症することにもなっていた。身体と精神の連動を繰り返し経験する中でスティーヴンは、傷つき穢れた身体を忌避し崇高な精神を求めるようになった。スティーヴンはまた、ナショナリズムの政治的イデオロギーによって身体に傷を負わされていた。その傷ついた身体に対して劣等コンプレックスを抱いたスティーヴンは、ぐらついたアイデンティティを保つために傷を負った身体と対立項にある精神を価値あるものとして追求するようになった。

だがここで我々は、二項対立的思考に基づき身体と精神を区分しようとするスティーヴンの安易さに目を向けなければならない。例えば、告解後に始める禁欲生活においてスティーヴンは、実に子どもじみた方法で身体的欲望の充足に対する自己抑制を行ない、簡単に世俗的な事柄に振り回されている。そして結局は、魂に疑念と躊躇いとともに精神的な枯渇が生じ、生活が改められたのか確信できない。その様子は、付加疑問文――「ぼくの生活は改められた、そうだろう?」(“I have amended my life, have I not?”) (*P* 4.235) ――からも明らかである。身体性を抑制して精神性を追求したとしても、身体性からは逃れられないスティーヴンの姿が示されている。

また、少女と出会う少し前、海水浴をする友人たちに声を掛けられる場面では、精神性が研ぎ澄まされていく中スティーヴンは、友人たちの声に魂への呼びかけを受け取ったと感じながら身体的な反応を示す。

> 彼の喉は、空高く飛ぶ鷹や鷲の叫びのように大声で甲高い声で彼の解放について風に向かって叫びたい思いで疼いた。これは魂に対する命の呼びかけだった。義務や絶望の世界の鈍くて粗野な声ではない。祭壇での蒼白い奉仕に呼ぶ非人間的な声でもない。荒々しい飛翔の一瞬が彼を解放し唇が押さえていた勝利の叫びは彼の脳をきり裂いた。
> ――ステパネーフォロス!(*P* 4.797-803)〔強調は筆者〕

このような身体的な反応は、実は、先に見た少女との出会いにおいても示されている――「スティーヴンの頬は紅潮し、身体は燃えあがり、四肢は震えた」(*P* 4.879-80)。つまり、スティーヴンは、肉体性を排除した少女の姿に神聖な悦びを感じたとしながらも実際は身体性も感じていると言える。彼女のことを「奔放な天使」(“[a] wild angel”) (*P* 4.886) や「人間的な若さと美しさの天使」(“the angel of mortal youth and beauty”) (*P* 4.887) とさえ形容しているように、スティーヴンは、彼女の世俗性を帯びた身体美に対しても意識を向けているのが分かる。

これらの場面は、身体と精神が区分不可能であることをスティーヴン自身が認識しているのを示す。にもかかわらず、先に見たダヴィンやリンチとのやりとりのような場面にあるように、スティーヴンは物語が進展するにつれて両者を分離し知性偏重になっていく。こうした身体／精神に対するスティーヴンの自己欺瞞的な思考にジョイスのアイロニカルな視線が向けられている。知的創作活動を志すダイダロスとして自己肯定しようとしたスティーヴンの試みはその後無残にも潰えてしまうのだから。

おわりに

「では、去ろう――もう行かなくてはならない」（*P* 5.2514）と、アイルランドを去る決心を固める直前、スティーヴンは友人クランリーと議論を交わしながら彼の身体を観察し次のように言い表わす「彼の顔は整っていて、身体は強くてがっしりしている。……そして彼は、その強くてひるむことのない腕で女性をしっかりと守り彼女たちに心を向けるのだろう」（*P* 5.2509-13、中略は筆者）。クランリーとの議論を通して、彼との違いを感じていくスティーヴンが、このように、自分の「小さくて弱々しい」身体とは対極的な彼の「強くてがっしりした」身体に注意を向けているのは意義深い。知的創作を目指して祖国を飛びたつ直前になお身体にコンプレックスを抱いている、つまり、身体性から逃れられないスティーヴンの姿が垣間見える。(7)

その後、ダイダロスとしての使命を胸に、カトリシズムとナショナリズムの網をすり抜けアイルランドを飛び立ったスティーヴンの身体は、イカロスのそれと同じように墜落する。「ぼくは出かけよう、経験という現実に百万回も出会うために、未だ創られざるぼくの民族の意識を、ぼくの魂の鍛冶場で鍛えるために」(*P* 5.2788-90) という高尚な志は空虚に響いてしまうことになる。

スティーヴンがその身体をアイルランドに帰還させたのは、母親の危篤の知らせが届いたからである。皮肉にも、病に侵され傷ついた母親の身体によって、スティーヴンの精神世界追求への道は遮られた。しかしながら、スティーヴンは、帰還したアイルランドで重要な出会いをする。スティーヴンとは対照的な物質的で身体性に価値を置くブルームとの出会いである。『ユリシーズ』においてブルームは、悩みを抱えながらも前向きに生きる。スティーヴンは、ブルームとの出会いを通して身体と精神の不可分性と連動とを再認識するのではないだろうか。そのときこそ、スティーヴンは、アイデンティティを確立し高く飛翔できるに違いない。

注

(1) 四行詩の出典については、Gifford, 1982, 134 を参照されたい。
(2) アイルランドは、長期にわたる植民地支配の歴史の中で、しばしばヴァイキングやイギリスの侵入者たちという男に凌辱される女の身体として表象される。『肖像』や『ユリシーズ』においてもアイルランドは女性身体として表象されるが、その点については、Gifford, 2008, 21; Henke, 79; 田村、二三四―三五 などを参照されたい。

(3)「あるヒステリー分析の断片［ドーラ］」『フロイト全集第六巻』、六四頁、「ヒステリー研究」『フロイト全集第二巻』、三—四頁および「ヒステリー性空想、ならびに両性性に対するその関係」『フロイト全集第九巻』、二四六—四七頁などを参照されたい。

(4)「転換 (**Konversion**)」という用語は、一八九四年、神経精神症の防衛に関するフロイトの最初の論文「防衛——神経精神症」『フロイト全集第一巻』、三九八頁において導入された。

(5) 四角の溝事件もフィクションの可能性が高い。関係資料が乏しく、ブルース・ブラッドレー (Bruce Bradley) が述べるように、ウェルズの在籍していた組と時期が『肖像』とは合致しない (21-22, 58-59)。いじめのエピソードは、スティーヴンの弱々しさを強調していると言える。

(6)「アスレティシズム」の教育イデオロギーが十九世紀末にはイギリス社会全体に広がっていったのは、この教育思想が "mens sana in corpore sano" すなわち「健全なる精神は健全なる身体にやどる」という思想や優生学思想および衛生問題といった社会状況に根差していて、その背景には帝国主義への風潮があったからであった。「アスレティシズム」の成立と帝国主義との係わりについては、村岡を参照されたい。

(7)『ユリシーズ』でもスティーヴンは「クランリーの腕」を思い出す (*U* 1.159, 3.451)。

引用文献

Boheemen, Christine Van. "Joyce's Sublime Body: Trauma, Textuality, and Subjectivity." *Joycean Cultures / Culturing Joyces*, edited by Vincent J. Cheng et al., Associated UP, 1998, pp. 23-43.

Bradley, Bruce. *James Joyce's Schooldays*. Gill and Macmillan, 1982.

Deane, Seamus. Introduction. *A Portrait of the Artist as a Young Man*, by James Joyce, Penguin Books, 2003, pp. vii-xliii.

Ellmann, Richard. *James Joyce.* New and revised ed., Oxford UP, 1982.

———. Ulysses *on the Liffey*. Oxford UP, 1972.

Gifford, Don. *Joyce Annotated: Notes for* Dubliners *and* A Portrait of the Artist as a Young Man. 2nd ed., U of California P, 1982.

Gifford, Don, and Robert J. Seidman. Ulysses *Annotated: Notes for James Joyce's* Ulysses. 2nd ed., U of California P, 2008.

Henke, Suzette. "Stephen Dedalus and Women: A Portrait of the Artist as a Young Narcissist." *James Joyce and the Politics of Desire*, Routledge, 1990, pp. 50-84.

Joyce, James. *A Portrait of the Artist as a Young Man: Authoritative Text, Backgrounds and Contexts, Criticism.* Edited by John Paul Riquelme, W. W. Norton, 2007.

———. *Ulysses*. Edited by Hans Walter Gabler et al., Vintage Books, 1993.

Joyce, Stanislaus. *My Brother's Keeper*. Edited by Richard Ellmann, Faber and Faber, 1958.

Kimball, Jean. *Odyssey of the Psyche: Jungian Patterns in Joyce's* Ulysses. Southern Illinois UP, 1997.

Parrinder, Patrick. *James Joyce*. Cambridge UP, 1984.

坂なつこ「アイルランドにおけるスポーツ――ゲーリック・アスレティック・アソシエーションを例に」『一橋大学スポーツ研究』第二四号、二〇〇五年、二九―三八頁。

谷内田浩正「ボディビルダーたちの帝国主義――漱石と世紀転換期ヨーロッパの身体文化」『漱石研究』第五号、一九九五年、五一―七三頁。

田村章「スティーヴンと「蝙蝠の国」――『若き日の芸術家の肖像』における「アイルランド性」」『ジョイスの迷宮――『若き日の芸術家の肖像』に嵌る方法』金井嘉彦・道木一弘編、言叢社、二〇一六年、二三二―三九頁。

道木一弘「教養小説と植民地――*A Portrait of the Artist as a Young Man* における語りの「ねじれ」に

ついて」『外国語研究』第三六号、二〇〇三年、一―一七頁。

中山徹『ジョイスの反美学――モダニズム批判としての『ユリシーズ』』彩流社、二〇一四年。

フロイト、ジークムント「あるヒステリー分析の断片［ドーラ］」渡邉俊之・草野シュワルツ美穂子訳『フロイト全集第六巻』岩波書店、二〇〇九年、一―一六一頁。

――「ヒステリー研究」芝伸太郎訳『フロイト全集第二巻』岩波書店、二〇〇八年、一―三九〇頁。

――「ヒステリー性空想、ならびに両性性に対するその関係」道籏泰三訳『フロイト全集第九巻』岩波書店、二〇〇七年、二四一―五〇頁。

――「防衛―神経精神症」渡邉俊之訳『フロイト全集第一巻』岩波書店、二〇〇九年、三九三―四一一頁。

村岡健次「「アスレティシズム」とジェントルマン――十九世紀のパブリック・スクールにおける集団スポーツについて」『ジェントルマン・その周辺とイギリス近代』村岡健次・鈴木利章・川北稔編、ミネルヴァ書房、一九九五年、二二八―六一頁。

ジョイスを読むベケット
——二人の少女の死とその語りについて

道木　一弘

はじめに

ジェイムズ・ジョイス (1882-1941) の「書生」として作家人生の第一歩を踏み出したサミュエル・ベケット (Samuel Beckett, 1906-89) は、ジョイスの作品をどう読み、それは彼の作品とどう係るのだろうか。近年、ディルク・ファン・ヒューレ (Dirk Van Hulle) の手稿遺伝学 (Manuscript Genetics) という考え方に代表されるように、作品が書かれるプロセスを精緻に検証することで、従来の伝記的な視点からは見えなかった両者の関係性を解明する試みが始まっている。両者の関係を相互補完的なものとして捉えるP・J・マーフィ (P. J. Murphy) の研究もそうした流れの一つであろう。本稿では、こうした動向を踏まえ、ベケットの初期小説の一つ『蹴り損の刺もうけ』(*More Pricks than Kicks*, 1934　以下、『蹴り損』と略す) で描かれる「少女の死」と、ジョイスの『若き日の芸術家の肖像』(以下、『肖像』と略す) でスティーヴン・デダラスが語る美学論の中で言及される「少女の死」を比較検討し、若きベケットがジョイスの作品から何を読みとり、それを自らの作品にどう生かしたのかを考察したい。

場面の対称性

「少女の死」とかかわって先ず注目したいのは、『肖像』最終章において描かれるスティーヴンの大学までの散策の場面と、『蹴り損』第三章で描かれるベラックワ・シュアの徘徊の場面である。両者の行動には何らかの類似性あるいは対称性があるように思われる。スティーヴンについて言えば、彼はダブリンの北にある自宅から南西方向、ユニヴァーシティ・カレッジ・ダブリンへと向かう。途中、トリニティ・カレッジ正門近くのトマス・ムーア像を通り過ぎた時、ジプシー女から花を買うように迫られるが、彼は金がないことを理由に女を追い払う。このしばらく後で、彼は友人リンチに自らの悲劇論を語り、その中で、数日前にロンドンで起きた馬車事故による少女の死に言及するのである。一方、ベラックワは、トリニティ・カレッジ正門近くの地下トイレから地上に出ると、ムーア像の下にしゃがみ込む。すると彼の前に車椅子に載せられた盲目の男が現れるのだが、ベラックワはそれがまるで何かの啓示であるかのように全速力で走り出し、ピアス・ストリートを東南に下ったところで少女がバスに轢かれるのを目撃するのである。この後、彼は行きつけのパブに入り、怪しげな伝導女から「天国のチケット」を四枚も売り付けられるのだ（描論末尾の地図を参照）。つけ加えれば、『肖像』の花売り女は自らを「あなたの彼女」（“your own girl") (*P* 5.343) と言って花を売ろうとし、『蹴り損』の伝導女はアイルランドの俗語で「あなたの彼女」("yer motte") (Beckett, 39) のためにと言ってチケットを買わせるのである。

こうした二つの場面に見られる奇妙な対称性は、ベケットが『蹴り損』の第三章を執筆する際、ジョイスの『肖像』第五章を念頭においていたことを暗示するだろう。注目すべき違いは、『肖像』においてスティーヴンが伝聞として語る「少女の死」が、『蹴り損』ではベラックワの目前で起きた事故として再構成されている点である。また、人物造形においても両作品は対照的あるいは対称的だ。スティーヴンが詩人を志す、あらゆる束縛からの自由を求めて飛翔するダイダロス／イカロスであるとすれば、「生まれながら罰当たりなほど怠惰な」("by nature sinfully indolent") (Beckett, 31) ベラックワは、その名が示唆するとおり、ダンテの『神曲』「煉獄編」に登場し、怠惰と無気力のために煉獄山の麓で地面にしゃがみ込む同名の人物を下敷きにしているのである。

スティーヴンの悲劇論

それぞれの小説において、「少女の死」はどんな意味を持つのであろうか。先ず、『肖像』における「少女の死」に関するスティーヴンの言葉を見てみよう。

数日前、ロンドンで一人の少女が辻馬車に乗った、とスティーヴンは続けた。彼女は何年かぶりかで母に会いに行く途中だった。ある通りの角で荷車の梶棒が辻馬車の窓を星形に突き破り、細く長い針のようなガラスの破片が少女の心臓を貫いた。即死だった。新聞記者はそれを悲劇的な死と呼んだ。違うね。僕の定義からすれば、それは恐怖や憐憫からほど遠いものだ。(*P* 5.1095-1102)[1]

スティーヴンは、新聞記者が少女の死を「悲劇的」("tragic")と評したことを批判し、それが自らの定義に基づく「恐怖」("terror")や「憐憫」("pity")からは程遠いものであると言う。ここで彼が依拠するのはアリストテレスの悲劇論である。アリストテレスによれば、悲劇とは「憐憫と恐怖を通じて、そのような感情の浄化(カタルシス)を達成するものである」(三四)[2]が、スティーヴンはこの説明では「憐憫」と「恐怖」の定義が明確でないとして、自ら「憐憫とは、人間の苦しみの中でも厳粛で恒久的なものを前にしたとき、人の心を引きとどめ、それを苦しむ人間に結びつける感情」であり、一方「恐怖」とは、同様の人間の苦しみを前にしたとき、「人の心を引きとどめ、それを人間の苦しみの知られざる原因に結びつける感情である」(*P* 5.1087-92)と再定義する。

スティーヴンにとって、この定義で重要なのは「引きとどめる」("arrest")という言葉である。何故なら悲劇とは本質的に「静的」("static")なものであり、それは真の芸術が人の心にもたらす美的効果だからだ。これに対して、偽りの芸術は「動的」("kinetic")であり、人の心を駆り立て、対象を所有したいという「欲望」("desire")や対象から逃れたいという「嫌悪」("loathing")の情を生じさせるとし、猥褻な芸術や教訓的芸術はそうした類いの「不完全な芸術」とされる。換言すればこれらの「芸術」は真の意味で美的ではないことになる。ここで注意しなければならないのは、馬車事故による少女の突然の死はこの定義に当てはまるのか、すなわち「欲望」や「嫌悪」を引き起こすものかということだが、スティーヴンの説明はこの点必ずしも明確ではなく、またリンチもそれを追求することはない。あえて補えば、少女の死は刺激を求める大衆の好奇心と同情を喚起すると考えられ、センセーショナルであるがゆえに「動的」であり、真の芸術たる悲劇たり得ないということであろう。

「悲劇」と語り

以上のスティーヴンの議論を踏まえ、ベケットの『蹴り損』における「少女の死」の場面を見てみよう。

一台のバスに一人の少女が轢かれた、ちょうどベラックワが鉄道の陸橋にさしかかったときだ。彼女はヒベルニア乳製品店に牛乳とパンを買いに行き、それから通りに飛び出してしまった、手に入れた宝物を、子供らしい性急さで自分が住んでいるマーク・ストリートの安アパートまで大急ぎで持ち帰ろうとしたのだ。良き牛乳は路上一面に流れ、一塊のパンは傷一つなく、縁石を背景として屹立していた。どう見ても、まるで一組の手がそれを取り上げてそこに置いたかのように。パレス・シネマに列を作っていた人々は、相反する欲望で引き裂かれた。自分の順番を保持するか、騒ぎを見に行くか。(Beckett, 34-35)(3)

スティーヴンの定義に従えば、この場面は悲劇とは呼べないだろう。事故は極めて唐突でセンセーショナルであり、ゆえにそれを目撃した人々に与える効果は極めて「動的」なものだからだ。事実、映画館で並んでいた人々は、自分の順番を保持したいという欲望と、事故を見に行きたいという欲望の間で引き裂かれている。つまり、この場面は決して悲劇などではなく、卑俗な好奇心をくすぐるありふれた事故の一つに過ぎないということになる。

しかし、問題はそれほど単純ではない。何故なら、この場面には何かしら忘れ難いものがあるからだ。この「忘れ難さ」をもたらす一つの原因は、事故を目撃したベラックヮの行動にある。彼は事故を目撃しながら、立ち止まることもなく、何か声を発することもなく、ただ黙って通りすぎる。このベラックヮの冷淡さを考える上では、先に紹介した、彼が「罰当たりなほど怠惰」だという語りの言葉が一つのヒントになるだろう。「怠惰な」(“indolent”)とは、ラテン語で「痛みを感じない」(in + doleo = not to suffer pain)という意味なのだ。実際、この作品を通して、彼の痛みに対する鈍感さは繰り返し言及されるのである。(4)

もう一つの要因は事故を語る言葉、スタイルにある。バスに轢かれて重傷を負ったか即死したと思われる少女に対して、パンは「傷一つなく」屹立している。語り手は、それがまるで何者かの「手によって取り上げられ、そこに置かれたかのようだ」と言う。一個のパンを神に救われた一人の人間のように語ることで、逆に少女の死が一層理不尽なものに思われてくる。あるいは、こぼれたミルクを「良き」(“good”)と描写することに注目すれば、ここに聖餐式のパロディーを見ることも可能だろう。その場合、少女の無残な死と無傷なパンのコントラストは、少女が何らかの「犠牲」であることを強く読者に印象付けるのである。

こうして、この場面はある種の悲劇性を帯びるに至る。現場に居合わせた人々は少女の死に対して野次馬的な好奇心しか持ち合わせず、通りがかったベラックワも一顧だにしない。さらにこの社会の冷淡さに対する神の沈黙が暗示されるのである。例えば、ジェイムズ・エイクソン（James Acheson）は、ここにベケット自身の神に対する見方が出ているという。すなわち、神は存在するかもしれないが、我々人間の苦しみについては一切無関心であるということだ。また、フィリス・ケアリー（Phyllis Carey）は、ダンテの『神曲』「地獄編」において、地獄に堕ちた罪人たちにダンテが涙を流したことをヴェルギリウスが叱責し、「ここは憐憫が死に絶えてこそ、信仰の生きるところ」（二二〇）[5]と諭した言葉に注目し、それが『蹴り損』の一つのモチーフになっていることを示唆している（105; 112）。確かに、「まるで一組の手がそれを取り上げてそこに置いたかのように」に見られる仮定法は、神の不在を述べながら、同時にその存在の可能性を暗示する両義的な言葉として機能している。

繰り返しになるが、こうした神の沈黙あるいは神の不在／存在への問いが生じるのは、事故そのものの悲惨さもさることながら、それ以上にその提示の仕方、語りのスタイルによるところが極めて大きい。死んだ少女の傍らで屹立するパンと事故に対する人々の「動的な」反応、その卑俗かつ極めて人間的な反応が描写されることによって、読者はこのシーンを一歩引いて俯瞰することが可能になる。その結果、このシーンは象徴的なタブロー、あえて言えば神なき世界の祭壇画となるのである。

ある出来事が悲劇か悲劇でないかを決定するのは、スティーヴンが言うような出来事それ自体の性質ではなく、その提示のされ方、その語られ方である。スティーヴンが語る少女の死も、ベラックワが遭遇するそれも、出来事としては本質的な違いはない。新聞記者が「少女の死」を「悲劇」といくら断定しても、それが悲劇たり得ないのは、スティーヴンが指摘するように「憐憫」と「恐怖」を人の心に喚起しないからである。しかしこのことは「少女の死」自体となんら本質的な関係はない。問題は語り手の介入のあり方なのだ。二つの小説の二つの「少女の死」の場面を比較してあらためて見えてくるのは、正に小説における語りの問題そのものなのである。

実はスティーヴンが、「憐憫」と「恐怖」を定義していないとして批判するアリストテレスは、出来事の提示のされ方について言及していた。よく知られたミメーシスがそれである。先に引用した部分を含めて、彼の悲劇の定義を以下に確認したい。

> 悲劇とは、一定の大きさをそなえて完結した高貴な行為の再現（ミメーシス）であり、快い効果を与える言葉を使用し、しかも作品の部分によってそれぞれの媒体を別々に用い、叙述によってではなく、行為する人物たちによっておこなわれ、憐憫と恐怖を通じて、そのような感情の浄化（カタルシス）を達成するものである。ここで快い効果をあたえる言葉とは、リズムと音曲をもった言葉のことを、また、それぞれの媒体を別々に用いるというのは、作品のある部分は韻律のみによって、他の部分はこれに反し歌曲によって仕上げることを意味する。（「詩学」、三四）

「叙述によってではなく」とあるのは、彼が念頭に置くジャンルが演劇であるからだが、アリストテレスが重視するものが「高貴な行為」以上に、媒体としての「言葉」や「歌」であることは明白であろう。彼は別のところでミメーシスを「筋」（ミュートス）とも言い換え、それは「出来事の組みたてのことである」と述べている。つまり、アリストテレスが悲劇の定義において強調するのは、語りのスタイルとプロットの重要性に他ならないのである。

小説の語りのスタイルについて高度に実験的であったジョイスが、スティーヴンに悲劇論を語らせるに際して、この問題に気づいていなかったとは考えにくい。作家はスティーヴンの悲劇論が論として不完全であることを十分承知の上で、敢えてそれを語らせたのではないだろうか。事実、上述したように、ロンドンの馬車事故による少女の突然の死が「欲望」や「嫌悪」を引き起こすのかという点について、スティーヴンの説明は必ずしも明確ではないのだ。アリストテレスの論を不十分とする彼の批判こそ、彼の若さ、その未熟さを露呈していると思われるのである。

あらためて言うまでもないが、『肖像』の読者は、その主人公が未だ芸術家への途上にある一青年の物語であることを忘れるべきではない。彼の大胆不敵な言動には、常に墜落するイカロスの影が伴っている。ベケットはこのジョイスの「企み」を見逃すことはなかった。彼はスティーヴンの悲劇論がもつ不備を逆手に取り、スティーヴンが悲劇ではないと断定した「少女の死」とほぼ同質の「少女の死」を自らの小説において再現することで、それが悲劇たりうることを示したと言えるだろう。『蹴り損』のバス事故のシーンを読むとき、正に読者の心は、完全に見放された少女の死に「引きとめられ」、「憐憫」を感じざるを得ず、同時に、彼女を取り巻く無慈悲な世界のありように「引きとめられ」、「恐怖」を感じざるを得ない。この場面が「忘れ難い」とすれば、その理由はここにあるはずである。ジョイスの分身とも言われる若きスティーヴンの悲劇論を、自らの創作活動において「論破した」若きベケット。ジョイスにとって、ベケットは、『肖像』のおそらく最初の「良き読者」であった。

おわりに

スティーヴンがリンチに語る美学論については、既に様々な議論がなされてきたが、その中心はアクィナスに基づく美の三つの要素と、自らを消し去る芸術家像であったように思う。今回とり上げた悲劇論はこうした議論の入り口に置かれたものであるが、管見によれば、ほとんど議論されたことがない。恐らくその理由は、論自体がそれほど深いものに見えないことと、そこで語られる少女の死もさほど印象に残らないものだからであろう。実際、私自身、ベケットの『蹴り損』を読むまではこの少女の死について注意を払うことはなかった。『蹴り損』はベケットの最初期の小説の一つであり、後のいわゆる三部作と比べると読みにくく難解な作品と言わざるを得ないが、その中にあって極めて鮮烈な印象を与えるのが、第三章で語られるバスに轢かれる少女の話である。私にはこの部分がこの奇妙な小説の中心 (omphalos) に思われ、その意味を考えるうちに『肖像』の少女の死に思い至った。拙論が生まれた経緯はこのようなものである。単なる思いつきと言われそうだが、スティーヴンの論が持つ危うさを知る上で大変有効な観点を与えてくれたと確信している。

ジョイスとベケットの作品を比較しながら読むことは、両者のダイナミックな関係を知るだけでなく、それぞれの作品が持つ読みの可能性、意味の可能性を拓き、その語りの技巧をよりよく理解するための契機を与えてくれると思う。それは、どちらか一方だけを読んでいては気づかない豊穣な世界であり、小説を読むこと、研究することの醍醐味であろう。

付記

本稿は、二〇一三年十月十九日、山口大学で開催された日本英文学会中国四国支部第六十六会大会での研究発表の原稿を、論文として加筆修正したものである。当日の司会をして下さった県立広島大学の高橋渡先生からは、多くの助言と暖かい励ましを頂いた。今回、高橋先生の退職を記念する論集において、その拙稿を寄稿できたことはこの上ない喜びである。

注

（1）訳文は大澤訳を参考に、論旨に合わせて一部変更した。
（2）訳文は松本・岡訳を参考に、論旨に合わせて一部変更した。
（3）訳文は川口訳を参考に、論旨に合わせて一部変更した。
（4）この問題については、拙論「ベラックァと身体の「痛み」について――サミュエル・ベケットの *More Pricks than Kicks* に関する一考察」、愛知教育大学『外国語研究』第四五号（二〇一二）七一―八四を参照のこと。

（5）訳文は寿岳訳を参考に、論旨に合わせて一部変更した。ダンテの原文は、ケアリーによれば "Qui vive la pietà quando e ben morta"（104）となっている。ここで "pietà" は、神への信仰（piety）と人間への憐憫（pity）という二つの意味で用いられており、事実、両者はラテン語 "pietātem" を語源とする二重語である。

引用文献

Acheson, James. *Samuel Beckett's Artistic Theory and Practice*. Macmillan, 1997.

Beckett, Samuel. *More Pricks than Kicks*. Faber and Faber, 2010.

Carey, Phyllis. "Stephen Dedalus, Belacqua Shuah, and Dante's Pietá." *Re: Joyce'n Beckett*. Edited by Phyllis Carey and Ed Jewinski, Fordham UP, 1992, pp.104-16.

Hulle, Dirk Van. *Manuscript Genetics, Joyce's Know-How, Beckett's Nohow*. UP of Florida, 2008.

Joyce, James. *A Portrait of the Artist as a Young Man: Authoritative Text Background and Contexts*. Edited by John Paul Riquelme, W. W. Norton, 2007.

Murphy, P. J. *Beckett's Dedalus: Dialogical Engagements with Joyce in Beckett's Fiction*. U of Toronto P, 2009.

『アリストテレース「詩学」・ホラーティウス「詩論」』. 松本仁助・岡道男訳、岩波書店、一九九七。

ジョイス、ジェイムズ　『若い芸術家の肖像』大澤正佳訳、岩波書店、二〇〇七年。

ダンテ、アリギエリ　『神曲』寿岳文章訳、集英社・綜合社、一九八七年。

ベケット、サミュエル　『蹴り損の棘もうけ』川口喬一訳、白水社、二〇〇三年。

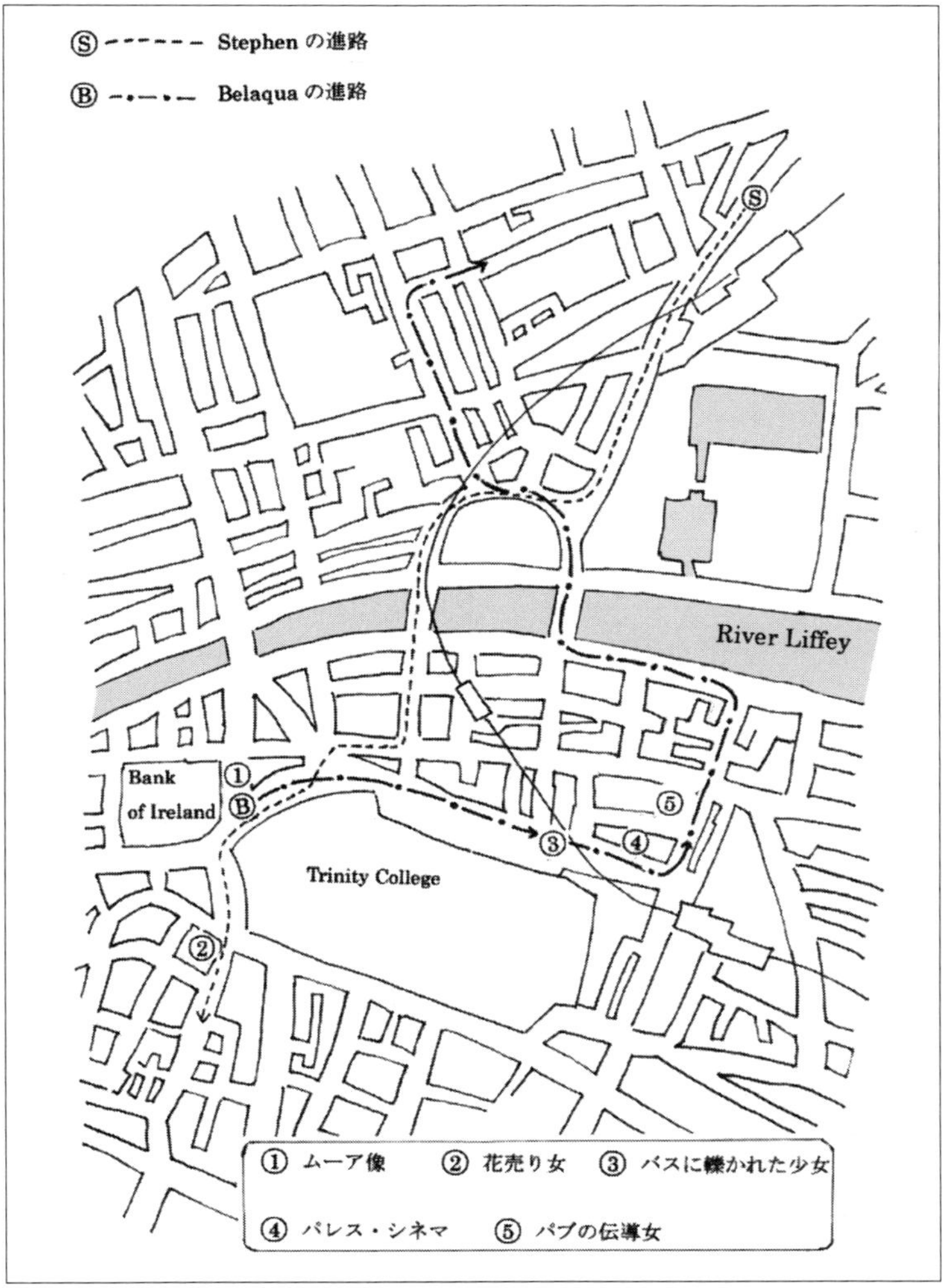

図　スティーヴンの進路とベラックヮの進路

ジョイスの〈ベヒーモス〉
――『スティーヴン・ヒアロー』あるいは『若き生の断章』試論

南谷　奉良

はじめに

『若き日の芸術家の肖像』（以下『肖像』と省略する）の前身として『スティーヴン・ヒアロー』（以下『ヒアロー』と省略する）があったことはよく知られているが、その執筆期間中に、ジョイスが当のタイトルに強い不満を示し、「若き生の断章」（"Chapters in the Life of a Young Man"）という別案を提示していた事実はほとんど知られていない。ジョイスはどの作品にせよ、タイトルの選択において読者の解釈方法に強力な影響を及ぼそうとする。『ユリシーズ』のタイトルは物語をホメロスの『オデュッセイア』と関連させる読み、すなわちホメリック・パラレルを誘引するもっとも重要な手がかりであるし、『フィネガンズ・ウェイク』では、その夢幻的な言語空間の入口にあるタイトルが「読者に対して真っ先に行われる、おそらくもっとも強力な解釈の方向付け」であり、「テクストのシステムそのものを告知する」機能を果たしている (Simpkins, 738)。アンソニー・バージェス (Anthony Burgess) が言うように、「いったんそのタイトルを理解すれば、私たちはすでに、その本全体についても理解しはじめている」というわけだ (21)。無論、タイトルは必ずしも読解に利するように働くわけではなく、読者が真っ先に出会うテクストの一部であるがゆえに、内容を誤解させるばかりか、書物自体を退蔵させる力さえもつ。現に『ヒアロー』のなかでは主人公スティーヴン・デダラスの父親が息子の読んでいるヘンリック・イプセン (Henrik Ibsen) の作品を判断する際、戯曲『幽霊』(*Ghosts*) について、「どうせ幽霊屋敷についての退屈な話だろう」と切り捨ててしまっている (*SH* 88)。こうしたタイトルがもつ決して無視できない諸力を『ヒアロー』という作品に即して考えた場合、自然とある疑問が浮かびあがってくる。すなわち、一九四四年に死後出版されたその未完の小説のタイトルは私たち読者が解釈を行うにあたって果たして有効なのか、という疑いである。本稿はこの疑義から出発し、新しく提案されたタイトル「若き生の断章」の意義を検討し、もって同作の抜本的な再評価を試みるものである。

再評価といったが、そもそも『ヒアロー』に関する研究はその絶対量が少なく、『肖像』研究の層の厚さにおし潰される格好で、一般読者の目に触れる機会すら逸しているのが現状である。未完成であることが最大の原因だろうが、とくに初期の批評では、その未熟なスタイルが低い評価を招くこととなった。複雑に入り組む難解な悪文、必要以上の語り手の介入、章間の繋がりが希薄で、エピソード同士の結束が弱い物語、特定のジャンルへの分類ができない無形のテクスト、といった指摘である。出版当時に与えられた「荒削りで乱雑、傲慢にして醜い」という辛辣な形容詞にも見て取れるように (Connolly, 1984, 246)、一語一語を厳選する言語の名匠という作家像、詩的な性質をその散文に含む作品像からすれば、『ヒアロー』はつたない言葉の集まりに見え、散漫な印象を与えることだろう。『ヒアロー』の低評価を烙印づけたヒュー・ケナー (Hugh Kenner) はこの点について次のように述べている。

……〔前文で *SH* 168 の数行を引用して〕こうしたぎこちない文は、突き放しては皮肉をまぜ、皮肉をまぜてはとつぜん怒りだすような蛇行する語調とともに、『ヒアロー』に繰り返し現われる悪文の典型であり、スティーヴンという人物の説得力に関してジョイスの自信が断続的に揺らいでいたことを示している。

この本は次第に勢いを失い、みずからが抱える内的な矛盾によって、また一つには、遥かに成熟した成果である『ダブリナーズ』によって、一九〇六年に未完のまま途絶した。そこにはもともと――ジョイスにはそのことがわかっていたが――一つの主題というものがなかったのだ。それは小説でもなければ自伝でもなく、精神的なあるいは社会的な随想というのでもなかった。それは一つには、ダブリン時代のノートから転写された、とある過去の証明記録であり、もう一つには部分的にしかコントロールできていない自己神話作りの過程で変形をこうむった、初期の自分自身に関するジョイスの記憶、そしてさらには、「自分はかつてこうであった」と考えていたことに対する現在のジョイスの複雑な態度、というように、どうやっても混じり合わない三つの素材を同時に含んでいたのである (Kenner, 1955, 111)〔中略は筆者〕。

修養時代の青二才の弱点をケナーの慧眼は容赦なく見抜く。確かに『ヒアロー』は多くのものを抱えすぎている。しかし、この種の判定が読みの可能性の廃棄に繋がることも、また事実である。実際この判定に付随するのは、悪文だらけの『ヒアロー』からモダニスト的な技法を駆使した美文を携える『肖像』への飛翔、という目的論的な理解であろうし、その場合には、単体で見た『ヒアロー』がもつ可能性など関心の埒外であるだろう。一方には、『ヒアロー』を未熟なものとして貶めるのではなく、『肖像』で展開される美学理論を理解するための注釈的補遺として見たり、後続作品の成熟したスタイルや言語的技巧を予示する初期の資料と考える好意的な読解も存在するが (Prescott, 300, 303; Peake, 56; 鈴木、六八頁)、発展途上の性質を評価しようとするために、どうしても他作品によりかかった解釈となる傾向がある。

　本稿は根強く残る『ヒアロー』への等閑視と低評価、そして他作品への依存状態をいくらかでも解消したい希望にもとづいて、一つの挑戦的読解を試みてみたい。すなわち、物語の言葉の焦点を別案のタイトルに向けて合わせ直すことで、ケナーの目には見えなかった、ありえたかもしれない主題を炙り出す試みである。順に例証していくが、別案に含まれている三つの語こそ、『肖像』にも存在しない固有の火種、その未完の、あるいは、当時は進行中の作品であったテクストを、それ自体単独で輝かせるための素材なのである。

一　『スティーヴン・ヒアロー』の誕生、進捗、途絶、死後出版

『ヒアロー』の執筆過程は、ハンス・ヴァルター・ガブラー (Hans Walter Gabler) によるマニュスクリプト研究「『肖像』の失われた七年間」の補遺のなかで、また、二〇〇三年に『ジェイムズ・ジョイス・クォータリー』(*James Joyce Quarterly*) 上に発表された注釈 (Mamigonian and Turner,

347-518) のなかで確認することができる。前者はもっとも信頼できる執筆史として紹介されているが (Connolly, 1984, 245)、それでも執筆の進行を通時的に知る記述とはなりえておらず、とくにジョイスが長篇小説と短篇小説を並行して執筆していた事実が省略されてしまっている。『ヒアロー』に関する日本語文献も限られているため、その紹介も兼ね、第一節ではその未完に潰えた小説のあまり知られていない歴史をたどりなおしてみたい。

一九〇四年一月七日、ジョイスは小品「芸術家の肖像」("A Portrait of the Artist") を一日で書きあげ、ジョン・エグリントン (John Eglinton) らが創刊準備をしていた月刊誌『ダーナ』(*Dana*) に投稿するが、そこに性的な記述が含まれていたことにくわえ、内容が理解不能という理由で掲載を拒否される (Eglinton, 136; *DD*, 11)。二月二日二十二歳の誕生日、ジョイスはこの拒絶に対する「半ば怒り」の気持ちから、そのエッセイをおおよそ自伝的な内容の、風刺を利かせた長篇小説に仕立てる決意をする。「芸術家の肖像」と同様、『スティーヴン・ヒアロー』のタイトルは弟のスタニスロースが提案したものであった (*DD*, 12, 19)。ジョイスは八日後に第一章を[1]、三月末までには第二章から第十一章までを仕上げるなどと猛烈な進捗を見せるが (*DD*, 19-20)、このあと執筆の速度は一時的に停滞する。その理由の一つには、六月頃にジョージ・ラッセル (George Russell) から依頼された短篇の執筆があったのだろう。七月に友人宛てに送った手紙のなかで、「あの大変な章を書きあげたところだ——一〇二頁もある……一週間後にはその章を送るよ」(*L* I, 55)（中略は筆者）と小説の進展を書き送ると同時に、短篇「姉妹たち」を書き終えたことにも触れているように、以降ジョイスは長篇小説だけではなく、のちに『ダブリナーズ』としてまとめられる短篇小説を同時並行で進めていくことになる。

一九〇四年十月八日、ジョイスは小説の原稿を携えてダブリンを発つ。二十日にはトリエステ(Trieste)から弟に宛てて、第十二章にくわえて(「土くれ」の原型となる)「クリスマス・イブ」の執筆を報告している(*L* II, 67-69)。一か月後、新しい居住先のプーラ(Pula)から送られた十一月十九日の手紙では、小説は当分の間は終わりそうになく、また同作の大部分に関して不満があり、主人公の性格を書きあぐねていることを吐露している(*L* II 71)。とはいえ執筆は着実な進展を見せ、一九〇四年末の手紙では、第十二章から第十四章までの原稿をダブリンにいる特定の友人や叔母のジェセフィーヌに見せて感想を聞いてほしいと頼むにくわえて、「ユニバーシティ・カレッジ・エピソード」の最初の章である第十五章に着手したことを伝えている(*L* II, 75)。そして翌年一月十三日、第十六章までを終えたジョイスはそのエピソードのために、弟の日記や自身が在籍していた大学時代に関連するあらゆる資料、そしてそれまでの章に関する詳細な批評を送るように弟に要求する(*L* II, 76)。二月七日、これに応じた弟からの感想を受け取ったジョイスは、句読法や田舎に住む老人の発話の表記法といった細部に返答しながら、現在は第十七章を手がけていると報告している(*L* II, 78-81)。

この時点で、彼の自伝的小説の執筆の開始からおよそ一年が経っていた。二月二十八日付けの弟宛ての手紙で、ジョイスは小説が全体で六十三章になる構想を明かすと同時に――後に『ユリシーズ』という大著をおよそ七年かけて書く作家をいくらか予期させるように――長大な物語を書くことと、その長さを生みだすためのエネルギーと忍耐力の重要性を記している。そして実際に出来あがっていく内容が当初のタイトルにそぐわないと感じたのか、二十三歳の著者は弟の提案したタイトルに強い不満を述べ、それに代わる「もっとよいタイトル」を提案する。

長い小説を前に多くの人が驚くのは、その作家の途方もないエネルギーと忍耐力を知るからじゃないかな。ぼくだってその気になれば短い小説を書くことは簡単だけど、この小説でぼくが脱ぎ落としたいものは、絶えず書き落としていくことでしか脱ぎ落とせないんだ。ゴガティに全章の数を伝えたときには、甲高い声で「六十三！」なんて叫んでたよ。ぼくは『スティーヴン・ヒアロー』というタイトルには全く満足がいっていない。いまはもとの「芸術家の肖像」('A Portrait of the Artist') に戻すか、あるいはもっとよいタイトルとして「若き生の断章」('Chapters in the Life of a Young Man') を考えている。(*L* II, 83)

ジョイスは小説の長さや章数を計算しながら書き進めており、新しい生活拠点であるトリエステに移った三月、第十八章の原稿を仕上げたときにも、大学時代のエピソードが全部で十章分になるだろうと推測している (*L* II, 86)。四月には第二十章までを書き終え、つづけて第二十一章の執筆に入っているが、ふたたび「長さ」への不安が頭をもたげたようで、その小説を書きつづけられる忍耐力が自分にあるか、そして、その長大な作品を読む忍耐力が読者にあるかを心配しはじめている (*L* II, 87)。

一九〇五年の七月十二日の手紙では、ダブリンを離れてから九か月間の芸術的決算が行われ、ジョイスは以前よりもうまく書けるようになったと自信をのぞかせている。実に彼はこの頃までに小説の第二十四章までを含む五〇〇頁の原稿、短篇「姉妹たち」、「エヴリン」、「レースの後」、「土くれ」、「下宿屋」、そして「複写」の六作を書きあげており、年内には短篇集を完成させ、つづけて『田舎の人々』(*Provincials*) という作品を執筆する構想を明かしている (*L* II, 91-92)。九月には第七作目となる短篇「遭遇」を書きあげ、十二篇からなる『ダブリナーズ』の出版をロンドンの出版社に打診している (*L* II, 108-09)。この点で十月十日にスタニスロースが述べた感想――「ジムの本『ダブリナーズ』は、小説の方とほとんど同じくらい重要になりつつあるね」(*L* II, 115)――は的確であり、現在から考えれば、小説の命運にとって予兆的であった。以後、彼の長篇小説に注がれるエネルギーと忍耐力は急落していくことになるからだ。

同年十月十五日、グラント・リチャーズ社 (Grant Richards) に短篇集出版を打診するが、再三の催促にもかかわらず (*L* II, 123)、先方からは音沙汰がないまま時は過ぎていった。ケナーが指摘していたように、『ヒアロー』の未完の原因の一つには、この出版遅延の問題があった。原稿は「本全体のほぼ半数」となる九百十四枚を数え、二十五章時点で総語数にして約十五万語に達していた。単純に計算しても想定上の完成体はおよそ三十万語にもなり、大著として有名なジョージ・エリオット (George Eliot) の『ミドルマーチ――地方生活の一研究』(*Middlemarch, A Study of Provincial Life*) に肩をならべる分量である。二人の伝記作家が口をそろえて「ベヒーモス」と表現したように (Gorman, 208; Costello, 275)、その小説は途轍もない図体の作品に成長するはずだったのである。しかし、「[『ダブリナーズ』の出版が難航している] 現在の状況では小説の続きを考えることもできないし、続きを書くなどもってのほかだ」として、一九〇六年三月十三日、ジョイスは『ヒアロー』の執筆の中止を明言する (*L* II, 131-32)。

かくしてジョイスの初の自伝的小説は途絶に至った。残された原稿はジョイスからシルヴィア・ビーチ (Sylvia Beach) に託された上で――彼自身は公表に消極的だったが (Ellmann, 683) ――一九三五年にシェイクスピア・アンド・カンパニー書店から売りに出され、一九三八年にハーバード大学図書館によって購入された。ビーチはその目録に「この原稿が二十番目の出版社から拒否されて著者のもとに送り返されたとき、彼は原稿を火のなかに投げ入れてしまった。しかしその火のなかからジョイス夫人が、手を火傷する危険を冒して、何とかこれらの原稿を救済したのである」と記していたそうだが、セオドア・スペンサー (Theodore Spencer) が報告するように、残存原稿には焦げた痕跡は確認されていない (7-8)。またこのエピソード自体が、一九一一年にノーラとの諍いを発端にジョイスが『肖像』の原稿を火に投げこみ、それを妹のアイリーンが救出したという出来事と酷似しているため、どこかの段階で混同が起こった可能性がある (Gorman ,196; Ellmann, 314; *L* I, 136; Costello, 275; Connolly, 145 を参照せよ)。いずれにせよ、「炎と原稿」の逸話は伝説的な響きをもって伝播しやすいため、私たち読者はこのエピソードの信憑性について充分に注意すべきであろう。

ジョイスの死後、「五一九―九〇二」までの数字が振られた残存原稿が一九四四年にスペンサー編纂のもとジョナサン・ケイプ社 (Jonathan Cape) から『スティーヴン・ヒアロー』の名を冠して出版された。一九五〇年にはスタニスロースが保管していた二十五頁分の追加原稿、いわゆる「マリンガー・エピソード」と呼ばれる推定第十四章の部分をジョン・スローカム (John Slocum) が購入し、一九五五年にニュー・ディレクションズ社 (New Directions) が増補版を出版。追加原稿には欠落部分が多く存在していたが、幸い一九五七年にさらに五ページ分の追加原稿が見つかったことで空隙が埋められ、一九六三年に同社から改訂版が刊行された。

ここまで『ヒアロー』の執筆過程を通時的に追ってきたが、本稿にとってとりわけ重要なのは、ジョイスが弟に伝えていた「もっとよいタイトル」の存在である。この事実は歴代の伝記作者たちによってその都度指摘されてきたにもかかわらず (Gorman, 158; Ellmann, 193; Costello, 172)、その妥当性が正面から詳細に検討されることはなかった。確かに『ヒアロー』は再帰的登場人物であるスティーヴンの名を冠し、また『肖像』で言及されるバラッド「ターピン・ヒアロー」("Turpin Hero") と関連していることからも (*P* 5.1456-58)、正当な資格があるタイトルに見える。またジョイス自身が国外での境遇をみずから皮肉るときに『ヒアロー』のタイトルをほのめかしたり (*L* II, 90)、ミハイル・レールモントフ (Mikhail Lermontov) の『現代の英雄』(英題 *Hero of Our Days*) とタイトルや内容面での比較を行ったりなどと (*L* II, 111)、作者による間接的な容認も一部存在してはいる。しかしながら、書簡に残っているかぎりでは、ジョイスが『ヒアロー』のタイトルに直接言及しそれを使用したのは、そのタイトルに不満を述べたときの一回きりである。小説に言及する場合には、その進捗を伝える際の文面――"I have finished XV, XVI, XVII, XVIII, XIX, XX and XXI. I am now at Chap XXII" (*L* II, 90) ――のように章番号で呼び、全体を指す場合には「ぼくの小説」("my novel") を使うか、あるいは「ぼくの章《チャプターズ》と短篇についての批評を送ってくれ」("Send criticisms of my chapters and story") (*L* II, 78) を代表例として、小説の方に

である。"my chapters" の呼び名を当て (*L* II, 78, 87, 90, 91)、短篇の方に "story" の語を割り振っていたの

死後出版からすでに半世紀以上が経過し、『ヒアロー』のタイトルはジョイス研究の地層に深く根を張っている。しかし、それは次の問いが未だ適切に検証されてこなかったためだ。果たして実際の内容が書かれる前に提案されたタイトルと、書かれている最中に提案されたタイトルでは、どちらが読者の解釈にあたって有効なのか。以下、別案のタイトル中の三つの語句 (Chapters / Life / a Young Man) がもつ意味を探りながら、どのように新しい読みが可能になるかを具体的に見ていきたい。

二　並走する執筆――『断章《チャプターズ》』と『ダブリナーズ』

まずは「章立て」(chaptering) のシステムの歴史を簡潔に振り返りながら、新しく提案されたタイトルに含まれる「章《チャプターズ》」の意義を検討してみたい。古代からモダニズム文学の時代までの「章」の使用法の変遷を概観するニコラス・デイムズ (Nicholas Dames) によれば、その編成単位は古来、テクスト編纂者たちに用いられる、膨大な情報を分割し、どこに何があるかを読者に探しやすくする参照装置として発明された。現代ではすっかり定着している翻訳聖書の「章」の区分も、その基礎が築かれたのは十三世紀のことであり、一つにはもともとは区分のない聖書原典の参照性を教育現場において高め、もう一つには、乱立していた章区分をまとめる目的で、パリ大学の神学

者にしてのちにカンタベリー大司教にもなったスティーヴン・ラングトン (Stephen Langton) が後世にまで継承される体系化を施したのであった (Dames, 2016)。

しかし「小説」という連続した時間のなかで集中的に行われる読書行為を前提にするジャンルが登場したときに、「章」は、参照性以外の用途を多く獲得するようになる。ローレンス・スターン (Laurence Sterne) は章立てを自家薬籠中のものとした小説家の一人だが、代表作『紳士トリストラム・シャンディの生涯と意見』(*The Life and Opinions of Tristram Shandy, Gentleman*) の第四巻第十章では、「私の章に関する章」("my chapter upon chapters") (337) だとして語り手がその編成単位をそのまま脱線材料としている。スターンの諧謔は実際的な読書行為に裏打ちされており、小説に導入された「章」は緊迫感の演出や場面転換といったテクスト内部からの要請以外にも、長篇小説の長さに感じられる疲れを緩和する休止符となったり、空想を差し挟ませる幕間になったりと、読者側での便宜も果たしていた。ヴィクトリア朝では、一章を構成する平均的な語数が三五〇〇語と、十八世紀のおよそ倍にもなったというが (Dames, 2014)、小説が長くなるにつれて、こうした機能はさらなる実用性を獲得する。とくに当時の出版形式（分冊発行や雑誌連載、貸本業態と関連した三巻本の刊行スタイル）と関連することで (Lodge, 166-67)、「章」は、「巻」(book や volume)、その下位区分の「部」(part) の単位とともに物語を分割し、読者の読むスピードとリズムを調速する機能的役割を担うようになった。そして、このようにして小説内に「章」が定住したことで、歴史や人生のある段階を書物の一章になぞらえる比喩は一八四〇年代にはごくありふれたものとなっていた[2]。ウィリアム・M・サッカレー (William M. Thackeray) による全六十七章で構成された『虚栄の市――主人公《ヒアロー》のいない小説』(*Vanity Fair: A Novel without a Hero*)では、スターン流の脱線術を実践した後で、語り手は次のように述べている。

……このヴォクソール園にまつわる一章は、あまりにも短すぎて一章とは呼べないものだが、それでもやはり一章なのであり、重要な章なのだ。誰の人生にも、一見何でもないように見えて、実はその後の全人生に大きな影響を与えている小さな章 (*little chapters*) というものがないだろうか？(Thackeray, 55)〔強調は筆者〕

実にこの比喩的な用法――人生のなかの「小さな章」――が、「ヒアローのいる小説」の方でも重要な役割を果たしている。『肖像』では抜本的な再構成が図られて、全体が五章に圧縮されるが、そのことはつまり、ヴィクトリア朝の伝統に属しながら六十三章の分割を行なっていた『ヒアロー』の章が、『肖像』の「章」とは異なる役割を果たしていたことを示している。その小さく分割された章数の意味を説明するように、ジョイスは一九〇五年二月七日の弟に宛てた手紙のなかで、主人公の精神の変化は、小さな章ならぬ「小さな出来事」(“small event”)に影響されているのだと述べている(*L* II, 79)。すでに原＝『肖像』のエッセイの時点から、ジョイスは過去を外見的な特徴の変化に依拠する「鋼鉄の記念碑」としてではなく、曲線を描くように変化する過程として描こうとしていたが(Joyce, 1991, 211)、移りゆく過程への関心は小説の方でも引き継がれていたのである。となれば、先の手紙からおよそ三週間後の二十八日に提案される「若き生の断章」(“Chapters in the Life of a Young Man”)の複数形の「章」は、その「小さな出来事」の連なりが描く曲線の過程を捉えるための単位だったと考えることができるだろう。

これらの議論を踏まえ、これまで『ヒアロー』と呼んできたその小説をいま『若き生の断章』(略称には『断章《チャプターズ》』を用いる)というタイトルで読み替えてもよいだろう。訳語の選択については順次説明していくが、この実践によって『ヒアロー』と呼ばれるかぎりは決して目立つことのなかった言葉に光が当たりはじめるのである。例えば上述の二月七日の手紙をあらためて見てみれば、そこでジョイスは、『断章』の第十三章で描かれていただろう「差し招くいくつもの腕」("The spell of arms")についても触れ、その記述が「十七年間にわたる少年期から青年期のちょうど中間地点を位置づけるためだ」(*L* II, 79)と述べている。『ダブリナーズ』の意図を説明するための「四つの局面」にほぼ一致するタームが存在すること自体がそもそも驚きだが、この事実がより重要になるのは、その「四つの局面」を含むかの「意図」のなかに、いままで注意が向けられなかった「章」の語を再発見できるためである。

> 私の意図は我が国の精神史の一章 (a chapter of the moral history of my country) を書くことであり、その場面のために私はダブリンを選びました。その都市がまさしく麻痺の中心だと私には思われたためです。私は無関心な大衆に向けて、四つの局面——幼年時代、青年期、成熟期、社会生活——のもとにそれを提示しようとしました(一九〇六年五月五日の手紙; *L* II, 134)[3]

〔リチャーズの修正要求について〕私が譲歩しなかった諸々の点は、まさしくこの本〔『ダブリナーズ』〕をつなぎ合わせている点綴部です。それらを削除してしまえば、我が国の精神史の章 (the chapter of the moral history of my country）はどうなってしまうでしょうか。私はそれらを保持するために戦います。これまで私が構成してきた通り正確に私の精神史の章を構成することで、我が国の精神的開放への最初の一歩を踏み出したと信じているからです。（一九〇六年五月二十日の手紙；*L* I, 62-63）

削除してしまえばどうなるか。おそらく糸を切った本のようにバラバラに解体されてしまうのだろう。このように並走して執筆されていた『断章』と『ダブリナーズ』のどちらでも、「章」が作品全体を一つに繋ぎあわせる点綴部であり、重要な単位であったわけだが、この理解のもとで『断章』を読み返すとき、テクストのなかの言葉がまったく別様に見えてくるのである。次の引用はスティーヴンが自分は現代的《モダン》な人間だと表明したときに、友人クランリーが返す言葉である。

なあ、そんなのくだらないよ。お前はいつも現代的《モダン》がどうのって話している。地球の年齢を考えたことがあるか。自分は解放されているなんて言っているけど、俺に言わせれば、お前はまだ創世記の第一巻 (the first book of Genesis) を抜け出てもいないんだよ。（*SH* 185）

クランリーの言はまるで新しく提案されたタイトルを知っているかのようである。スティーヴン・デダラスという生を描く創世記の第一巻 (the first book) を抜け出てもいない、その中途にいる、とはすなわち、「巻」(book) より下位の区分である「章」(chapters) のなかに彼がいることを意味しているからだ。あらためて強調してもよいだろう。『ダブリナーズ』という「精神史の章」(“a chapter of the moral history”) も、「ぼくの章《チャプターズ》」(“my chapters”) の呼び名も、このクランリーの発言も、いずれも『スティーヴン・ヒアロー』というタイトルのもとでは決して脚光を浴びることがないのだ。この小説にありえたかもしれない主題を炙りだすためにも、いま一度テクストの言葉の焦点を新しいタイトルの特別な一点へと向け直してみよう。

三　ベヒーモスのなかの怪物

『断章』の大部分を占める「ユニバーシティ・カレッジ・エピソード」では、すでに信仰を失って教会を離れた主人公スティーヴン・デダラスが今後どのように国家や社会、周囲の人間と関わっていくのか、どのように大学卒業後を生きていくのかという進路の問題が描かれている。実にエピソード全体で、その青年には新聞記者や雑誌のライター (*SH* 27)、歌手 (*SH* 43, 153)、ハンドボール選手 (*SH* 157)、政府の役人の職 (*SH* 217)、ギネス醸造所の事務員 (*SH* 226)、そして大学事務員 (*SH* 227) など、さまざまな才能や生計術、就職の道が示される。家族からも「すぐにでも収入を見込めるきちんとした地位に就」いて一家を支えてほしいとの期待をかけられ (*SH* 49)、父親のサイモンからは、詩にかまけたり、ボヘミアン的な生き方をするのではなく、実際的な職業に向かえと説教を受けている (*SH* 217)。しかしスティーヴンはそうした外部からの世話には冷淡な態度を取り、彼の信じる芸術に情熱を注ぎ、その時々の「敵」(検閲を行う学長、芸術を解しない周囲の大学生、偏狭なナショナリスト、まっとうな道を望む両親や友人たち) に自分の意見をぶつけ返していく。残存している章のストーリーを概略的にまとめれば、芸術へ傾倒するスティーヴンの熱狂的な意見の表明と、それを嘲笑し、たしなめる周囲の人間たちの温度差、くわえて、この「〔どういう進路を歩むかわからない〕疑わしい未来をもつ青年」(*SH* 204) を冷笑的に俯瞰し、とはいえ時に昔を抒情的に回顧する、少しだけ歳月を経た自伝的小説の語り手との距離感が描かれている（ジョイスはこの自伝的小説の最後に "*Stephanus Daedalus Pinxit*" と署名するつもりだった [*MBK*, 244]）。本節では、青年スティーヴン・デダラスの生き方とその意見が新しく提案されたタイトルと密接に関係していると考え、主人公が用いる life という言葉の特異な語法と、彼自身がもつ情熱と若さの問題を接続して考えてみたい。

スティーヴンが自身の生き方をもっとも饒舌に表明するのが、第十八章から第十九章にかけて描かれる、文学歴史協会のために用意した論文「劇と生」("Drama and Life") である。大学生ジョイスが一九〇〇年一月に同協会で発表した論文と同一タイトルだが、『断章』の方で描かれる内容は、語り手の冷笑を交えて部分的に知らされ、随所に一九〇〇年から一九〇四年にかけて書かれた評論や美学論が散りばめられている。とはいえ双方には共通点がいくつもある上、本稿にとってはとくに重要なことに、『断章』の「劇と生」はその完成直後に「芸術と生」("Art and Life") という別タイトルを提案されるのである (*SH* 81)。

スティーヴンは論文の完成後、当時のアナーキストたちの行動を意識してか、「ぼくの最初の爆弾だ」(*SH* 81) と称して友人に見せたり、母親の前で読みあげるなどして、周囲の反応を探る。母親は息子の芸術への傾倒を真正面から批判することはなく、懐柔するようにいくばくかの関心を示す。しかし彼女が結婚生活を「私はそれなりお父さんとの幸せな生活 (happy life) を送っていますよ…でもときどき、こういう実際的な生活 (actual life) から離れて、〔芸術作品に触れることで〕別の人生に入っていけたら、なんて思ったりはするのよ…ちょっとのあいだだけだけど」(*SH* 85-86) と、芸術も時には有用になる旨を述べると、これに息子が激しく反発する。

> 芸術というのは life から逃避することじゃない！　その正反対だよ。芸術は、それとは反対で、life のまさしく中心的な表現なんだ……芸術家は自身の life の充溢をもって、肯定し、創造をするんだよ。(*SH* 86)〔中略は筆者〕

彼らの芸術観と人生観が対立するのも無理はない。そもそもスティーヴンが提示する life の意味が、母親の言う「生活」や「人生」といったニュートラルな意味を大きく逸脱しているからだ。後述するように、彼の言う life は、その時々で別の語句や概念――“passion,” “fervor,” “drama,” “youth,” “egoism,” “vivisection,” “in action” ――と密接に結びつきながら、外部に対して抵抗と防衛の所作を見せる、「スティーヴンの小宇宙」(*SH* 34) に属しているのである。

『肖像』のスティーヴンは仮に聖職に身を捧げた場合、「厳粛で規律正しい、情熱なき生活 (passionless life)、物質的な心配のない生活」が待ち受けていると想像しているが (*P* 4.478-81)、『断章』の主人公が考える life もまた、「情熱」に相当する言葉と頻繁に共起する。しかし詩的な流麗さのなかで紡がれる『肖像』の情熱と比べると、『断章』のそれは文字通り暑くるしく、泥くさくすら思えるかもしれない。例えば芸術に打ちこむスティーヴンの心的状態については「以前のいかなる熱情 (fervors) も、現在の彼が全身全霊をもって捧げている熱情にはおよばなかった」

とあり (*SH* 32)、他の作品には類例がないストレートな熱量が前景化されている。その溢れ出るエネルギーは貪欲な言葉の収集や詩作、芸術への取り組みに昇華されていたわけだが、それでも、「スティーヴンのなかの怪物 (the monster in Stephen) は最近彼に思ってもみない行動を起こさせ、外部からほんの少しの挑発でもあれば、いつ血が流れてもおかしくはなかった」(*SH* 29) とあるように、それはまさしく怪物的なまでの激情であった。本論にとっては特筆すべきことだが、この「ベヒーモス」と呼ばれた草稿には、ダブリンという汚泥のなかに住まう、もう一匹の怪物が存在していたのである。

> 彼〔スティーヴン〕は青年にありがちなうわべだけの精神で芸術に関わったわけではなく、森羅万象の有意義な核心部へと突入を試みたのだった。彼は人類の過去へと遡り、プレシオサウルスが汚泥の海から姿を現わすのを見るかのように、まさに生まれ出んとする芸術を垣間見た。それはまるで、あらゆる歌に先立つ素朴な恐怖や喜び、驚きの声やオールを漕ぐ男たちの未開の律動を聞くかのように、ダ・ヴィンチやミケランジェロが継承した、荒々しいなぐり書きや未だ空間に固定されていない神々を目の当たりにするかのようだった。(*SH* 33)〔強調は筆者〕

この怪物の熱狂はその口から溢れ出るほどの量として描かれる。例えば、その怪物の声なのか、スティーヴンは「一人になれ」(*SH* 30) という命令に応じて街の往来をうろつき、時に〔意味ありげな語彙で〕「絶叫の声」("ejaculations") をあげることで、「彼の希望に燃える熱情」を放出する (*SH* 30-31)。また、無名の女性に捧げられた詩を書きあげた後にも、彼の孤独が誘発する「若者がもつ情熱の熱狂的爆発」(*SH* 37) の可能性がほのめかされている。おそらく彼の情欲とも結びついているのだろうが、「大学の抑圧的な生活《ライフ》」から逃れて街を歩き、未だ見ぬ女性との邂逅を想像するときには、情熱的に "life" を叫ぶ彼の内面の声も描かれている——「そうだ！　そうなのだ！　life とはぼくがかんがえるようなものなのだ！」("he would cry passionately, 'It is so! It is so! Life is such as I conceive!'") (*SH* 37-38)。ほとんど異様にも思えるスティーヴンの振る舞いはその他多くの事柄と同時に語られるためにいくらか目立ちにくくなっているが、その熱さは紛れもなく新しく提案されたタイトルと共鳴し、現われつつある主題を指差している。

上記の議論からも、タイトルに含まれる life の訳語には、情動的な側面を強調でき、かつ生気論的な含意をもつ〈生《ライフ》〉がふさわしいと考えられる。またそれに応じて、伝統的に「劇と人生」("Drama and Life") と訳出されてきたタイトルを「劇と生」と認識する必要があるだろう。実にジョイスは論文の冒頭で劇と生の関係は「きわめて活力に満ちた《ヴァイタルな》性質」(Joyce, 2006, 23) でなければならないとし、その関係性を「情熱」のタームを用いて定式化している——「劇によって私は、真実を描こうとする情熱の相互作用を言おうとしている。劇はどのように展開されようと、相克であり進化であり、また運動である。それは形を成す以前に、独立して存在するのである」(Joyce, 2006, 24)。ここでジョイスは生と同様、〈劇〉を固有の概念として用いている。[4] 彼の説明によれば、〈劇〉は人間が生を享けたときから精霊のように浮遊しており、人間の生に固有の、原始以来内在する芸術意欲や衝動の必要性から「自発的に生じて、常に生と共起・共存する」(Joyce, 2000, 26) という。しかし、静的な形式や伝統に閉じこめようとすると、〈劇〉はそこを逃げ去ってしまい、かつ生とヴァイタルな関係を結ぶために芸術家の激しい情熱を必要としていることから、情熱と劇と生の躍動的なエコノミーのためには、芸術意欲を胚胎している当の芸術家の生それ自体が抑圧されてはならない。仮にあるとすれば、その抑圧を行使するエージェントこそが批判・排除される対象となる。

一方、第十八章で縷々展開されるスティーヴン版「劇と生」でも、同様のエコノミーが描かれている。彼は「芸術によって生み出された文学的なイメージと、それを構想し成形したエネルギーである芸術家——意識的な再演を行う特別な生の中心にいる芸術家——との間に内在しているに違いない関係」(*SH* 77) を説明しようとする。そして彼に独特の議論のなかで、「その時代の生」と誰よりもヴァイタルな関係をもつことができる芸術家である詩人こそが、その生の中心にあって、「生きる力」を与えることで時代の「活性化」(vivification) を行ない、不断の肯定を行う存在になるのだと説いている (*SH* 80)。かなり込み入った理論だが、彼が母親に述べたより簡潔な説明と確かに一致する内容である。

〈生〉への強い関心は、とある時期的な符合にも見てとれる。『ヒアロー』から『断章』へのタイトルの変更は一九〇五年二月末に提案されたが、いま述べた第十八章はその翌月の三月に書かれ、まさにそのなかで、「劇と生」のタイトルが「芸術と生」に変更される必要性が記されるのである ("When he finished it he found it necessary to change the title from 'Drama and Life' to 'Art and Life.'" [*SH* 81])。書き進めるうちに内容がタイトルに合わなくなる事態が、たった一か月のうちに、ジョイスの小説とスティーヴンの論文の二つにおいて起こり、そこで〈生〉への関心が共鳴していることは、『若き生の断章』というタイトルの正当性をより強く裏書きするものであろう。

　スティーヴンがかくまで〈生〉にこだわる理由は、まさしく「若き生のなか」("in the Life of a Young Man") にある。「収入を見込めるきちんとした地位」に就くことを求められていたスティーヴンは、そのような忠告を無視して自分の活動に専念するが、その活動に不可欠なのが、彼自身の若さであった。

> 彼は若さの一瞬一瞬 (the moment of his youth) がきわめて貴重であり、つまらない機械的な努力のなかで無駄にすることなどできないと感じており、どのような結果を生もうと、彼の目的を最後まで完遂しようと決意した。家族は彼にすぐにでも収入を見込めるきちんとした地位に就き、彼らの現状を救ってくれることを期待したが、その期待に応えることはできなかった。スティーヴンは彼らの意向に感謝した。そのことがはじめて彼をエゴイズムの塊にしたからだ。彼は自分の生がきわめて自己を中心としたものになったことをうれしく思ったが、一方で、延期してしまえば致命的になる活動があるとも感じていた。(*SH* 48-49)

スティーヴンは「一人になれ」(*SH* 30) と命じる声に従って、「孤立することは芸術的エコノミーの第一原理」だとして他者との関わりを断ち (*SH* 33, 38)、みずから「救済者」と呼ぶエゴイズムによって生の中心に自己を据え、「彼自身にすべてが収斂するように、彼の小宇宙のなかの行為と思想を考えた」(*SH* 34)。しかし、こうして青年がつくりあげた小宇宙、その「システマチックなエゴイズム」(Rabaté, 54) の牙城は確かに外部からの侵入を阻めたのかもしれないが、その内側から亀裂が入り、穴が空き、ついには崩壊する要因があった。永遠には続かない、彼自身の有限の若さである。上述の引用中にある「延期してしまえば致命的になる」という焦燥は、数章離れた先でやはり若さの問題と結びつき、棄教を思いとどまらせ彼の小宇宙への侵入を試みるクランリーに対する抗弁においてより露わになる。

きみはぼくにlifeを延期しろと言っているんだよ――いつまでだ? lifeとはいまなんだ――これがlifeなんだ。もしそれを延期したらぼくは二度と生きられないかもしれない。堂々と地上を歩き、偽ることなく自分を表現し、自身の人間性をそのまま認めるんだ。熱狂的になって話している(rhapsodise)なんて考えないでくれ。ぼくは大真面目だ。ぼくは魂からこれを話している。(*SH* 142)

この強い負荷を帯びている言葉「lifeとは現在《いま》なんだ――これがlifeなんだ」("Life is now―this is life")は、生や命、人生や活動、いずれの意味にも単一には還元できない、その青年がもつ現在《いま》の衝迫的な強度のなかで発話されており、彼が死守しなければならない対象すべてを意味できる、ほとんど万能の語になっている。

この後、かけがえのない現在《いま》と失われていく若さへの不安が入り混じったスティーヴンの〈生《ライフ》〉は、ある死の体験によって、実存的な認識のなかでより強く握りしめられる。伝記的には弟ジョージーに起こった出来事であり(腸チフスから合併した腹膜炎により一九〇二年に十四歳で死去)、ジョイスがエピファニー集に記録していた文面を、『断章』の第十九章で、自宅での療養のため一時的に修道院から帰ってきた病弱な妹イザベルに移し替えたものである。第二十一章の終わりで、血相を変えた母親がスティーヴンの前に現われ、「何かが出てくるのよ、穴から、イザベルの…お腹から…」(There's some matter coming away from the hole in Isabel's ... stomach...)（*SH* 163）という様態を報告する。スティーヴンが「どういうこと？…どの穴？」と聞くと、母親は「穴よ…誰もがもっている穴よ…ここ」(163)[5]と告げる。真夜中を過ぎ、ついに息をひきとった妹の死体を見ながら、強い自己意識と芸術への情熱をうちに秘めた青年は、延期することのできない生を、有限にして有形の生を痛感する。

> スティーヴンは、彼の妹の生の虚しさを痛烈に感じた。彼女のためにもっと何かしてあげることもできただろう。もっとも、彼女はほとんど他人も同然だったけれど。彼女が横たわって死んでいる様を見るのはつらかった。いま彼にとって命《ライフ》は一つの贈り物に思えた――〈私は生きている〉(I am alive) という言明は彼にとって十分な確実性を含み、他の疑い得ないとされている多くの事柄は不確かに思えた。妹は生きたという事実以上のことをほとんど享受せず、その特権をわずかしか、あるいは、まったく何も得ることはなかった……彼の目の前に横たわる憔悴し切った肉体はお情けのようにしてそこに存在していた。（*SH* 165）〔中略は筆者〕

トマス・E・コノリー (Thomas E. Connolly) は「イザベルの死と埋葬の出来事それ自体でスティーヴンの成長に貢献しているものは何もない」と片付けているが (1959, 306)、その判断はいまや修正が必要になるだろう。このとき青年は「私は生きている」(I am alive) と実際に言えることがすなわちいま生きていることを証明する、存在できていることの奇跡を知る[6]。気まぐれに顔を出しては冷笑を差し挟む語り手が介在する隙間はここにはない。代わりに、死者を前に自分が生きている驚きに打たれた青年の漲《みなぎ》るような確信が、それが語られている時間と空間をしかと満たしている。そしてこの気づきこそ、先に述べた「活性化」(“vivification”) (*SH* 80) や、すぐのちに語られる「生体解剖」(“vivisection”) の精神 (*SH* 186)、すなわち「現にいま活動／躍動／脈動している」(“in action”) あり方と合わせて (*SH* 186, 212) ——「不活発な哀れみ」(“inactive pity”) (*SH* 127) や「意思の半身不随」(“hemiplegia of the will”) (*SH* 194) といった動きをとめてしまう様態と対を成す——この小説における若き生の主題を指差していよう。

イザベルの死と埋葬は印象的な箇所として頻繁に引き合いに出されるが (Peake, 57-58; 戸田、六十五)、とくにパロディストとしてのジョイスの技法を知悉する者は、上記のあまりにもまっすぐな一節に少なからぬ当惑を覚えるだろう。以後、その作家は二度とこうした類の語りを残していないからだ。複数の視線が常に介在し、巨大で多端のネットワークに接続された『ユリシーズ』のような世界で、情熱と焦燥に突き動かされた生を飼いならすことなど叶うはずもない。おそらくジョイスはいつかどこかの段階で、目をつむって見切りをつけ、彼のなかの〈ベヒーモス〉を殺したのである。

おわりに

ケナーは『若き日の芸術家の肖像』についての論文で、「その作品のタイトルがうまくできているのは、〔小説のなかで描かれた〕当の芸術家はその肖像を描いた存在と同じであるとは確約してはいない点だ」と述べているが (Kenner, 1965, 349)、この犀利な洞察も『断章』のタイトルには通用しない。ジョイスが後に『断章』を恥じて「学生の作文」と呼んだことにも表われているが (Spencer, 8)、『断章』が特異なのは、大学生の二年生の主人公と、大学を卒業して二年後にそれを書きはじめた作者の年齢が近すぎることにあるからだ。他の自伝的作品を考えてみても、例えば『断章』がそのタイトルの一部を負っているであろう自伝的小説『ある青年の告白』(*Confessions of a Young Man*) では、作者ジョージ・ムア (George Moore) は、最終章にて青春を回顧的に謳歌した後、青年読者層に向け、「私が若くあったようにきみたちも若くあれ、私が愛したように若さを愛せ」と告げ (271)、若かった自分を対象化できるほどの時間と自我の距離を確保している。本稿第二節で取りあげた『トリストラム・シャンディ』に至っては、語り手が自分の生について語れば語るほど時間が経ち、ますます主人公との年齢差が離れていく。ところが『断章』の場合、章を重ねれば重ねるほど、自我と年齢の両面において、現在の自分とは異なるはずの、異ならなければならない存在が近づいてくる。どこかで距離を空け、遠ざけ、切断しなければならない。この意味で、『断章』は若き芸術家による若き芸術家の肖像という不可能なプロジェクトであったのかもしれない。

しかし、この小説は『肖像』のような完成された作品にはありえない主題を可能にしつつある。それは『スティーヴン・ヒアロー』というタイトルではありえないような、『若き生の断章』というタイトルの進行中の作品のなかでしかありえない、作者が死んで未完に終わったはずの物語がいまでも変化をつづけ、その脈動を伝える——本来は呈示不可能な——なまの〈生〉の呈示である。現にスティーヴンの現在《いま》という時間への信仰と若さゆえの焦燥、その情熱と生の脈打つ関係の諸要素が、タイトルという特別な一点に向けて調整されるとき、ページ上には何か途方もないものになろうとしている、いまも生きている〈ベヒーモス〉が姿を現わすはずである。もちろんその姿を見るためには、別の息吹が不可欠だ。物語が言うように「火を熾すのも一種の芸術《アート》」(*SH* 28) だとすれば、その種火を炎へと変えられるのは他でもない、そのつど言葉に新たな〈生〉を吹きこむことができる、私たち読者の息吹である。

付記

本稿は、二〇一五年六月二十日に開催された日本ジェイムズ・ジョイス協会・第二十七回大会（於関西学院大学）での研究発表「ジョイスのベヒーモス『若き生の断章』—— *Stephen Hero* と *Chapters in the Life of a Young Man*」および拙論「芸術と生と情熱の〈エゴシステム〉——ジェイムズ・ジョイスの『若き生の断章』」(*Joycean Japan*, no. 27、二〇一六) の内容に、大幅な修正と加筆を行って改稿したものである。

注

(1)『ヒアロー』の章番号に言及する場合は、編者スペンサーによる第十八章以降の誤った割付を修正し、また存在しない第二十六章を含めずに、十八章以降をニューディレクション社版のページ数で——XVIII: pp. 69-98; XIX: pp. 99-121; XX: pp. 122-43; XXI: pp. 144-63; XXII: pp. 164-80; XXIII: pp. 181-99; XIV: pp. 200-18; XV: pp. 219-34 ——と改める。

（2）Dames, 2014を参照。「我が国の精神史の一章」と同じ本に収録されているかは不明だが、『肖像』のデダラス氏もアイルランドの民族史を語る際にこの比喩を用いている——「われわれは司祭に支配された不幸な民族なんだ。これまでもそうだったし、これからもそうだよ、おしまいまで、ずっとな」("We are an unfortunate priestridden race and always were and always will be till the end of the chapter." [*P* 1.1075-76])。

（3）アイルランドの「精神史」についてはこれまで、ギュスターヴ・フローベール (Gustave Flaubert) が『感情教育』(*L'Éducation sentimentale*) に充てたコンセプトからの借用だと考えられてきた (Baron 57-58; Attridge and Fogarty, 98)。しかし、もう一つの可能性にはムアの『ある青年の告白』の一節が考えられる——「ヘンリー・ジェイムズは間違いなく人生のある時に、こう言っただろう——ツルゲーネフがロシアの精神史 (moral history) を書いたように、私はアメリカの精神史を書こう、と。ジェイムズは直接に借り受け、その借り受けたものを理解していたのだ」(Moore, 194)。

（4）ジョイス特有の〈劇〉の概念については、エピファニーの美学との関連から論じた金井論文（二〇一七）を参照のこと。

（5）『エピファニー集』にはジョイスの母親が苛立つ態度と、穴の所在を口にすることなく指をさすジェスチャーの記述が含まれているが (Joyce, 1991, 179)、それらは『断章』では変更／省略されている。「穴」については、臍とみる以外にも、母親の遠回しな言い方から、肛門を指すという見方もある。Rabaté, 79-80; Mamigonian and Turner, 446; Jackson and Costello, 237-38を参照せよ。

（6）この解釈は瀬尾育生が『純粋言語論』のなかで「私は生きている」という言表を例に、「存在の語り出しとしての言語」——そうであるがゆえにそう語られていることを、そうであったと遡行的に気づく——を説明する仕方から多くの示唆を得ている。スティーヴンの「私は生きている」という言表の底は、瀬尾が言うような「ここに言葉があること自体への驚き、躓き」に接しており、発話後から遡行的にその奇跡的な確実性が発見されている（一七二—七七）。

引用文献

Attridge, Derek and Anne Fogarty. “Eveline at Home”: Reflections on Language and Context.” *Collaborative Dubliners: Critical Dialogues on Joyce's* Dubliners, edited by Vicki Mahaffey, Syracuse UP, 2012, pp. 89-107.

Baron, Scarlet. *Strandentwining Cable: Joyce, Flaubert, and Intertextuality*, Oxford UP, 2012.

Budgen, Frank. *James Joyce and the Making of* Ulysses *and Other Writings*, Oxford UP, 1972.

Burgess, Anthony. “What's All About.” Introduction. *A Shorter* FinnegansWake, edited by Burgess, Viking Press, 1967, pp. 7-24.

Connolly, Thomas. “*Stephen Hero* Revisited.” Milton, pp. 306-12. Originally published in *James Joyce Quarterly*, vol. 3, no. 1-2, 1959, pp. 40-46.

———. “*Stephen Hero.*” *A Companion to Joyce Studies*, edited by Zack Bowen, Greenwood, 1984, pp. 229-53.

Costello, Peter. *James Joyce: The Years of Growth 1882-1915,* Kyle Cathie, 1992.

Dames, Nicholas, “The Chapter: A History.” *The New Yorker Online*, 29 Oct. 2014, www.newyorker.com/books/page-turner/chapter-history/.

———. “The Chapter in Western Literature.” *Oxford Research Encyclopedia of Literature*, edited by Paula

Rabinowitz, Oxford UP, 2016, doi: 10.1093/acrefore/9780190201098.013.15.

Eglinton, John. "The Beginnings of Joyce." *Irish Literary Portraits*, Macmillan, 1935, pp. 131-50.

Ellmann, Richard. *James Joyce*, rev. ed., Oxford UP, 1982.

Gabler, Hans Walter. "The Seven Lost Years of *A Portrait of the Artist as a Young Man*." *Approaches to Joyce's Portrait: Ten Essays*, edited by Thomas F. Staley and Bernard Benstock, U of Pittsburgh P, 1975, pp. 25-60.

Gorman, Herbert. *James Joyce,* 1939, Rinehart, 1948.

Jackson, John Wyse and Peter Costello. *John Stanislaus Joyce: The Voluminous Life and Genius of James Joyce's Father*, Fourth Estate, 1997.

Joyce, James. *Letters of James Joyce*, edited by Stuart Gilbert, vol. 1, Faber, 1957.

———. *Letters of James Joyce*, edited by Richard Ellmann, vol. 2, Faber, 1966.

———. *Occasional, Critical, and Political Writing*, edited by Kevin Barry, Oxford UP, 2000.

———. *A Portrait of the Artist as a Young Man: Authoritative Text, Backgrounds and Contexts, Criticism*, edited by John Paul Riquelme, W. W. Norton, 2007.

———. "A Portrait of the Artist." *James Joyce: Poems and Shorter Writing: including* Epiphanies, Giacomo Joyce *and* 'A Portrait of the Artist," edited by Richard Ellmann, A. Walton Litz, and John Whittier-Ferguson, Faber and Faber, 1991.

———. *Stephen Hero*, edited by Theodore Spencer, John J Slocum, and Herbert Cahoon, New Directions, 1963.［海老根宏訳『スティーヴン・ヒアロー』(『筑摩世界文学大系 六十八——ジョイス二 オブライエン』筑摩書房、一九九八年）所収；永原和夫訳『スティーヴン・ヒーロー：「若い芸術家の肖像」の初稿断片』(松柏社、二〇一四年)］

Joyce, Stanislaus. *The Complete Dublin Diary of Stanislaus Joyce*, new ed., edited by George H. Healey,

Cornell UP, 1971.

Kenner, Hugh. *Dublin' s Joyce*, Chatto and Windus, 1955.

———. "Joyce's Portrait: The Reconsideration." Joyce, *Portrait*, pp. 348-61. Originally published in *University of Winsor Review*, vol. 1, no. 1, 1965, pp. 1-15.

Lodge, David. "Chapters etc. (Tobias Smollett, Laurence Sterne, Sir Walter Scott, George Eliot, James Joyce)." *The Art of Fiction*, Penguin Books, 1992, pp. 162-68. ［柴田元幸・斉藤兆史訳『小説の技巧』白水社、一九九七年、二三一―二九頁］

Mamigonian, Marc A. and John Noel Turner, "Annotations for *Stephen Hero*." *James Joyce Quarterly*, vol. 40, no. 3, 2003, pp. 347-518.

Milton, Colin, editor. *James Joyce* (Critical Assessments of Major Writer), Routledge, 2012.

Moore, George. *Confessions of a Young Man*, Bernhard Tauchnitz, 1905.

Peake, C. H. *James Joyce: The Citizen and the Artist*, Stanford UP, 1977.

Prescott, Joseph. "James Joyce's *Stephen Hero*." Milton, pp. 296-305. Originally published in *Journal of English and Germanic Philology,* vol. 53, 1954, pp. 214-23.

Rabaté, Jean-Michel. *James Joyce and the Politics of Egoism*, Cambridge UP, 2001.

Simpkins, Scott. "The Agency of the Title: *Finnegans Wake*." *James Joyce Quaerterly*, vol. 27, no. 4, 1990, pp. 735-43.

Spencer, Theodore. Introduction. Joyce, *Stephen*, pp. 7-18.

Sterne, Laurence. *The Life and Opinions of Tristram Shandy, Gentleman*, edited by Melvyn New and Joan New, vol. 1, UP of Florida, 1978.

Thackeray, William Makepease. *Vanity Fair: A Novel without a Hero*, edited by Geoffrey and Kathleen Tillotson, U of London, 1963.

金井嘉彦「沈黙の美学へ――ジョイスの『この人を見よ（エッケ・ホモ）』論に見る〈劇〉とエピファニーの埋葬」『言語文化』第五十三巻、二〇一七年、十七―三十四頁。

鈴木幸夫「ジョイスの『スティーヴン・ヒアロウ』」『文学者』第四十号、一九五三年、六五―七三頁。

瀬尾育生『純粋言語論』五柳書院、二〇一二年。

戸田勉「『スティーヴン・ヒアロー』――肖像への変容――」山梨英和短期大学紀要第十九号、一九八五年、六十二―八十頁。

Jackson, John Wyse and Peter Costello, *John Stanislaus Joyce: The Voluminous Life and Genius of James Joyce's Father.* Fourth Estate, 1998.

Joyce, James. *Occasional, Critical and Political Writing*. Edited by Kevin Barry, translated by Conor Deane, Oxford UP, 2000.

———. *A Portrait of the Artist as a Young Man: Authoritative Text, Backgrounds and Contexts, Criticism*. Edited by John Paul Riquelme, Norton, 2007.

———. *Ulysses*. Edited by Hans Walter Gabler, with Wolfhard Steppe and Claus Melchior, afterword by Michael Groden, The Bodley Head, 2007.

Laing, Victor. Interview. By Conor Kostick. *History Ireland*, vol. 11 no. 2, 2003, www.historyireland.com/20th-century-contemporary-history/mentioning-the-war-the-bureau-of-military-history/. Accessed 31 August 2018.

Morrison, Eve. "Bureau of Military History Witness Statements as Sources for the Irish Revolution." The Bureau of Military History Collection, 1913-1921, www.bureauofmilitaryhistory.ie/files/Bureau_of_Military_witness_statements%20as_sources%20for_the_Irish%20Revolution.pdf. Accessed 31 August 2018.

National Library of Ireland. Department of Manuscripts, Joyce Papers 2002, MS 36,639/3, MS 36,639/7/A, catalogue.nli.ie/Collection/vtls000194606?recordID=vtls000357771. Accessed 31 August 2018.

Passerini, Luisa. "Memories between Silence and Oblivion." *Memory, History, Nation: Contested Pasts*, edited by Katherine Hodgkin and Susannah Radstone, Transaction, 2006, pp.238-54.

Portelli, Alessandro. "What Makes Oral History Different?" *The Oral History Reader*, 3rd ed., edited by Robert Perks and Alistair Thomson, Routledge, 2006, pp.48-58.

Rickard, John S. *Joyce's Book of Memory: The Mnemotechnics of* Ulysses. Duke UP, 1999.

Ritchie, Donald A. *The Oxford Handbook of Oral History*. Oxford UP, 2011.

Thompson, Paul. *Voices of the Past: Oral History*, 4th ed. Oxford UP, 2017.

Yoneyama, Lisa. *Hiroshima Traces: Time, Space, and the Dialectics of Memory*. U of California P, 1999.

Works Cited

"anecdote, n." *OED Online*, Oxford University Press, July 2018, www.oed.com/view/Entry/7367. Accessed 29 September 2018.

Barrett, Louise. *Beyond the Brain: How Body and Environment Shape Animal and Human Minds*. Princeton UP, 2011.

Bureau of Military History. B[ureau of] M[ilitary] H[istory] W[itness] S[tatement]. www.bureauofmilitaryhistory.ie/.

Budgen, Frank. *James Joyce and the Making of 'Ulysses', and Other Writings*. Oxford UP, 1972.

———. *Myselves When Young*. Oxford UP, 1970.

Cheng, Vincent J. *Amnesia and the Nation: History, Forgetting, and James Joyce*. Palgrave, 2018.

Clark, Andy, and David J. Chalmers. "The Extended Mind." *Analysis*, vol. 58, no. 1,1998, pp.7-19.

Crowley, Ronan, and Dirk Van Hulle. Introduction. *New Quotatoes: Joycean Exogenesis in the Digital Age*, edited by Ronan Crowley and Dirk Van Hulle, Brill, 2016, pp.1-10.

Doyle, Jennifer, et al., editors. "An Introduction to the Bureau of Military History 1913-1921." The Bureau of Military History Collection, 1913-1921, www.bureauofmilitaryhistory.ie/files/An_Introduction_%20to_the_Bureau_of_Military_History.pdf. Accessed 31 August 2018.

Ellmann, Richard, *James Joyce*, revised ed., Oxford UP, 1983.

"'Fenians." *The Encyclopaedia Britannica*, 11th ed., vol.10, 1910, p.254.

Ferriter, Diarmaid. "'in such deadly earnest.'" *The Dublin Review*, vol. 12, 2003, thedublinreview.com/article/in-such-deadly-earnest/. Accessed 31 August 2018.

Gibson, Andrew. *The Strong Spirit: History, Politics and Aesthetics in the Writings of James Joyce 1898-1912*, Oxford UP, 2013.

"Guide to the Bureau of Military History." The Bureau of Military History Collection, 1913-1921, www.bureauofmilitaryhistory.ie/about.html/. Accessed 31 August 2018.

Hart, Clive. *Structure and Motif in* Finnegans Wake. Northwestern UP, 1962.

Hulle, Dirk Van. *James Joyce's 'Work in Progress': Pre-Book Publications of* Finnegans Wake *Fragments*. Routledge, 2016.

memory and official, syncretic, objective big-H History. The historian Allessandro Portelli describes memory as "not a passive depository of facts, but an active process of creation of meanings" (54). The collapsed dichotomy of subjective/objective memory that lies beneath the surface of the printed text shows how for Joyce, the memory of Fenianism was never a passive depository of facts—whether accessed from his own head or from the pages of an encyclopaedia—but rather an active process of creation of meanings situated at precise historical moments. Just as the still-present realities of post-Civil War politics deeply impinged on the BMH's witness statements, the historical pressures of post-1916 politics in Ireland must surely have weighed on Joyce as he (re)composed his memories of radical Irish nationalism.

Notes

1. For a more detailed analysis, see Hulle.
2. B[ureau of] M[ilitary] H[istory] W[itness] S[tatement] 156 (Seumas [Seamus] Robinson), p.3. All subsequent references will be cited parenthetically.
3. This didn't, however, stop witnesses talking about it. As Eve Morrison points out, about seventeen per cent of statements covering events after 1917 discuss the Civil War (6).
4. For a more detailed analysis, see Cheng.
5. Those who directly mention the "fireside" as a place where nationalist history was recounted include: BMHWS 992 (Denis Noonan); 1151 (Patrick J Luddy); 1211 (John O'Connell); 1239 (Daniel McCarthy); 1462 (Sean Moroney); 1497 (Joseph McCarthy); 1502 (William Crowley); 662 (Michael F Heslin); 1665 (Edward Neville); 907 (Laurence Nugent).

recollection. It supports a view of human memory as being "as dependent on the context of the present as on the past" (Rickard, 10). It is quite possibly significant, then, that Joyce began compiling his Fenian notes in precisely October 1917. As well as 1917 being the fiftieth anniversary of the 1867 Fenian Rising, October 1917 marks the point where the pre-1916 Rising moderate and monarchist Sinn Féin party that Arthur Griffith founded in 1905 was transformed into an openly republican organization with Éamon de Valera as its president (replacing Griffith). The party convention of October 1917 explicitly committed the party to the goal of achieving an Irish republic. Over the course of the following year, Irish opinion swung decisively in favour of this republican Sinn Féin party that would go on to crush the Parliamentary Party in the December 1918 elections. If the events of late 1917 have any bearing on these notes, it is surely connected to this resurgence of Fenianism in Irish politics, a resurgent "flame of vengeance" (*U* 3.248).

Although Joyce's notes tended to undergo a radical decontextualization while they were being compiled, I would argue that the context or timing of their gathering is nevertheless worth consideration and is not without significance. Joyce intertwines his personal Irish memory of Fenianism with an impersonal British record at an historical moment of unravelling, suggesting a form of interdependence amid irreconcilable declarations of independence. Ellmann argued that Joyce "recomposed from memory", but what these notes show is that from quite early on Joyce was adding to that process of recomposing memories from *beyond the brain*, as it were. In the process of (re)composition, Joyce deliberately collapses the distinction between subjective

pointed out, "notes are anything but unequivocal data; they require critical inference, conjecture, and pattern detection" (9). Nevertheless, for these particular Fenian notes, even more striking than the lack of clear purpose is the lack of any requirement where memory is concerned: that is, if we understand note-taking primarily as a memory aide. In this instance, it's especially hard to understand these notes as memory aides because Joyce actually *corrects* the *EB*. In its account of the Clerkenwell explosion, the encyclopaedia fails to cite *Colonel* Richard Burke's military ranking (Burke was a colonel in the Union Army during the American Civil War). In his notes, however, Joyce restores him to his proper rank by adding "Col." and, in doing so, demonstrates just how well he already knew this history and how little need he had for the *EB* as a memory aide.

CONCLUSION

To rephrase my original question, then: why did a writer so familiar with and sympathetic to the Fenian tradition feel the need to supplement those formative memories with notes gleaned from the *EB*, a considerably hostile source of information? Why turn to an encyclopaedia and not an encyclopaedic memory? Why borrow Otto's notebook?

There are a number of possible approaches to this question, but I'm going to settle on one: timing, or context. As mentioned earlier, the contradiction of the Irish Civil War being both present and absent, remembered and forgotten, in the statements given by witnesses to the BMH indicates, among other things, the primary importance of context and place at the point of

of the notes going into this early draft of "Proteus" in late 1917. Its pages include notes under various subject headings (hence it is sometimes called the Subject Notebook), such as: "Simon", "Leopold", "Stephen", "Irish", "Jews". Under the "Irish" heading, we can find a short set of notes that Joyce compiled using the *EB* concerning the Fenians and the Clerkenwell incident. The following is a transcript of the relevant notes:

> Clerkenwell (1867) Col. Richard Burke, Gladstone disestablished protestant church, 12 killed, 120 wounded, Michael B—hanged: Le Caron (Eng spy) inspects Irish repub. troops in America distributed 15000 [stands] of arms for invasion of Canada, dispersed by 1st volley. (MS 36,639/3)

The corresponding entry in the *EB* states that in 1867, Richard Burke had been employed by the Fenians to purchase arms but was arrested and imprisoned in Clerkenwell prison. An attempt to free him while he was awaiting trial by blowing up the wall of the prison caused the deaths and injuries Joyce records (too much gunpowder had been used). Michael Barrett was subsequently hanged and, as the *EB* put it, the incident "powerfully influenced W. E. Gladstone in deciding that the Church of Ireland should be disestablished as a concession to Irish disaffection". Meanwhile, Le Caron, a "secret agent of the English government", had infiltrated the Fenians in America and their 1870 raid into Canada proved "a failure not less rapid or complete than the attempt of 1866" ("Fenians").

The exact purpose of the notes is somewhat unclear, not least because very little was transferred from notebook to draft. However, as Ronan Crowley and Dirk Van Hulle have recently

"Weak wasting hand on mine. They have forgotten Kevin Egan, not he them. Remembering thee, O Sion" (*U* 3.263-64).

There's much that could be said, and much that has been said, about this episode. The particular aspect I want to focus on is something Stephen himself points to: memory. Ireland forgetting Egan; Egan remembering Ireland; Stephen remembering Egan; Joyce remembering Casey and the Fenians. Moreover, I want to consider the role of Joyce's memory in the composition (or recomposition) of this particular passage in *Ulysses*. The earliest extant draft of any episode of *Ulysses* just happens to be this "Proteus" episode in which Stephen meets Egan, who in these earlier drafts is "Joe" Egan, not Kevin. Here is a transcript of an early draft of the passage quoted above:

> The loose threads of his cigarette catch fire and flame and acrid smoke light up in our dark corner the raw facebones under his Spaniard's hat... Lover, for her love he prowled with colonel Richard Burke under the walls of Clerkenwell and, crouching, saw his flame of hatred hurl them upward in the fog: shattered glass and toppling masonry. (MS 36,639/7/A)

There are some fascinating details here, such as Egan's Spaniard's hat, which changes into a "peep of day boy's hat" in the final version (*U* 3.241)—a very curious exchange of headwear given that the peep of day boys were an eighteenth-century Protestant, anti-Catholic secret society, forerunners of the Orange Order. However, it is the allusion to Clerkenwell I will focus on.

We can couple the draft above with a notebook that is itself the earliest surviving document specially prepared for *Ulysses*. Joyce began compiling the notebook in October 1917, with some

And, significantly, the transmission of this particular form of historical memory was first and foremost an oral experience. As an oral countertradition built on secrecy and detachment from official narratives, history was already for Joyce a profoundly *anecdotal* experience.

REMEMBERING THEE, O SION

In the "Proteus" episode of *Ulysses*, Stephen Dedalus recalls his time in Paris and his meetings with "the wild goose" (*U* 3.164) Kevin Egan and his son, Patrice. Stephen's vivid memories, rendered in the luxurious, thought-tormented prose typical of this episode, gradually reveal the identity of Egan to be that of one of the Fenians involved in the Clerkenwell explosion of 1867:

> Lover, for her love he prowled with colonel Richard Burke… under the walls of Clerkenwell and, crouching, saw a flame of vengeance hurl them upward in the fog. Shattered glass and toppling masonry. In gay Paree he hides, Egan of Paris, unsought by any save by me (*U* 3.246-50).

We know well from the critical literature that Egan was modelled on the real-life person of Joseph Casey, a friend of the Joyce family's whom James did indeed meet in Paris in 1903. Casey, an ageing Fenian and cousin to James Stephens, had been imprisoned in Clerkenwell for his alleged role in the rescue of Fenian prisoners in Manchester which resulted in the death of a policeman. After he was acquitted in his trial, he left for Paris to "hide" and fade into "unsought" obscurity, according to Joyce's fictional account of this episode in the history of Fenianism:

and especially the Church (BMHWS 1770 II, 155). He goes on to describe the deep effect it had on his generation, which was in effect Joyce's:

> Parents, elders, politicians and particularly, the Church, the horrors of the abortive rebellions and outrages of the not so remote past engraved on their memories, and a bright faith for the future in their hearts, combined to eradicate the physical force tradition from the mind and soul of the country… To that end they never wearied of counselling the young and ardent against the "criminal folly" and needlessness of repeating '98, '03, '48 and '67, in supine efforts to free Ireland by the sword. (BMHWS 1770 II, 154)

Seamus Robinson also tells a strikingly similar story of how his parents, "ordinary typical Catholic nationalists of their day", had become "convinced that the British Empire was invincible. They had all the arguments against us. Then the '98 centenary celebrations set us youngsters agog and enquiring. We wanted to prepare for another fight but we were told not to be foolish" (BMHWS 156, 2). He adds that on both sides of his family there was "an atmosphere of hush-hush", as they were "decidedly worried about the Excommunications by the Bishops". Robinson notes that his grandfather "said that the Bishops' action was morally wrong but unfortunately they have the power to excommunicate the Fenians" (BMHWS 156, 1).

All of this serves to emphasize the importance for Joyce of a countertradition with strong Fenian connections that he learned, as scholars have already long argued but is emphatically supported by the archival evidence under consideration here, from his father and John Kelly (John Casey in *A Portrait*) in particular.

Fenian nature" (BMHWS 1595, 2).

The notion of generational continuity was also vitally important. Seamus MacManus speaks of Robert Johnston, an "executive of the Fenian movement", who

> had talked with the men who took part in the Battle of Antrim in 1798, he knew the '48 men, was himself identified with the '67 Rising, was an intimate friend of James Stephens, John O'Mahony and the other Fenian leaders... He also knew some of the men who took part in the 1916 Rising. He was thus a connecting link between the four revolutions that kept the spirit of freedom alive throughout more than a century. (BMHWS 283, 2)

Seán MacEoin too describes going on walks with an older Fenian local leader who "would tell [him] of the Fenians, Ribbon-men, Molly Maguires, and... their fights and activities to get Ireland free... stirring up my young blood to boiling point that there could be such bad people in the world as the British". And from his parents he would hear stories of family members "in some of these struggles". He adds: "All this made an indelible impression on my young mind, and I longed for the day to come when I would be a man and be able to do something against these terrible people, the English" (BMHWS 1716, 3-4).

However, several of the witnesses also note how the national traditions—typically described as Fenian—that can be most readily identified with those of Joyce/Stephen were to a large extent countertraditions, struggling against the prevailing winds of faith in parliamentary politics and the Liberal Party, and *faith* itself. Kevin O'Sheil, for instance, describes a "ceaseless anti-physical force propaganda" conducted by parents, politicians, direct action in 1916 later perceived the oral transmission of revolutionary ideas as directly contributing to their own revolutionary actions and ideals. The archival evidence supports the notion that such experiences—tales told, songs heard, family histories learned, the constant undercurrent of political and historical consciousness that emerges in Joyce's characters' speech and thought—were indeed vital in the transmission of the revolutionary ideas that eventually led to 1916 and the War of Independence.

Many of these experiences mirror Stephen and John Casey's talks "at the fire" (*P* 1.992). Andrew O'Donohue, for instance, describes how when he was a boy neighbours would gather in his house at night "to discuss the events of the day and talk about old times... As a consequence of what I had been listening to in the course of these fireside talks, I concluded that, if Ireland could get rid of the landlords, the 'peelers' and the informers, the country would be a happy one" (BMHWS 1316, 1). Seán Moylan, who learned of Fenian history from his grandmother's brother, a returned Fenian exile, also describes how: "At the fireside gatherings I listened while the schoolmaster read the history of '98 as published then weekly in the newspapers... I learned thus early a hatred of British rule in Ireland" (BMHWS 838, 1-2, 9). Kevin O'Sheil describes how the weekly papers were "read out at the firesides" (BMHWS 1770 II, 152). Many other witnesses describe similar experiences of what was apparently common enough that we might even call it "fireside history".[5] For some, music was an important means of transmission. Seamus Babington describes how "all the songs and music [of his "primary school days"] were rebel songs. Fair days and market days were our glory, listening to the ballad singers and buying their sheet songs—all the fire of

[is] memory" (Hart, 53).

Hence the aim here is to explore how Fenianism was experienced and remembered in the imagination of both Joyce and his contemporaries. I want to take Stephen and John Casey's talks "at the fire" (*P* 1.992) in chapter one of *A Portrait* (which mirror Joyce's own experiences) as a model of the transmission of nationalist beliefs and cross-check this model with the BMH archive. As we learn in *A Portrait*, the formidable and eloquent Casey is one of the most important sources of revolutionary historical memory for Stephen. Furthermore, it is an oral source of transmission. Casey's "slow voice was good to listen to" (*P* 1.993-4), and his fireside stories were indeed "most instructive" (*P* 1.964) for the young Stephen. Stanislaus notes how Joyce himself listened attentively to John Kelly, Casey's real-life model (*MBK*, 14). Joyce, however, has also questioned the role of such "instructive" stories of the past in his critical writing. In 1907, he told a Triestine audience: "But, though the Irish are eloquent, a revolution is not made from human breath" (2000, 126). The allusions Joyce makes to "human breath" in the making and transmission of revolutionary ideas thus present two seemingly contradictory ideas that are worth cross-checking with the Bureau's archives: one, that talking eloquently about the past will not on its own bring about revolutionary change; and two, that that oral transmission of revolutionary ideas is nevertheless a vital part of the necessary task of keeping alive the memory of that history. Although Joyce appears at times sceptical, Seamus Robinson's description, quoted at the top of this section, of how he learned of his family's Fenian history through stories about his grandfathers is a good example of how many of those who took memory as being "as dependent on the context of the present as on the past" (Rickard, 10).

These problems are, moreover, the fundamental problems of oral history. This is not, I must stress, simply a question of reliability, a question which has always dogged oral history studies. As historian Paul Thompson points out, the claim and counterclaim that oral history sources are reliable or not "obscures the really interesting questions" that oral history raises (224). Rather than a basically unreliable source of facts and information obscured by time-worn memory, oral history sources reveal "the complexity with which reality and myth, 'objective' and 'subjective', are inextricably mixed in all human perception of the world, individual and collective" (224). Written documents are no less free from subjective bias than oral sources, though the ostensibly objective language in which they might be written will be put hard to work to conceal any traces of that subjectivity. Indeed, as Thompson argues, it is the "very subjectivity which some see as a weakness of oral sources [that] can also make them uniquely valuable" (226). Forgetting facts, misremembering dates, telescoping two separate events into the one memory; even these apparent weaknesses can reveal a great deal about the relationship between past and present, and even about how "consciousness is constructed" (226). Besides, subjective facts should be no less important than objective ones for the historian concerned with reconstructing how the memory of an event is formed and recalled. To quote Thompson again: "History, in short, is not just about events, or structures, or patterns of behaviour, but also about how these are experienced and remembered in the imagination" (228). Or as Joyce put it, "imagination and influenced through such acts of self-censorship. A deeply traumatic event has been officially and self-censored, but the trauma resurfaces in other ways. Although interviewing officers were warned that there "must be no attempt to smooth out or adjust a story" (Doyle et al., 3), it seems inevitable that that is precisely what happened in many cases, by *both* officers *and* witnesses. Political neutrality was an illusion from the start.

MacEoin's statement thus exemplifies some of the central problems concerning the memory of this revolutionary period in Ireland, problems which raise questions about the necessity of *both* remembering *and* forgetting where trauma is involved.[4] Stephen himself embodies an intricate contradiction at the heart of Joyce's forging of labyrinthine historical memory: the struggle to escape oppressive historical memory—*to forget* or wake from the "nightmare" of history (*U* 2.377)—without abandoning it. This contradiction is a distinctive mark of traumatic historical memory in the twentieth century in particular, according to oral historian Luisa Passerini, which has "given rise to a contradictory mixture of memory and oblivion" (241). Speaking of the memory of the Holocaust, Quinto Osano, a survivor of the Mauthansen concentration camp, said: "Yes, we always want it to be told, but inside us we are trying to forget; right inside, right in the deepest parts of the mind, of the heart. It's instinctive: to try to forget, even when we are getting others to recall it. It's a contradiction, but that's how it is" (qtd. in Thompson, 168). The contradiction of the Civil War being both present and absent, remembered and forgotten, in the witnesses' statements indicates, among other things, the primary importance of context and place at the point of recollection. It supports a view of human way the selection of witnesses or the nature or form of evidence to be collected" (qtd. in Ferriter). However, the nature and form of the evidence collected had already been definitively shaped by post-Civil War politics. That the Civil War itself was completely omitted from the Bureau's official information-gathering remit was only the most obvious legacy of that conflict visible in the nature and form of the archive.[3] A note written by the interviewing officer prefacing the minister's own witness statement gives a brief description regarding the reliability of MacEoin's statement, adding at the end: "General MacEoin appeared to be most careful to avoid inclusion in his statement any reference to political and other controversies which arose in later years" (Seán MacEoin, BMHWS 1716). On the one hand, one might find some justification here for accusing MacEoin of attempting to cover up the fault lines within Irish nationalism that the Treaty and Civil War exposed. Other witnesses, such as Richard Walsh, also state clearly their desire not to open any old wounds:

> I want it to be particularly clear that I am most anxious not to cast aspersions on any of the people with whom I was associated during the struggle for independence. Some of my closest friends during these years have parted politically from me since, and if anything I am saying here will cause offence to any of my former comrades, I can only say that it is not my intention to do so. (Richard Walsh, BMHWS 400, 1)

However, on the other hand, the minister's desire to maintain a careful silence on "political and other controversies" relating to the Civil War and its aftermath perhaps better reveals how the nature and form of the evidence he provided were already altered

The former Officer in Charge of Military Archives, Commandant Victor Laing, admitted in a later interview that while certain "patterns can be discerned according to the particular investigating officer who took the statements" (Laing), each officer underwent training and was issued with detailed instructions on the taking of evidence. Such instructions included the following:

> In listening to and recording his story you should keep an open mind. Your aim at all times must be to get from him an objective, factual record of events based on his own experience. To that end, he should be tactfully questioned on every point, to ensure that what he tells is, in fact, what he knows and not something which he has imagined, read or heard from someone else. (qtd. in Doyle et al., 3)

In addition to the dangers of overactive imaginations and hearsay, the officers were also duly warned about the dangers of faltering memories and their own desire for narrative coherence: "Failing memory will sometimes impart an air of unreliability to what may be a genuine story, and the utmost care must be exercised in such cases… There must be no attempt to smooth out or adjust a story, in order to make it more plausible or readable" (qtd. in Doyle et al., 3).

The somewhat tortured history of the gathering, preservation, and eventual release of the BMH archive undoubtedly reflects Civil War divisions and the politics of the 1940s and 1950s. Concerns over the political neutrality of the project dogged its early years and continued well into the 1950s. In 1955, the Minister of Defence Seán MacEoin felt it necessary to deny that the government "has, at any time, tried to influence in any

Cumann na mBan, the IRB, the Irish Citizen Army, and Clann na Gael. The majority of the statements typically concentrate on the various personal experiences of the Volunteers, and their accounts of the Easter Rising, the 1918 election, or IRA activities during the War of Independence. However, they are also contextualized quite often with descriptions of events before and after the 1913 to 1921 timeframe, and I have confined my research for this paper to statements which describe the pre-1913 Dublin and Ireland that Joyce depicts in *A Portrait* and *Ulysses*. Indeed, this contextualized approach was specifically sanctioned in a pamphlet issued by the Bureau to the witnesses: "The military history of 1913-21 cannot be properly understood and assessed without a knowledge of other events which had an intimate bearing on the national resurgence of that period, and for that reason the Bureau is interested in every contributory fact and development reaching back in many cases to at least the beginning of the century" (qtd. in Liam Roche, BMHWS 1698, 1-2). Hence many witnesses preface their accounts of the 1913 to 1921 period with (often quite detailed) recollections of the social and political atmosphere in the Ireland of their youth, which was by and large the Ireland of Joyce's youth too.

Although the project was first mooted in the early nineteen thirties, it took almost a decade to revive the idea. Following a number of governmental and academic initiatives (not without a certain amount of vying for control of the project by both parties), the Bureau of Military Archives was established in January 1947 (Ferriter). The interviews were carried out by investigating officers attached to the Department of Defence, who all had prior service as veterans of the War of Independence themselves.

fashioning an official and authoritative account of the past" (27). This objective/subjective dichotomy is especially pertinent to our discussion as Joyce's writings freely combine subjective memory and official history in fascinating and, as we shall see, extremely complex ways. Much as distributed cognition theories challenge Cartesian dualism, the strict separation of mental memories and material history is untenable in any consideration of Joyce's writings. These issues are also highly relevant to the study of oral history archives (such as the BMH), where subjective memories interact with objective history as they do in Joyce's writing. Hence, I want to compare Joyce's memories and representations of Fenianism with the BMH's oral history records, putting literature and oral history in dialogue. In doing so, this paper will argue that in both literature and oral history, memory, as historian Alessandro Portelli puts it, "is not a passive depository of facts, but an active process of creation of meanings" (54).

First, an introduction to the BMH archive is required. The BMH Collection, 1913-1921, is a collection of 1,773 witness statements; 334 sets of contemporary documents; 42 sets of photographs and 13 voice recordings. This material was collected by the State between 1947 and 1957. The aim was "to assemble and co-ordinate material to form the basis for the compilation of the history of the movement for Independence from the formation of the Irish Volunteers on 25th November 1913, to the 11th July 1921" ("Guide"). The witness statements were taken from well-known figures, as well as ordinary men and women involved in the Independence movement. The bulk of the statements were gathered from members of the Irish Volunteers and later the IRA, but also from other groups such as Fianna Eireann,

A REVOLUTION IS NOT MADE FROM HUMAN BREATH

In his recollection of the War of Independence, Seumas Robinson, a member of the Kimmage Garrison in 1916, gave an anecdotal account of the "national tradition" of his family going back to the Fenians of '67 and the influence this had on his own political convictions. However, at the close of this prefatory account to the more detailed recollection of his nationalist activities during the years 1913 to 1921, he added almost apologetically: "All this may not be history in the ordinary sense, but history cannot properly be understood without some appreciation of all that went to make up the psychology of the people at any given time".[2] At the time he recorded this account (1947), Robinson was a full-time member of the Bureau of Military History, and his descriptions of his family's nationalist traditions are for this reason and others very much "history in the ordinary sense". But it is precisely the validity of such familial, personal, subjective, and previously untold memories that this part of the essay will focus on. Memories such as these form a kind of *anecdotal* history, in the precise meaning of the term: "Secret, private, or hitherto unpublished narratives or details of history" (*OED*). This kind of history, deployed by Joyce in huge quantities in *A Portrait* and *Ulysses*, is typically contrasted with "history in the ordinary sense"—that is, objective, official, syncretic big-H History (such as that of the *EB*). However, in her study *Hiroshima Traces*, Lisa Yoneyama points out that the mechanisms of distinguishing official history from subjective memory contribute to what she calls a "false dichotomy" that obscures how "memory is deeply embedded in and hopelessly complicitous with history in of Joyce who participated in the resurgence of separatism that culminated in 1916 and the War of Independence. To do so, I will first be using the Bureau of Military History (hereafter BMH) and its oral history archive of interviews with participants in those events. I will argue that the archive's witness statements show a lot in common with Joyce's nationalist beliefs and how those beliefs and memories were transmitted from one generation to the next. Joyce clearly points to the importance of memory and the transmission of beliefs where Fenianism is represented in his writings. However, Joyce's notetaking—specifically his *Encyclopaedia Britannica* (hereafter *EB*) notes on the Fenians—complicates a model of memory formation and transmission that the BMH archive otherwise supports, as well as complicating the valorisation of memory "above all other human faculties" that we saw above. Joyce records notes from that encyclopaedia's entry on the Fenians, despite having little need for them (he evidently knew the history of Fenianism very well beforehand) and even, as we shall see, correcting an oversight in the encyclopaedia's entry. So, my question is: why did Joyce take these notes when they appear so unnecessary? It is as though, returning to Clark and Chalmers's thought experiment, Inga remembered the address for the museum but borrowed Otto's notebook anyway.

In order to attempt to answer this question and explore further the role of memory in Joyce's writing practices, I will now turn to the BMH's archived memories of radical Irish nationalism in the late nineteenth and early twentieth century.

rising, undoubtedly mattered to Joyce. It unquestionably mattered to Joyce's father too (Jackson and Costello, 37). Allusions to its leaders, rhetoric, and ideals are found throughout the younger Joyce's works. In *A Portrait*, we see how one old Fenian, John Casey, was instrumental in shaping Stephen's anticlerical language, for instance:

> —*O, he'll remember all this when he grows up*, said Dante hotly—the *language* he heard against God and religion and priests in his own home.
> —*Let him remember too*, cried Mr Casey to her from across the table, the *language* with which the priests and the priests' pawns broke Parnell's heart and hounded him into his grave. *Let him remember that too when he grows up*. (*P* 1.936-42; my emphases)

It is another Casey that Stephen does indeed remember in *Ulysses* when he is grown up and living in Paris; he seeks out another old Fenian Kevin Egan (modelled on Joseph Casey, friend of the Joyce family). Andrew Gibson argues that Joyce's interest in Fenianism, particularly evident in *Stephen Hero*, is of the nature of a "return to radical tradition" (8), a tradition of strongly anticlerical language as the Christmas dinner scene above vividly illustrates. Joyce, indeed, returned repeatedly to this radical tradition, in his fictional *and* his critical writing: in 1907, he wrote an article about the Fenians for *Il Picollo della Sera*. For now, it will suffice to say that Fenianism, for Joyce, constituted a set of political beliefs that he was very familiar with and, up to a point, strongly influenced by.

Thus the focus here will be on the memory of Fenianism, in Joyce's writing and in Ireland among those contemporaries

are entirely analogous: the notebook plays for Otto the same role that memory plays for Inga. The information in the notebook functions just like the information constituting an ordinary non-occurrent belief [that is, the location of the museum]; it just happens that this information lies beyond the skin" (12). In the case of Bloom's thought experiment, the loss of the memory of greatgrandfather's voice has been compensated for by the gramophone recording, which now acts in a manner analogous to Otto's notebook. The gramophone plays the role that memory, were it not fallible and prone to degradation, would normally do.

The "extended mind" theory has profound implications for, among other things, how we view Joyce's use of his own notebooks.[1] "After all," as Clark and Chalmers go on to say, "we are in effect advocating a point of view on which Otto's internal processes and his notebook constitute a single cognitive system" (16). How exactly does this apply to Joyce whose own cognitive system—or rather his extraordinary memory—stands almost in total opposition to Otto's inability to remember anything? In this case, Joyce appears more like Inga, who remembers where the museum is without any difficulty. As Clark and Chalmers note, however, the "various small differences between Otto's and Inga's cases are all shallow differences. To focus on them would be to miss the way in which for Otto, notebook entries play just the sort of role that beliefs play in guiding most people's lives" (16).

The particular beliefs guiding people's lives (or rather Joyce's life) that this paper will be concentrating on concern Irish nationalism, in particular that strain of radical separatism typically referred to as Fenianism. Fenianism, which rose to prominence in the 1860s before going underground following the failed 1867 together under the rubric "distributed cognition". To quickly and crudely sum up, the concept of distributed cognition is concerned with how factors "beyond the brain", to borrow from the title of Louise Barrett's recent work on the subject, shape and influence the human mind and its cognitive processes—factors such as environment and the extracranial body. But so far, I have been suggesting that it is the intracranial that is pre-eminent for Joyce: the primary role of his skull-bound mind and memory in mental composition before physical (and secondary) recomposition on the page. This is precisely the view that distributed cognition theories seek to challenge: that there is an impenetrable or strictly hierarchical inside/outside or primary/secondary barrier between activity in the brain and activity in the rest of the body or environment surrounding the brain. In other words, distributed cognition theories argue that the conceptual limits of the cognitive activity of remembering can be extended to what lies beyond the brain or "beyond the skin" (Clark and Chalmers, 12).

In a famous example of the "extended mind" theory, Andy Clark and David Chalmers consider the case of Otto. Otto has Alzheimer's disease and carries around a notebook to help him remember certain necessary things. For this particular thought experiment, the necessary thing is an address for a museum. When Otto decides that he wants to go to the museum, he consults his notebook for the address. This notebook, as Clark and Chalmers point out, plays the role that a biological memory would normally do (12). Indeed, they have already introduced a separate person into the experiment, Inga, who also wants to go to the museum and recalls the address from her biological memory. From this, Clark and Chalmers conclude that "in relevant respects the cases

"How many! All these here once walked round Dublin. Faithful departed" (*U* 6.961-62). His thoughts throughout this episode have been constantly returning to the memory of the dead, most poignantly those of his son and father. However, quite typical of Bloom, he freely mixes in his thoughts the serious and the comic, the sacred and the profane. Hence the following seriocomic meditation on memory:

> Besides how could you remember everybody? Eyes, walk, voice. Well, the voice, yes: gramophone. Have a gramophone in every grave or keep it in the house. After dinner on a Sunday. Put on poor old greatgrandfather. Kraahraark! Hellohellohello amawfullyglad kraark awfullygladaseeagain hellohello amawf krpthsth. Remind you of the voice like the photograph reminds you of the face. Otherwise you couldn't remember the face after fifteen years, say. For instance who? For instance some fellow that died when I was in Wisdom Hely's. (*U* 6.962-69).

Bloom's technological solution to the biological problem of the limitations of human memory ("how could you remember everybody?") is to record the features (voice, and appearance through photography) of family members so they can be accessed at any time in the future by those whose memory of the dead is fading and wish to be reminded postprandially of what "poor old greatgrandfather" sounded like. He even illustrates his point with his own faulty memory ("some fellow that died when I was in Wisdom Hely's"). The interaction suggested here between embodied biological memory and disembodied technological memory aides has been a central concern of recent research within philosophy and neuroscience that could be conveniently grouped

Ellmann reports that Stanislaus described his brother's memory as "retentive" (29), which strikes any reader of Ellmann's biography as an obvious understatement. Memory, in Ellmann's view, was more than a mere tool to aid the creation of Joyce's works, it was the very origin of that creation itself: "[Joyce] was never a creator *ex nihilo*; he recomposed what he remembered, and he remembered most of what he had seen or had heard other people remember" (364-65). Indeed, Ellmann's comment suggests that, for Joyce, literary composition on the page was something like a secondary recomposition of a primary brain-bound process: a theory arguably corroborated in chapter five of *A Portrait* when Stephen composes his villanelle entirely in his head before committing it to paper (*P* 5.1555-93). Frank Budgen's comments on Joyce's methods of composition also appear to support this image of Joyce the writer recomposing entirely from memory: "The words he wrote were far advanced in his mind before they found shape on paper" (175). Joyce himself, paraphrasing Giambattista Vico, gave a primary role to memory in the act of writing when he told Frank Budgen that "imagination was memory" (Budgen, *Myselves* 187). Budgen confirmed this view of memory's pre-eminence when he told Clive Hart that Joyce "prized memory above all other human faculties" (Hart, 53).

The power of Joyce's memory and its pre-eminence in his compositional methods seem undeniable. And yet there is more to be said on this matter. Indeed, this matter can be complicated. First, however, I want to take a look at a passage from *Ulysses*. In the "Hades" episode, Leopold Bloom had not thought death had undone so many as he made his way back through Glasnevin cemetery after Paddy Dignam's funeral:

"O, he'll remember all this when he grows up": Joyce, Fenianism, and Memory

Brian Fox

INTRODUCTION

Joyce's memory, as we all know, was remarkable. Hans Walter Gabler, discussing wartime censorship cuts to the *Egoist* text of *A Portrait of the Artist as a Young Man*, notes that when Joyce received the published instalments often some weeks or months after publication, he "instantly spotted the censorship cuts" despite his being in Zurich and cut off from all his notes and manuscripts: "Yet from a prodigious memory—a faculty that was essential to Joyce's writing throughout his life—he reprovided faultlessly words and sentences missing in the *Egoist* instalments" (xix). John S. Rickard goes further still, arguing that Joyce's "fascination with memory amounts to a philosophical and psychological obsession that profoundly influences not only the content but the form of his work" (2). Richard Ellmann also discusses this essential faculty and fascination, and he gives numerous instances demonstrating Joyce's power of recall: he commits a song to memory on the spot after hearing it once (52); he commits to memory lines from Verlaine in the original and recalls them with ease many years later (76); he memorizes passages from essays by W. K. Magee (118); he often recites Yeats from memory (661).

W. Norton, 2007.
———. *Ulysses*. Edited by Hans Walter Gabler, The Bodley Head, 1986.
Kenner, Hugh. "Joyce's *Portrait*: A Reconsideration." Joyce, *Portrait*, pp. 348-61.
Ledden, Patrick J. "Education and Social Class in Joyce's Dublin." *Joyce and the Joyceans*, edited by Morton P. Levitt, Syracuse UP, 2002, pp. 126-33.
McMahon, Timothy G. "Irish Jesuit Education and Imperial Ideals." *Irish Classrooms and British Empire: Imperial Contexts in the Origins of Modern Education*, edited by David Dickson, Justyna Pyz and Christopher Shepard, Four Court Press, 2012, pp. 111-23.
O'Connor, Steven. *Irish Officers in the British Forces, 1922-1945*. Palgrave Macmillan, 2014.
O'Donnell, William H. Introduction. *The Speckled Bird by William Butler Yeats: An Autobiographical Novel, with Variant Versions*, pp. ix-xxii. Palgrave Macmillan, 2003.
Pašeta, Senia. *Before the Revolution: Nationalism, Social Change and Ireland's Catholic Elite, 1879-1922*. Cork UP, 2000.
Short Catechism, The, Extracted from The Catechism Ordered by the National Synod of Maynooth, and approved by the Cardinal, Archbishops, and Bishops of Ireland, for general use throughout the Irish Church. Dublin: M. H. Gill and Son, 1891.
Wallace, W. J. R. *Faithful to Our Trust A History of the Erasmus Smith Trust and The High School, Dublin*. The Columbia Press, 2005.
Yeats, William Butler. *Autobiographies*. Macmillan, 1980.
———. *The Speckled Bird*. Annotated and Edited by William H. O'Donnell, Palgrave Macmillan, 2003.

and he may perhaps have told her of the owl that he saw long ago and how it brought to his mind the passage in Isaiah [sic, Jeremiah 12:9] about the speckled bird.)"

Works Cited

The Bible. Authorized King James Version, Oxford UP, 2008.

Bowker, Gordon. *James Joyce: A Biography*. Weidenfeld and Nicolson, 2011.

Bowman, John and Ronan O'Donoghue, editors. *Portraits: Belvedere College 1832-1982*. Gill and Macmillan, 1982.

Bradley, Bruce. *James Joyce's Schooldays*. St. Martin's Press, 1982.

Catechism, The, Ordered by the National Synod of Maynooth, and Approved by the Cardinal, Arch-bishops, and Bishops of Ireland. Joannes Carolus, 1951.

Corish, Patrick J. *The Irish Catholic Experience: A Historical Survey*. Gill and Macmillan, 1985.

Costello, Peter. *James Joyce: The Years of Growth 1882-1915*. Pantheon Books, 1992.

Crispi, Luca. *Joyce's Creative Process and the Construction of Characters in* Ulysses. Oxford UP, 2005.

De Harbe, Joseph. *A Full Catechism of the Catholic Religion*. Translated by John Fander, New York: The Catholic Publication Society, 1889.

Dickens, Charles. *Hard Times*. The Fourth Norton Critical Edition, edited by Fred Kaplan, Norton, 2016.

Edwards, Ruth Dudley. *An Atlas of Irish History*. 3rd ed., Routledge, 2005.

Ellmann, Richard. *James Joyce*. New and rev. ed., Oxford UP, 1982.

Fogarty, Anne. "James Joyce." *The UCD Aesthetic: Celebrating 150 Years of UCD Writers*, edited by Anthony Roche, New Island, 2005, pp. 38-49.

Gifford, Don. *Joyce Annotated: Notes for* Dubliners *and* A Portrait of the Artist as a Young Man. 2ne ed., U of California P, 1982.

Jeffares, A. Norman. *W. B. Yeats: A New Biography*. Rev. ed., Continuum, 2001.

Joyce, James. *Dubliners*. Edited by Hans Walter Gabler with Walter Hettche, Vintage Books, 1993.

———. *A Portrait of the Artist as a Young Man: Authoritative Text, Backgrounds and Context, Criticism*. Edited by John Paul Riquelme, W.

Conmee are contrastive: "And they gave three groans for Baldyhead Dolan and three cheers for Conmee and they said he was the decentest rector that was ever in Clongowes" (*P* 1.1830-32). In the first section of "Wandering Rocks" of *Ulysses*, Conmee's daily walk is observed through a Joycean (somewhat ironical) perspective (*U* 10.1-205).

5. John Joyce noted in the official Census form (1901) that both James and Stanislaus spoke and wrote Irish because they learned it in the Gaelic League (Costello, 190).
6. In *Stephen Hero*, the name of Emma Clery is clearly mentioned. In *A Portrait*, however, she is ambiguously described as early as in Chapter II as the little girl Stephen adored (*P* 2.315) and he was trying to write "To E___ C___" as a title of a romantic poem dedicated to her like Byron in his new exercise book (*P* 2.361-64): her first name is mentioned three times exclusively when Stephen imagines that she is with him in heaven during the retreat (*P* 3.478-522).
7. See No. 9 of "Notes to *pp*. 7-9" by William H. O'Donnell (2003), p. 184.
8. See Crispi, p. 91n: 87: "In 1921, alongside the heading 1880, Joyce wrote: 'L.B. leaves H.S.' (NLI NB 5B, p. [10v]), but on an earlier note he wrote: 'Bloom leaves High School (1881) at 15' (BL 'Circe' NS 3.98). I have emended Herring's transcription here because of the draft usage."
9. Cf. "Was it a quaint device opening a page of some medieval book of prophecies and symbols, a hawk-like man flying sunward above the sea, a prophecy of the end he had been born to serve and had been following through the mists of childhood and boyhood, a symbol of the artist forging anew in his workshop out of the sluggish matter of the earth a new soaring impalpable imperishable being" (*P* 4.775-81); "His throat ached with a desire to cry aloud, the cry of a hawk or eagle on high, to cry piercingly of his deliverance to the winds" (*P* 4.797-99); "A sense of fear of the unknown moved in the heart of his weariness, a fear of symbols and portents, of the hawk-like man whose name he bore soaring out of his captivity on osier-woven wings, of Thoth, the god of writers, writing with a reed upon a tablet and bearing on his narrow ibis head the cusped moon" (*P* 5.1806-11).
10. See "AUTHORIAL NOTE p. 69 *any general rule*" by O'Donnell (2003), p. 201:

    Yeats comments here: "(At some place during either of the past two scenes, he and Margaret should have watched two owls flitting along the stream

from the Easter Rising and the Irish War of Independence. This dissociation from Irish events, despite both authors describing Ireland, may be considered as resulting from the influence of their education.

Notes

This is a revised version of the paper presented at the XXVI International James Joyce Symposium, "The Art of James Joyce." held at the University of Antwerp, Belgium, on 12 June 2018. This research is supported by a Grant-in-Aid for Scientific Research (C) (No. 26370283) by the Japan Society for the Promotion of Science under the title of "James Joyce, the De-Westernization and Re-Easternization of East Asia."

1. In the 1951 edition, p. 80. Also, the following question-and-answer form is found in the *Short Catechism* (1891): "Q. What obligations we contract by confirmation are to process our faith openly—not to deny our religion on any occasion whatsoever—and, like good soldiers of Christ, *to be faithful to Him unto death*" (19). Gifford also notes that catechisms used at Belvedere in Joyce's time are not known as the College records are incomplete on this point (12).
2. During World War I, about 140,000 Irishmen enlisted in the British army and approximately 65,000 were Catholics (Irish nationalists) (R. D. Edwards, 140). In November 2008, Clongowes Wood College held a memorial service for the 95 past pupils who died in WWI: in total 604 Old Clongownians served the British Empire during the Great War (O'Connor, 192).
3. Joyce was shocked by the Easter Rising because he directly knew two victims who studied at University College: his Irish teacher Patrick Pearse and his friend Francis Sheehy-Skeffington, "the cleverest man at University College" with whom he published "The Day of the Rabblement" in 1901 (Ellmann, 61, 399). Skeffington is known as a model of MacCann in *A Portrait* / McCann in *Stephen Hero*.
4. In Chapter I of *A Portrait*, the descriptions of Father Dolan and Father

raptorial birds that have keen vision to detect their prey during flight, powerful talons and beaks. However, in the two novels, their quarries are themselves and *fin-de-siècle* Ireland.

Neither Joyce nor Yeats became "strong and perfect Christians" nor "soldiers of Jesus Christ" taking up arms for Ireland to get independence from the British Empire. Joyce was an honor student in the first two Jesuit schools but he was not diligent at UCD while Yeats did not even think that scholastic achievement was important for him. Joyce thought that education is equivalent to school life while Yeats seems to have thought that it was not necessary for him to be educated at school. Their opinions are contrastive. Joyce's academic career is coherent—the Jesuit education while Yeats' is inconsistent. Their educational backgrounds made them different in writing literature. The Jesuit education is necessary for Joyce in order to succeed as a novelist while the inconsistency of Yeats' academic background made him a great poet, not a great novelist.

Yeats' famous unattributed quotation, "Education is not the filling of a pail but the lighting of a fire" is, as we have seen, one Yeats might have said or written, because for him it is not necessary for education to be consistent or to be taken for a certain period of time. Teaching himself rather than learning at school with other students seems to have been suitable for Yeats, a poet by birth, who did not always need consistency. On the other hand, the coherent Jesuit education seems to have wakened Joyce's tremendous natural gifts as a novelist, even if he was daunted by the aspect of militarism.

Neither Joyce nor Yeats mastered the Irish language or played Gaelic sports, which enabled them to keep their distance nationalism, nor could Yeats win Maud Gonne's heart. Maud Gonne seems to have detected that Yeats could not bear arms for Ireland, although she knew that he was a zealous nationalist. He always rejected violence and all he could do after the Rising was to write a poem "Easter, 1916" with the refrain: "A terrible beauty is born," scoffing at radical nationalists' military actions. Joyce also needed to justify himself by describing a typical mood of Irish nationalism in 1904 depicting the Michael Cusack-like character in a pub in *Ulysses*.

Irish involvement in the British army reached its highest level in the Second Boer War between 1899 and 1902 in South Africa. Yeats, Maud Gonne and Arthur Griffith supported Boers against Britain. Joyce often referred to the war in *Ulysses* and even mentioned Gonne's leaflet as part of her campaign against the war (*U* 5.70). Gonne and John MacBride suddenly married in Paris in 1903 because she admired his organization of the Irish Transvaal Brigade against Britain, although they agreed to divorce in 1905 (Jaffares, 108). Their son Seán MacBride (1904-1988) studied at UCD, became an Irish government minister and international politician, and received the Nobel Peace Prize in 1974.

Conclusion

Bird images are significant for the two autobiographical novels by Joyce and Yeats. The image of a hawk, indicating the Greek mythological craftsman and artist Daedalus is featured throughout Joyce's *A Portrait*.[9] On the other hand, the image of an owl is significant for Yeats' *The Speckled Bird* in which it is probably implying the author himself.[10] Both hawk and owl are

Friends that have been friends indeed:
What then, sang Plato's ghost, what then?

All his happier dreams came true —
A small old house, wife, daughter, son,
Grounds where plum and cabbage grew,
Poets and Wits about him drew:
What then, sang Plato's ghost, what then?

The work is done, grown old he thought,
According to my boyish plan;
Let the fools rage, I swerved in nought,
Something to perfection brought:
What then, sang Plato's ghost, what then? (Wallace, 147)

Writing this poem, Yeats was pondering over the meaning of his successful life, notwithstanding the fact that all he dreamed at school came true. Using the refrain in the first three stanzas, Plato's ghost reminds readers of the poem entitled "The Tower": "It seems that I must bid the Muse go pack, / Choose Plato and Plotinus for a friend / Until imagination, ear and eye" (I, 12-14). Plato's ghost is an avatar of the poet's idealism and imagination. This seems reminiscent of the three ghosts of Charles Dickens' *A Christmas Carol*: the Ghosts of Christmas Past, Present and Yet to Come.

Neither The High School nor Irish Jesuit schools offered Irish to students, so Joyce and Yeats did not have a chance to take formal Irish courses at school. The two writers held in common a lack of interest in playing sports. For this reason, they could keep away from provincial radical nationalism. As a result, Joyce could not entice Mary Cleary who was deeply indulged into Irish made the teaching of Irish compulsory in 1928 and then the school had to hire a fully qualified Irish teacher (Wallace, 192). Protestant graduates were slow to enter the new Irish government service partly because of the necessity to pass in Irish at entry (Wallace, 220-21).

At The High School, Yeats was not an honor student; as his classmates remembered, he was interested in collecting insects such as beetles, and playing chess (Jeffares, 17). Others remembered his dreamy nature while others, including John Eglinton, noticed his literary ambition (Jeffares, 17). He left the school in December 1883. His father wanted him to be enrolled at Trinity College Dublin following their family tradition but in vain. In May 1884, Yeats entered the Metropolitan School of Art, where he met his lifelong friend George Russell, and stayed there until April 1886.

In 1937, Yeats allowed *The Erasmian* to publish a hitherto unpublished poem. This is one of the few poems in which he described school life:

What Then?

His chosen comrades thought at school
He must grow a famous man;
He thought the same and lived by rule,
All his twenties crammed with toil:
What then, sang Plato's ghost, what then?

Everything he wrote was read,
After certain years he won
Sufficient money for his need,

about the fact that he left it in 1880, when Leopold was fourteen" (91).[8]

The High School had encouraged students to play sports such as rugby since the late nineteenth century like English public schools and most Irish schools (Wallace, 247). The political dimension of sports is significant, so most Irish schools were also involved with Irish nationalism since the foundation of the Gaelic Athletic Association in 1884. The founder Michael Cusack (1847-1906), a partial model of "the citizen" in "Cyclops" of *Ulysses*, was a teacher in various schools throughout Ireland and became a professor of Blackrock College in 1874. In *A Portrait*, Stephen does not show any interest in sports when he sees his father's friend Mike Flynn and his uncle Charles talk about athletics and politics (*P* 2.38-60). At UCD, he thinks of his patriotic friend Davin "the peasant student" (*P* 5.222) who solely calls Stephen "Stevie" (*P* 5.225). Davin, considered as a young Fenian by his fellow students, worships Cusack, and his uncle Mat (Maurice) Davin (1842-1927), the athlete and farmer, is the co-founder and first president of the Gaelic Athletic Association (*P* 5.237-47). Davin is modeled after George Clancy (1881-1921), a nationalist politician, and one of the three Joyce's close friends at UCD, as well as Francis Sheehy-Skeffington (1878-1916) and Thomas Kettle (1880-1916), who all were killed young, victims of their patriotism (Ellmann, 60-63). However, Stephen often feels irritated at Davin's speech and deed because he has a desire to keep freedom or tolerance attributable to a lack of deep involvement in Irish nationalism and Irish life (*P* 5.259-64).

On the other hand, at The High School, a maths teacher started teaching the Irish language in 1922. The Irish government

> about it. Nothing mechanical or formal ever allured his mind to dwell upon it, and education, as the word is understood, is both mechanical and formal. (Yeats, 2003, 7)[7]

The mechanical and formal education is the type Joyce took at the three Jesuit schools.

III. The Lack of the Irish at School

In October 1881 Yeats was newly enrolled at Erasmus Smith High School (or The High School), where Joyce's fictional character Leopold Bloom (b. 1866) studied until 1880. Yeats stayed there until Christmas 1883. He remembered the atmosphere of the school: "Here, as I soon found, nobody gave any thought to decorum ... on the other hand there was no bullying, and I had not thought that boys could work so hard" (Yeats, 1980, 56). He reported that he was good at Euclid but "worst of all at literature, for we read Shakespeare for his grammar exclusively" (1980, 57). Yeats frequently wrote about his father John Butler Yeats while he seldom described his mother Susan. One strange thing of his first autobiography is that Yeats wrote: "I was now fifteen; and as he did not want to leave his painting my father told me to go to Harcourt Street and put myself to school" (1980, 56). Correctly, Yeats was sixteen then. Leopold Bloom was born in 1866 and was about one year younger than Yeats, but he was the same age as Yeats according to Yeats' memory. Luca Crispi argues Joyce's process of composition regarding Bloom "who in his ultimate year at High School (1880)"(*U* 17.1194-95): "We are never told what year Bloom entered high school, but Joyce was very precise describe other members of the family. In particular, the absence of their mothers is conspicuous. Later, in *Ulysses*, Stephen often remembers his mother who recently died of cancer because he regrets (just like Joyce himself) that he refused to kneel down and pray for her at her deathbed (*U* 1.207-8).

There are some descriptions of education in the novel which seem to portray Yeats' or his father's thoughts. Allegedly according to Yeats, "Education is not the filling of a pail but the lighting of a fire." However, there is no proof that Yeats really said this. It could be an allusion to the principle of the notorious school board superintendent Thomas Gradgrind in Charles Dickens' *Hard Times* who thought that education was a profitable enterprise and ran a model school where pupils were treated as little pitchers "who were to be filled so full of facts" (8): "Teach these boys and girls nothing but Facts" (7). Yeats would have been strongly opposed to Gradgrind's educational philosophy and it would not be surprising if he mentioned this. Yeats' educational background does not seem to have been as instructive and systematic to him as the Jesuit education was to Joyce.

The following passage reflects Yeats' and his father's idea about education:

> He was but little interested in his own or in anybody else's future and so left Michael to grow up much as he liked, yet took some trouble to answer his many questions. He got the national schoolmaster to teach him some absolutely necessary things and did not prevent him learning his catechism from the butler's wife, though no Hearne had been to chapel for a generation. His conversation and the books in the library were a sufficient education, though if they were not he would hardly [have] thought

told you yesterday that I would give you a sister's love, nothing but that" (Yeats, 2003, 68). Yeats stopped writing the novel probably because he did not want to reflect the actual relationship with Maud Gonne in the descriptions of Margaret anymore. It is far different from Stephen's ambiguous idol Emma Clery because readers could never know the detailed profile of her even at the end of the novel.

At UCD in *A Portrait*, Stephen attends the first lesson of the Gaelic League [Irish] class presumably because Emma also takes it. After seeing Emma and Father Moran talking and laughing, he drops out (*P* 5.1007-08). Later, in his diary, Stephen writes about an unexpected meeting with her in Grafton Street, where she asks him why he never comes to the class (*P* 5.2759-60.[5] Peter Costello notes that a model of Emma Clery is Mary Elizabeth Cleary (1882-1962), born to a Catholic small farmer in the Protestant neighborhood in Fermanagh, Ulster (188).[6] She came to Dublin in 1898 to take her Matriculation, and she became Joyce's classmate whose academic performance was much superior to his (Costello, 188). She knew that Joyce was interested in her, but did not like him very much because he was vulgar telling dirty stories and picked his nose (Costello, 189). She married James Nahor Meenan, a prominent physician, in 1909 and lived happily in Dublin. She reportedly became reluctant to talk about the past, including Irish nationalism and the Irish language at University College when they studied at the turn of the century, until her son UCD Professor James Meenan found the name of "Emma Clery" in *Stephen Hero* published by Jonathan Cape in 1944 (Costello, 189).

Comparing these two autobiographical novels, both Joyce and Yeats liked to portray their father, but were not keen to

Henry Middleton.

Yeats started writing the manuscripts of an unfinished autobiographical novel *The Speckled Bird*, which unlike Joyce's *A Portrait* is not generally considered to be a *Bildungsroman* and also does not describe school life as Joyce's *A Portrait* does. *The Speckled Bird* was written from 1896 to 1902, based on the author's real life as a young man. The year 1896, when Yeats completed *The Secret Rose*, is strongly related to this novel in terms of topic. The novel features his interest in a mystical order of Celtic Mysteries and is an attempt to dramatize the author's occult experiences in fiction. As William H. O'Donnell notes, *The Speckled Bird* is not a *roman à clef* like Joyce's *A Portrait*, although the manuscripts include a wide range of the author's autobiographical materials (O'Donnell, x). The major characters are: Michael Hearne (Yeats), his father John Hearne (John Butler Yeats), Margaret Henderson (Maud Gonne), Maclagan (MacGregor Mathers), Harriet St. George (Olivia Shakespear) and Count Sobrinski (Count Stanislaus Eric Stenbock).

The Speckled Bird is set in the houses of Edward Martyn, Count Florimond de Basterot, and Lady Gregory in County Galway and County Clare (O'Donnell, ix-x). Why could Yeats not complete the novel despite supposedly always keeping the manuscripts at hand without renouncing or publishing them? Yeats' love for Maud Gonne is reflected in Michael's for Margaret. In the novel, the main reason Margaret refuses Michael's many proposals is that he is not Catholic: "I have promised my mother that I would marry a Catholic" (Yeats, 2003, 40). She also explains to him that "I want to tell you, Michael, that I love you, but it is with a sister's love" (Yeats, 2003, 66) / "No, Michael, I eighteen-year-old Joyce was one of twenty-year-old Pearse's students for a short time in 1899, but he did not like Pearse's overemphasis on Irish mocking the English language as "the language of commerce and Irish the speech of the soul" and soon gave up his Irish lessons (Bowker, 76). Pearse had an English father, James Pearse, and an Irish mother, Margaret (née Brady) who, after the Rising, was elected as a Sinn Féin Teachta Dála, member of Dáil Éireann, the lower house of the Oireachtas (the Irish Parliament) and strongly opposed to the Anglo-Irish Treaty. Pearse and his younger brother Willie (1881-1916) studied at the Christian Brothers' School, Westland Row, although their father was a successful stonemason who could provide them with a pleasant middle-class upbringing.

II. Yeats as a Speckled "Bard"

W. B. Yeats was born on 13 June 1865 at 5 Sandymount Avenue, Dublin. In 1867, his family moved to west London. On 26 January 1877 he entered the Godolphin School, Hammersmith, London, a boarding establishment for boys then but changed to a girls' day school in 1905. Yeats was a pupil there until the family returned to Dublin in late 1880 for financial reasons. In the early days of his literary career, Yeats wrote two autobiographical novels, *John Sherman and Dhoya* (1891) and the manuscripts of *The Speckled Bird*. Most of his characters are based on real people around him, perhaps in response to his father who wanted him to write a story about real people rather than mythological beings (Jeffares, 44). *Dhoya* is a story of the Irish Heroic Age (Ulster Cycle), but John Sherman is modeled on Yeats' cousin

other hand, Jesuit education did not place high importance on the Irish language and nationalism.

It is worth noting that the two Jesuit secondary schools where Joyce studied are famous for producing imperialists in the armed services (McMahon, 114). This contrasts with the general situation of the country as a whole where Irish nationalism tended to identity with Catholicism (Pašeta, 28). As Timothy G. McMahon asserts, "they did not see any contradiction between nationalism and empire" (114). The only exception may be Joseph Plunkett (1887-1916), one of the sixteen rebellion leaders sentenced to face a firing squad, who studied at Belvedere and another Jesuit school, Stonyhurst College, Lancashire, England.

On the other hand, the school name Belvedere is mentioned only seven times in *A Portrait*. It is referred to as "the college," a term also used for Clongowes Wood College, and University College Dublin. UCD was originally known as the Catholic University of Ireland, and subsequently as the Royal University. In 1898, Joyce enrolled in the newly established University College which was run by the Jesuits from 1882/83 to 1908.

In Chapter V of *A Portrait,* at the scene of University College Dublin, Davin the nationalist criticizes Stephen saying, "Why don't you learn Irish? Why did you drop out of the league class after the first lesson?" (*P* 5.1003-04). After the demise of the Jesuit order in 1908, UCD gradually played an important role in Irish nationalism. At the outbreak of World War I, many students and staff joined the Irish Volunteers in supporting the British Army as a way to secure Irish Home Rule. Patrick Pearse (1879-1916), one of the sixteen executed leaders of the Easter Rising, studied and also taught the Irish language at UCD. The

Belvedere in April 1893 and studied there until 1898.[4] Such a transfer from a boarding school to a day school due to economic reasons was not uncommon at that time (McMahon, 114). In this transfer episode, mentioned in the novel (*P* 2.391-455), in which Mrs. Dedalus expressed her dislike of the Christian Brothers' School and Mr. Dedalus explained how beneficial for Stephen the transfer to the Jesuit school would be:

> —I never liked the idea of sending him to the christian brothers myself, said Mrs Dedalus.
> —Christian brothers be damned! said Mr Dedalus. Is it with Paddy Stink and Mickey Mud? No, let him stick to the jesuits in God's name since he began with them. They'll be of service to him in after years. Those are the fellows that can get you a position. (*P* 2.404-10)

As W. G. Fallon remembered, "Jim Joyce" was a very ordinary school boy at Belvedere College "except that physically he was quite a frail boy and was quite unequal to playing boys' games of a vigorous kind. At the same time he would invariably be out watching games as if he had been half ashamed of his inability to join in the games and yet wanted to be amongst the boys playing the games" (Bowman and O'Donoghue, 45). This anecdote suggests that Joyce was not suitable for military service.

At Belvedere, Joyce was a faithful student, not a rebel against the Jesuit mind: "The Jesuits gave him a European sense which was to be one of his most distinguishing characteristics and he was genuinely affected by the classical atmosphere of the place. Joyce deeply appreciated the Jesuit enthusiasm for classification, order, arrangement" (Bowman and O'Donoghue, 18). On the

(*P* 2.387-90).

After moving to the northside of Dublin, Joyce went to the O'Connell Christian Brothers' School (also called the "working man's Belvedere College") for a short period. At the Christian Brothers', Joyce would have met Éamonn Ceannt (1881-1916), one of the sixteen executed leaders of the Easter Rising, who also attended the O'Connell School where two other executed leaders of the Rising, Con Colbert (1888-1916) and Seán Heuston (1891-1916) later studied.[3] The school is also mentioned in *Dubliners*: "North Richmond Street, being blind, was a quiet street except at the hour when the Christian Brothers' School set the boys free" (*D* A, 1-3); "—Ah, yes, he said, continuing, it's hard to know what way to bring up children. Now who'd think he'd turn out like that! I sent him to the Christian Brothers and I done what I could him, and there he goes boosing about. I tried to make him someway decent" (*D* ID, 6-9). Joyce knew how uproarious the boys were and did not seem to like the Congregation of Christian Brothers' very much presumably because they accepted many children from deprived families. Although they did not receive any governmental support and had to charge fees for their schools, the tuition fees were said to have been very modest, owing to their religious austerity and devotion to Catholic education of the poor (Ledden, 127). The Irish Christian Brothers had produced many nationalists through teaching the Irish language and encouraging their students to play exclusively Irish sports such as Gaelic football and hurling.

Thanks to Father John Conmee, former rector of Clongowes and at that time the dean of studies at Belvedere College, Joyce and his younger brother Stanislaus (Maurice in the novel) entered

the novel Father Dolan). In 1911, Joyce even did a similar thing with regard to King George V by directly writing to His Majesty at Buckingham Palace when the Dublin publisher Maunsel & Company demanded him to omit some passages related to the former king Edward VII.

The Jesuits have contributed to education globally. There are numerous Jesuit schools around the world, and most of them are generally considered locally to be good schools. In the case of Ireland, Clongowes Wood College is a leading privately-owned secondary boarding school which was founded in 1814 as a legalized Catholic school following the Catholic Relief Acts (1792-93) that enabled Catholic children to take formal education at a Catholic school. However, after leaving school, they seldom had enough opportunities to have prestigeous occupations such as working at public offices under British control as Protestant children could. Consequently, many graduates entered the military service for the British Empire.[2] Clongowes as well as two other Irish Catholic schools, Castleknock and Belvedere, had a strong British military connection in the late-nineteenth and early-twentieth centuries (O'Connor, 72).

Joyce's formal education started at Clongowes Wood College in 1888 when he was just six-and-a-half. In the novel, Stephen Dedalus, who broke his glasses accidently, was pandied unjustly by Father Dolan but, according to Clongowes' *Punishment Book*, Joyce was pandied three times including on dated 7 February 1889 for "forgetting to bring book to class" (Bradley, 74). It indicates that Joyce was not considered a good student by some teachers. The pandy bat was a leather strap used to beat school children on the palm of the hand as a punishment. The instrument became

in him as Buck Mulligan claims (*U* 1.209). The dominant tone of the novel is definitely Catholic in the beginning, the latter part gradually describes how Stephen fell from grace with God and kept away from Catholicism or Christianity. Joyce once remarked: "You allude to me as a Catholic... You ought to allude to me as a Jesuit" (Ellmann, 27).

The Jesuits, or the Society of Jesus, was founded by Ignatius Loyola with six other founding members in Paris in 1534 and approved by the Pope in 1540. As the name indicates, the society was very faithful to Jesus Christ and His doctrine with the motto "*Ad majorem Dei gloriam*" (to the greater glory of God). In the early years, the Jesuits were concerned with two main issues: the Counter-Reformation, including school management in Europe, and missionary activities in the heathenry outside Europe. They established a network of many Jesuit schools around Europe, ultimately, in order to produce priests and missionaries following the *Ratio atque Institutio Studiorum Societatis Iesu* (The Official Plan for Jesuit Education) standardized in 1599.

In late nineteenth-century Ireland, the Jesuits already perceived that teaching religion at school was very arduous (Bowman and O'Donoghue, 125). Not many students entered the priesthood, but it is well-known that Joyce was once summoned to be a priest at Belvedere College, although he declined it with ceremony. Still, he doubtlessly thought it a great honor and commemorated it by using it as the basis of an episode in *A Portrait*. With a confidence perhaps arising from his Jesuit education, Joyce was willing to negotiate with those of a higher status, exemplified by Joyce (and Stephen) complaining to the rector after being unfairly pandied by Father James Daly (in endure hardness, as a good soldier of Jesus Christ" (Bible 2 Tim. 2.3). On this biblical basis, it has been widely accepted among Christians that believers may be considered soldiers of Christ. Christians can join the military service unless it is considered to be contrary to the will of God, which is, of course, open to the interpretation.

This paper explores how a Jesuit education guided James Joyce to his artistic life and is based on *A Portrait of the Artist as a Young Man* which is often considered an autobiographical novel. Hugh Kenner explained in "Joyce's *Portrait*: A Reconsideration" that "Stephen is a perfectly normal Joyce character, not the intimate image of what Joyce in fact was" (358). Of course, however, many readers know that the character is largely based on the author. The aim of this paper is to draw a comparison between the education of Joyce and William Butler Yeats in light of their autobiographical writings, regarding especially how their childhood and education influenced their attitudes to religion and war. As a young man, Joyce assimilated himself into Stephen Dedalus, and as a middle-aged man into Leopold Bloom in various ways. This article features Joyce and Yeats as young men.

I. Joyce as a Jesuit

Joyce was reportedly proud that he was educated at three Jesuit schools, Clongowes Wood College, Belvedere College and University College Dublin (UCD): "I began with the Jesuits and I want to end with them" (Ellmann, 47). Most of *A Portrait* narrates how Stephen learned *how to order and to judge* at Jesuit schools, but the strain was apparently "injected the wrong way"

Education: The 'Jesuit' Artist and the Speckled 'Bard'

Eishiro Ito

Introduction

In the sermon scene of the retreat in honor of St. Francis Xavier, the rector, modeled after Fr James Cullen, says: "A great saint, saint Francis Xavier! A great soldier of God!" (*P* 3.213-14). St. Xavier was a Navarrese Basque Roman Catholic missionary and co-founder of the Society of Jesus and companion of St. Ignatius Loyola. However, why does the Jesuit priest call him "a great soldier of God"? It seems very strange for Asian readers that the saint, who dedicated his life to missionary activities in Asia, should be praised in that way at a Jesuit school such as Belvedere College.

Don Gifford notes that 'Stephen would have been taught that "strong and perfect Christians" in this life are "soldiers of Jesus Christ" (*Maynooth Catechism*, pp. 51-52)' (Gifford, 185).[1] The *Maynooth Catechism* was used as the basic text of religious instruction at Clongowes Wood College in the 1880s and 90s as well as Joseph De Harbe's *A Full Catechism of the Catholic Religion* (Gifford, 11-12). De Harbe *Catechism* contains the following passage: "It [Confirmation] imprints on us, as soldiers of Christ, a spiritual mark which can never be effaced" (De Harbe, 254). The origin of the phrase can be found in the Bible: "Thou therefore

あとがき

今、巷には無抵抗な言葉が溢れている。一般に流布する支配的な言説がそのまま無抵抗に受け入れられ、そして更に無抵抗な言葉が再生産される。しかも、至る所で、いわば言葉の劣化が進んでいるように思われる。政治の世界では嘘がまかり通り、不誠実な言葉が横行し、まともな論理さえ通用しない。「知」に携わる場であるはずの大学でさえ事情はさして変わらない。やれ効率化だの、競争原理だのと言って、それが教育の場で如何なる影響を及ぼし得るのかを十分に考察することもなく無批判に受け入れ、教員や学生を数値化して評価しようとする。そのような世界では文学は無用どころか邪魔者扱いされる。文学の言語とは一般に流布する支配的言説を問い直す抵抗の言語に他ならないからだ。だが、このような時代だからこそ文学の果たすべき役割は益々重要になっているのではないだろうか。

若い人たちの文学離れが進んでいると言われて久しいが、大学で文学を教えている私自身もそのことを痛感している。英文学どころか、教科書以外では夏目漱石もドストエフスキーもカフカも読んでいない学生が大半を占める。このような状況の下で、文学研究者として教師として一体何が出来るのかを問い返さざるを得ない。しかし、たとえごまめの歯ぎしりに過ぎぬとしても、文学を通して学生とともに言葉を鍛え上げ、文学作品を研究してその成果を発信して行くことにはそれなりの意義はあるはずだ。

ジェイムズ・ジョイスはそのような抵抗の言語を発信し続けた作家であった。『若き日の芸術家の肖像』の最後に、主人公スティーヴン・デダラスは「ようこそ、おお、人生よ！ぼくは出て行く。現実の経験と百万回も出会い、ぼくの民族の未だ創られざる良心を、ぼくの魂の鍛冶場で鍛えるために。」(*P* 5.2788-90) と言ってアイルランドを離れる決意をする。「民族の未だ作られざる良心を鍛える」とは、とりもなおさず、英国帝国主義とそれに対抗するアイルランドの民族主義の言説のいずれをも否定したジョイスが、それらの言説を超克する言葉を鍛え上げようとしていたということに他ならない。ジョイスは、ヨーロッパに亡命しながらも、生涯、植民地アイルランドという周縁から世界の意味を問い続けた作家だった。そして、『肖像』は、出版からおよそ百年余りを隔てた現在でも、私たちに多くのことを示唆してくれる。本書がその一端でも伝えることが出来れば幸いである。

ここで、この論文集が出版に至った経緯について触れておきたい。今から七年前の二〇一二年に、中国・四国・九州に在住する日本ジェイムズ・ジョイス協会のメンバーを中心に「中国・四国・九州ジョイス研究会」が発足し、年に四回程集まって『肖像』を読んできた。岩手・東京・名古屋など遠方から参加してくれたメンバーも交え、皆で喧々囂々たる議論を交わしながら読み続けて来たが、昨年ようやく読み終えた。これを機に研究会での議論の過程でメンバーそれぞれが考えたことを論文集として纏めようということになった。そして、編集委員による査読と、メンバー相互によるピアリーティングを経てようやく刊行の運びとなった。長い年月をかけて読んだ成果として、執筆者それぞれの視点から『肖像』をある程度立体的に捉えることが出来たのではないかと考えている。尚、二〇一六年に『肖像』出版百周年を記念して、やはり日本ジェイムズ・ジョイス協会のメンバー（本書の執筆者四名を含む）により上梓された『ジョイスの迷宮《ラビリンス》――『若き日の芸術家の肖像』に嵌まる方法』（金井嘉彦・道木一弘編著、言叢社）も併せて読んで戴ければ『肖像』に対する理解は更に深まるのではないかと思う。

最後になったが、本書の出版を快く引き受けご協力下さった英宝社の高野雄一郎氏と下村幸一氏に心より感謝申し上げたい。

二〇一九年

高橋　渡

執筆者紹介

岩下　いずみ（いわした　いずみ）
熊本高等専門学校准教授　【主要研究業績】「『若い芸術家の肖像』におけるスティーヴンの遊歩と視覚」（『九大英文学』第五十九号、二〇一七年）、"On George Orwell's *Nineteen Eighty-Four* – Sight, Surveillance and Observation"（『熊本高等専門学校研究紀要』第一号、二〇〇九年）、「ジョイス作品と映画におけるモンタージュ――都市における時間と空間、そして知覚の変化――」（『九州英文学研究』第二十一号、二〇〇四年）

小田井　勝彦（おだい　かつひこ）
専修大学非常勤講師　【主要研究業績】リチャード・エルマン『イェイツをめぐる作家たち』（共訳、彩流社、二〇一七年）、『英米文学にみる検閲と発禁』（共著、彩流社、二〇一六年）、ジョン・マクガハン『男の事情・女の事情』（共訳、国書刊行会、二〇〇四年）

河原　真也（かわはら　しんや）
西南学院大学教授　【主要研究業績】『読者ネットワークの拡大と文学環境の変化——十九世紀以降にみる英米出版事情』（共著、音羽書房鶴見書店、二〇一七年）、『アイリッシュ・アメリカンの文化を読む』（共著、水声社、二〇一六年）、『ジョイスの罠——『ダブリナーズ』に嵌る方法』（共著、言叢社、二〇一六年）。

吉川　信（きっかわ　しん）
大妻女子大学教授　【主要研究業績】『ジョイスの罠——『ダブリナーズ』に嵌る方法』（共編著、言叢社、二〇一六年）、ジェイムズ・ジョイス『ジェイムズ・ジョイス全評論』（翻訳、筑摩書房、二〇一二年）、『亡霊のイギリス文学——豊穣なる空間』（共著、国文社、二〇一二年）

小林　広直（こばやし　ひろなお）
東洋学園大学専任講師　【主要研究業績】「Haunted Castle としての Clongowes Wood College ——『若き日の芸術家の肖像』の第一章における歴史的英雄の亡霊表象について——」（*Joycean Japan* 第二八号、二〇一七年）、『ジョイスの迷宮《ラビリンス》——『若き日の芸術家の肖像』に嵌る方法』（共著、言叢社、二〇一六年）、『ジョイスの罠——『ダブリナーズ』に嵌る方法』（共著、言叢社、二〇一六年）

高橋　渡（たかはし　わたる）
県立広島大学教授　【主要研究業績】「ジョイスとウルフ：*Mrs Dalloway* における

Ulysses の影響」（『県立広島大学人間文化学部紀要』第十一号、二〇一六年）、『英文学の内なる外部——ポストコロニアリズムと文化の混交』（共著、松柏社、二〇〇三年）、「閉ざされざる円環——"The Dead"の結末の解釈を巡って——」（*Joycean Japan* 第四号、一九九三年）

田多良　俊樹（たたら　としき）

安田女子大学准教授　【主要研究業績】『ジョイスの罠——『ダブリナーズ』に嵌る方法』（共著、言叢社、二〇一六年）、『幻想と怪奇の英文学Ⅱ：増殖進化編』（共著、春風社、二〇一六年）、『幻想と怪奇の英文学』（共著、春風社、二〇一四年）

田中　恵理（たなか　えり）

熊本保健科学大学講師　【主要研究業績】「ブルームの健康志向——健康／不健康へのまなざし——」（*Joycean Japan* 第二九号、二〇一八年）、"Orlando's Binary Oppositions and Their Cyclical Emergence"（『九大英文学』第六十号、二〇一八年）、『ジョイスの迷宮《ラビリンス》——『若き日の芸術家の肖像』に嵌る方法』（共著、言叢社、二〇一六年）

道木　一弘（どうき　かずひろ）

愛知教育大学教授　【主要研究業績】『ジョイスの迷宮《ラビリンス》——『若き日の芸術家の肖像』に嵌る方法』（共編著、言叢社、二〇一六年）、『物・語りの『ユリシーズ』——ナラトロジカル・アプローチ』（南雲堂、二〇〇九年）、"Doubling Dublin: Joyce's

Discovery of a Language System through Repetitions in *Dubliners*”（『英文学研究』第六七巻第二号、一九九一年）

南谷　奉良（みなみたに　よしみ）

日本工業大学講師　【主要研究業績】“Joyce’s ‘Force’ and His Tuskers as Modern Animals” (*Humanities*, vol. 6, no. 3, 2017)、『ジョイスの迷宮《ラビリンス》——『若き日の芸術家の肖像』に嵌る方法』（共著、言叢社、二〇一六年）、『ジョイスの罠——『ダブリナーズ』に嵌る方法』（共著、言叢社、二〇一六年）

Brian Fox

岡山大学講師　【主要研究業績】*James Joyce’s America* (Oxford UP, 2019), “Joycean Legacies: Anthony Cronin and James Joyce.” (*Journal of Irish Studies*, vol. 31, 2016), *We Speak a Different Tongue: Maverick Voices and Modernity 1890-1939*, edited by Anthony Patterson and Yoonjoung Choi (Cambridge Scholars, 2015)

伊東　栄志郎（いとう　えいしろう）

岩手県立大学教授　【主要研究業績】*A Companion to James Joyce* (edited by Richard Brown, Wiley-Blackwell, 2008)、『片平五十周年記念論文集英語英文学研究』（共著、金星堂、二〇一五年）、“Asia was, Laozi is, Plurabelle to be: China and Japan through Joyce’s ‘Cracked Lookingglass’”（『比較文学与世界文学』第四期、二〇一三年）

み

む

も

や

ゆ

よ

ら

り

る

れ

ろ

わ

widely known by the reference through the scene of Clongowes in Joyce's novel. Anne Fogarty points out that shortly before Joyce entered Clongowes, it had been amalgamated with Tullabeg, another Jesuit foundation in County Offaly (45). Thus, values influenced by the British public-school system were introduced, such as athleticism, militaristic regimentation and social hierarchy (Fogarty, 45). It definitely made Joyce/Stephen feel discomfort.

Simon Dedalus, in the quarrel with Dante in the Christmas dinner scene, claims that the Irish are "an unfortunate priestridden race" (*P* 1.1076), and Dante tells him that "If we are a priestridden race we ought to be proud of it!" (*P* 1.1090). Patrick J. Corish's historical survey provides statistics for reconsidering their quarrel: "In 1800 there is one priest for 2,100 Catholics, in 1840 one for 3,000"(159). In 1850, there was one priest for 2,000, and in 1870 one for 1,250 due to the Great Famine and emigration (Corish, 199).

Joyce studied at Clongowes until late 1891 when his father could not pay his tuition fees due to bankruptcy and unemployment. This is narrated vaguely from a child's point of view in Chapter II of *A Portrait* (*P* 2.135-65). However, the following description indicates how the Jesuit education seeped into Stephen: "From force of habit he had written at the top of the first page the initial letters of the jesuit motto: A. M. D. G." (*P* 2.359-61): it stands for "*Ad maiorem Dei gloriam.*" After writing a poem titled "To E__ C__" imitating Lord Byron's poetic style, and then another poem for Charles Stewart Parnell, he wrote his four Clongowes classmates' names and addresses (*P* 2.361-76). He gradually missed Clongowes and wrote another traditional Jesuit motto "L. D. S." ["*Laus Deo Semper*" ("Praise to God Always")]

す

せ

た

ち

つ

て

こ

さ

し

索　引

数字

アルファベット

A

B

C

ジョイスへの扉
―『若き日の芸術家の肖像』を開く十二の鍵

2019年3月1日　印　刷　　　2019年3月15日 発　行

高　橋　　渡
編著者 © 河　原　真　也
田多良　俊　樹

発行者　佐　々　木　元

発　行　所　株式会社　英　宝　社
〒101-0032 東京都千代田区岩本町2-7-7
Tel.［03］(5833) 5870　Fax.［03］(5833) 5872

ISBN978-4-269-72150-0 C3098
［組版：株式会社マナ・コムレード／印刷・製本：日本ハイコム株式会社］